Bernd Schumacher

Das Nibelungen-Komplott

Vom Autor bisher bei KBV erschienen:

Februarblut
Wer mit dem Teufel tanzt
Das Nibelungen-Komplott

Bernd Schumacher, geboren 1952, ist verheiratet, hat zwei Kinder und lebt in Rheinbach. Seit 1981 arbeitet er als Lehrer an der Staatlichen Glasfachschule Rheinbach. Seit mehr als dreißig Jahren ist er außerdem Frontmann und Chef der Rheinbacher Rockgruppe »Tiebreakers« sowie Komponist und Texter. Mit »Februarblut« legte er 2007 sein literarisches Debüt vor, darauf folgte 2008 »Wer mit dem Teufel tanzt«. »Das Nibelungen-Komplott« ist Schumachers dritter Titel im Programm des KBV.

Bernd Schumacher

Das Nibelungen-Komplott

Seibolds letzter Fall

KBV

Originalausgabe

www.kbv-verlag.de
E-Mail: info@kbv-verlag.de
Telefon: 0 65 93 - 99 86 68
Fax: 0 65 93 - 99 87 01
Umschlaggestaltung: Ralf Kramp
Redaktion: Nicola Härms, Rheinbach
Druck: Aalexx Buchproduktion GmbH, Großburgwedel
Printed in Germany
ISBN 978-3-942446-02-0

Vorwort

Das Nibelungenlied ist ein mittelalterliches Heldenepos und wird oft als Nationalepos der Deutschen bezeichnet. Es entstand zu Beginn des dreizehnten Jahrhunderts und wurde in der damaligen Volkssprache Mittelhochdeutsch verfasst. Der historische Kern des Heldenepos sind die Zerschlagung des Burgunderreiches durch die Hunnen, die internen Machtkämpfe im Merowingerreich und die Hochzeit des Hunnenkönigs Attila mit der germanischen Fürstentochter Ildikó. Bis heute ist die Erforschung des Nibelungenliedes eng verbunden mit der Suche nach seinem Autor, dessen Herkunft man Ende des zwölften Jahrhunderts im süddeutschen Raum um Passau vermutet.

Die Handlung des Nibelungenliedes (in Kurzfassung):

Siegfried, der junge Königssohn aus Xanten, gelangt, nachdem er den Drachen Fafner getötet hat, an den Nibelungenhort, einen mit einem Fluch belasteten Goldschatz. Anschließend reitet er nach Worms, um Kriemhild, die Schwester des Burgunderkönigs Gunther, zu heiraten. Um von Gunther die Erlaubnis zur Heirat zu bekommen, hilft Siegfried dem Burgunderkönig, die isländische Königin Brunhild durch eine List zu erobern. Jahre später klärt Kriemhild ihre Schwägerin Brunhild im Verlauf eines Streits über den Betrug auf. Um die Schmach Brunhilds zu rächen, tötet ihr treuer Gefolgsmann und burgundischer Waffenmeister, Hagen von Tronje, Siegfried und bemächtigt sich des Nibelungenschatzes, den er unauffindbar im Rhein versenkt.

Kriemhild schwört daraufhin den Burgundern blutige Rache. Nachdem sich die Witwe einige Jahre später mit dem Hunnenkönig Etzel (Attila) vermählt hat, überredet sie ihren Gemahl, die Burgunder (auch Nibelungen genannt) an den hunnischen Hof einzuladen. Obwohl Hagen sie warnt, nehmen Gunther und seine Gefolgsleute die Einladung an. Am Hofe des Hunnenkönigs werden die Nibelungen in einem beispiellosen Gemetzel, in dem letztendlich auch Kriemhild den Tod findet, bis auf den letzten Mann vernichtet.

Das Nibelungenlied ist die wichtigste hochmittelalterliche Ausformung der Nibelungensage, deren Ursprünge bis in das heroische Zeitalter der germanischen Völkerwanderung zurückreichen. Ein historischer Kern oder Anknüpfungspunkt der Sage ist die Zerschlagung des Burgunderreiches in der Spätantike (436/437) durch den römischen Heermeister Aëtius mit Hilfe hunnischer Hilfstruppen. Anschließend siedelt Aëtius die Reste der Burgunder in die Sapaudia (Savoyen) südlich des Genfer Sees um.

Uns ist in alten mæren wunders viel geseit
von helden lobebæren, von grôzer arebeit,
von freuden hôchgezîten, von weinen und von klagen
von küener recken strîten muget ir nû wunder hœren sagen

Uns wurde in alten Erzählungen viel Wundersames gesagt
von ruhmreichen Helden, von großem Leid,
von Freuden, Festen, von Weinen und von Klagen,
von den Kämpfen kühner Recken sollt ihr nun Wunderbares erzählen hören.

Beginn des Nibelungenliedes (Unbekannter Verfasser)

Prolog

Römische Provinz Germania II, Anno domini 436

Hagen von Tronjes Pferd tänzelte nervös auf und ab. Auch dem erprobten Schlachtross schien die Hitze zuzusetzen. Es war der heißeste August seit vielen Jahren. Der alte burgundische Waffenmeister blinzelte in die gleißende Sonne. Die Hitze unter seinem Helm wurde langsam unerträglich. Da die Kopfbedeckung zudem seinen Sichtradius einschränkte, nahm er sie ab und befestigte sie am Sattelknauf.

Der Burgunder hatte seinen Standort etwas erhöht auf einem bewaldeten Hügel gewählt. Von hier aus hatte er gute Sicht auf das, was sich unten im Tal abspielte. Ohnmächtig musste er mit ansehen, wie der Rest seines Volkes an ihm vorbeizog. Das Klagen der Weiber und das Weinen der Kinder, die vom Grunde des Tales zu ihm heraufklangen, würden sich auf ewig in sein Herz einbrennen.

Vier Tage war es jetzt her, dass das Elend über das stolze Volk der Burgunder hereingebrochen war. Aus dem Hinterhalt und völlig unerwartet waren die hunnischen Reiterhorden über die Burgunder hergefallen. Die meisten der burgundischen Krieger hatten noch nicht einmal Zeit gehabt, ihre Rüstungen anzulegen. Trotzdem hatten sie heldenhaft gekämpft. Der alte Waffenmeister hatte alleine über fünfzig Hunnen erschlagen. Doch letztendlich war die Übermacht zu groß gewesen. Fast drei Viertel der burgundischen Recken hatten ihr Leben auf dem Schlachtfeld gelassen. Verbittert musste er sich damit abfinden, dass das Volk der Burgunder viele Generationen benötigen würde, um sich von dieser Katastrophe zu erholen. Hagen von Tronje wusste, dass er damit seine hochtrabenden Pläne, die er für das Burgundergeschlecht geschmiedet hatte, begraben musste.

Sein Blick konzentrierte sich jetzt auf ein besonderes Schauspiel innerhalb des Trosses. Von den wenigen noch lebenden Mitgliedern des Adels eskortiert, zog ein vierrädriger Wagen vorbei. Auf ihm hatte man seinen Neffen Gunther, den im Kampf gefallenen Burgunderkönig, aufgebahrt. Dahinter schritt voller Gram, aber mit stolz erhobenem Haupt, Brunhild, seine Gemahlin. Die Königin führte ihre beiden Kinder an der Hand. Sie hatte darauf bestanden, den toten König mitzunehmen und ihm in der neuen Heimat eine Grabstätte zu errichten.

Plötzlich horchte Hagen von Tronje auf. Von der entgegengesetzten Talseite hatte er das Hufgetrappel herangaloppierender Pferde vernommen. Kurze Zeit später erschien eine römische Reiterschar auf der Anhöhe. Als er sah, wer den Zug anführte, griff seine rechte Hand instinktiv zum Schwert. Es war Flavius Aëtius, der weströmische Heermeister. Dieser parierte sein Pferd und beobachtete das Geschehen auf dem Talgrund. Er war gekommen, um sich von dem reibungslosen Abzug der Burgunder zu überzeugen.

»Du widerlicher Verräter«, entfuhr es Hagen von Tronje. Einen kurzen Moment überlegte er, seinem Pferd die Sporen zu geben und hinüberzureiten, um den Römer niederzumetzeln, auch wenn es ihn sein Leben kosten würde. Doch dann erinnerte er sich an das Versprechen, das er dem sterbenden Gunther auf dem Schlachtfeld gegeben hatte. Der König hatte ihm den Schutz und den weiteren Bestand des Burgundervolkes in die Hand gelegt. Diese Aufgabe musste er erfüllen. Der greise Waffenmeister war sich sicher, dass Flavius Aëtius der Verantwortliche für den burgundischen Untergang war. Irgendjemand hatte dem weströmischen Oberbefehlshaber seine Pläne verraten. Deshalb hatte sich Aëtius dazu entschlossen, die Burgunder zu vernichten, indem er seine hunnischen Hilfstruppen auf sie hetzte.

Noch einmal blickte Hagen hasserfüllt auf seinen Widersacher auf der anderen Seite des Tals. Dann riss er sein Pferd herum. Bevor er den Zug des Burgundervolkes in die neue Heimat anführen würde, hatte er noch eine wichtige Aufgabe zu erfüllen.

Hagen von Tronje wischte sich mit dem Unterarm den Schweiß aus dem Gesicht. Der Abstieg in das Stollensystem war sehr beschwerlich gewesen. Heftig nach Luft ringend, stützte er sich auf seinen Wurfspieß. Ein feucht-modriger Geruch, wie er solchen seit vielen Jahren von jeglicher Frischluftzufuhr abgeschlossenen Räumen zu eigen war, zog ihm in die Nase. Es dauerte einige Zeit, bis sich seine Augen an die Dunkelheit gewöhnt hatten, denn das flackernde Licht der Fackeln an den Wänden erhellte die alten Erzstollen nur unzureichend.

Der Waffenmeister musste sehr nahe an die Stützbalken herantreten, um sie genauer untersuchen zu können. Er war zufrieden. Die alemannischen Kriegsgefangenen hatten gute Arbeit geleistet. Als er dem Verlauf des Ganges folgte, konnte er schon von Weitem ihre Stimmen vernehmen. Schon bald hatte er die Männer erreicht. Er stellte fest, dass er im richtigen Moment erschienen war. Die Alemannen waren gerade im Begriff, den letzten Stein in eine Mauer einzusetzen, die den Eingang zu einem abzweigenden Erzstollen an dieser Stelle verschloss. Als sie den alten Waffenmeister bemerkten, grüßten sie ihn unterwürfig. Etwas verwundert stellten sie fest, dass er in vollen Waffen erschienen war.

Hagen von Tronje gab ihnen die Anweisung, den Eingang so zu präparieren, dass es aussah, als wäre der Stollen eingestürzt. Er war sich sicher, dass sich ein späterer Eindringling in das Stollensystem nicht die Mühe machen würde, an dieser Stelle weiter vorzudringen.

Schweigend stützte er sich auf seinen Speer und verfolgte die Arbeit. Nur ab und zu gab er kurze Anweisungen. Es dauerte über eine Stunde, bis die Alemannen das Werk so vollendet hatten, dass der alte Waffenmeister zufrieden war. Noch einmal prüfte er, ob die Tarnung perfekt war. Dann gab er den Männern mit einem dankbaren Lächeln zu verstehen, dass sie ihre Gerätschaften zusammenpacken konnten, und befahl ihnen, sich auf den Rückweg zu machen.

Der Gang war so schmal, dass die alemannischen Kriegsgefangenen hintereinander gehen mussten. Nach nur wenigen Schritten blieb der Letzte in der Reihe plötzlich stehen. Er hatte ein Geräusch gehört, dass er all zu gut kannte. Es war der metallisch zischende Laut, den ein Schwert verursacht, wenn es aus der Scheide fährt. Ängstlich drehte er sich um und blickte in die kalten Augen Hagen von Tronjes. Der Waffenmeister führte sein Schwert so schnell, dass der Alemanne nicht einmal mehr einen Laut von sich geben konnte. Er spürte nur noch, wie ihm der kalte Stahl schmerzvoll in die Eingeweide drang.

Dann zog Hagen von Tronje die Stichwaffe blitzschnell aus dem Körper des Alemannen und ließ sie mit beiden Händen über seinem Helm kreisen. Mit einem einzigen Hieb trennte er dem vorangehenden Alemannen den Kopf vom Rumpf. Erst jetzt bekam der dritte Kriegsgefangene mit, was hinter ihm vorging. Mit einem gellenden Schrei suchte er sein Heil in der Flucht. Doch noch bevor er die nächste Biegung des

Ganges erreichte, hatte ihn das Schwert des burgundischen Heermeisters durchbohrt. Mit glasigen Augen sank er zu Boden.

Nachdenklich, aber zufrieden reinigte Hagen von Tronje seine blutverschmierte Schwertklinge am Saum seines Waffenrockes. Niemand außer ihm kannte jetzt das Geheimnis der Burgunder.

1. Kapitel

Rolle am Genfer See, Internat Institut Le Rosey,
4. September 1993, 18 Uhr 35

En garde!« Ungeduldig hatte Gunther auf das Kommando des Obmanns gewartet. Konzentriert kniff er die Augen hinter seiner Fechtmaske zusammen und ging in die Ausgangsstellung. Er war sich sicher, heute Abend würde er seinen Erzrivalen besiegen! Noch nie hatte er sich so stark und gleichsam ruhig und besonnen gefühlt. Noch belauerten sich die Kontrahenten, indem sie die Spitzen ihrer Degen um die Klinge des Gegners kreisen ließen. Dann setzte Julian Casablancas urplötzlich zu einer *Flèche* an. Gunther hatte den schnell vorgetragenen Angriff vorausgesehen und antwortete mit einer *Parade*. Er ist zu ungestüm, sagte er sich. Das wird ihm zum Verhängnis werden.

Wieder setzte Julian zu einer Attacke an, die Gunther erneut mühelos abwehrte. Noch zweimal ließ er seinen Gegner ins Leere laufen. Dann wusste er, dass seine Chance gekommen war. Gleich würde sein Widersacher einen Moment unkonzentriert sein und seine Deckung vernachlässigen. Das war die Chance, eine *Riposte* anzusetzen. Bis in die Haarspitzen konzentriert, erwartete er die nächste Attacke. Als sich Julian ihm mit einem langen Ausfallschritt entgegenwarf, parierte er und startete einen unmittelbaren Gegenangriff. Im richtigen Moment erkannte er die Blöße in der Deckung seines Gegners. Mit zwei schnellen Schritten stieß er nach vorne, um die Spitze seiner hundertzehn Zentimeter langen Stoßwaffe auf die ungedeckte Brust seines Widersachers zu platzieren, als ein lauter Ruf seine Aktion stoppte.

»Eure Exzellenz, haltet ein!« Gunther verharrte einen Moment ungläubig, dann riss er sich seine Fechtmaske vom Kopf und blickte ungehalten auf den Störenfried.

»Ihr Onkel hat angerufen. Sie sollen in einer dringenden Angelegenheit sofort nach Saint-Maurice kommen!« Monsieur Roduit, der Leiter des ältesten und renommiertesten Internats in der Schweiz, eilte mit einer unterwürfigen Geste auf die beiden Fechter zu. Nicht genug, dass er im Moment seines Triumphes gestört wurde – Gunther hasste es, wenn Alphonse Roduit ihn in Anwesenheit seiner Mitschüler mit »Exzellenz« anredete. Seine Kameraden aus dem europäischen Hochadel machten sich schon seit Längerem darüber lustig.

Wütend feuerte er seine Waffe auf die Planche und fuhr den Internatsleiter an: »Nicht jetzt, Monsieur Roduit! Hatte das nicht noch einen Moment Zeit?«

Betroffen schauten sich die übrigen Anwesenden an. Niemand im Institut Le Rosey wagte es, in diesem Ton mit Monsieur Roduit zu sprechen.

»Nein, Exzellenz«, antwortete der Internatsleiter leise, »Bertrand und Guillaume warten schon ungeduldig.«

Einen Moment kämpfte Gunther noch mit seiner Wut, dann schüttelte er den Kopf und machte sich auf den Weg unter die Dusche. Er würdigte Roduit nicht eines Blickes.

Das Schlimmste war: Auch sein Rendezvous mit Giselle musste ausfallen. Er würde sie gleich anrufen.

Saint-Maurice in der Schweiz, 19 Uhr 50

Die vierundachtzig Kilometer von Rolle nach Saint-Maurice über die Autobahnen A1 und A9, die am Nordostufer des

Genfer Sees vorbeiführten, hatte Gunther schweigend verbracht. Nur einmal hatte er seine beiden Chauffeure gefragt, ob sie etwas Näheres über den Grund der außerplanmäßigen Zusammenkunft wussten. Als diese verneinten, hatte er zunächst versucht, seinen Ärger zu vergessen. Er genoss das herrliche Panorama des Genfer Sees, in dem sich die Sonne, die langsam hinter den mächtigen Bergmassiven unterging, glutrot spiegelte. Aber auch das konnte seinen Unmut nur einige Zeit ablenken. Zu schmerzlich wurde er wieder einmal mit den Schattenseiten seiner Berufung konfrontiert. Hatte er die allgemeinen Aufmerksamkeiten seit seiner Krönung vor zweieinhalb Jahren zunächst geliebt, so wurde ihm allmählich immer mehr bewusst, dass seine Mission eine unbeschwerte Jugend, wie sie seine Kameraden im Internat verleben konnten, nicht zuließ.

Als sie die Autobahn verlassen hatten und anschließend an der Route du Léman die erste Ausfahrt nach Saint-Maurice nahmen, bekam seine ohnehin düstere Stimmung einen weiteren Dämpfer. Dies war die Stelle, an der seine Eltern und seine Schwester vor drei Jahren auf tragische Weise durch einen Verkehrsunfall ums Leben gekommen waren. Der Unfallhergang hatte bis heute nicht eindeutig geklärt werden können. Allein seinem Onkel, der sich in dieser Zeit so liebevoll seiner angenommen hatte, war es zu verdanken, dass er damals nicht jeglichen Lebensmut verloren hatte.

Als sie über die Place de la Gare in die Stadtmitte gelangten, fiel sein Blick auf den mächtigen viereckigen Turm der Kathedrale der Abtei Saint-Maurice, das berühmte und geschichtsträchtige Kloster, das sein Vorfahre König Sigismund von Burgund als erste Königsabtei eines germanischen Herrschers im Jahre 515 gegründet hatte und das seitdem über viele Jahrhunderte eine Etappe für zahlreiche Reisende und Pilger auf dem Weg zum Großen Sankt Bernhard gewesen war.

Am Eingang der Basilika wurde Gunther von Joseph Leman, dem Abt des Augustinerklosters, in Empfang genommen. »Gott sei Dank, Eure Exzellenz, da sind Sie ja endlich«, sagte der Geistliche und verbeugte sich. Er ergriff Gunthers rechte Hand und küsste seinen Siegelring. »Die Herren warten schon ganz ungeduldig.«

Begleitet von Guillaume und Bertrand folgte Gunther dem Abt durch das mächtige Gewölbe des westlichen Kirchenschiffes. Gunther hielt einen kurzen Moment inne, als er die charakteristische Liturgie des *laus perennis* hörte, des ewigdauernden Lobgesangs, der nach dem Vorbild Konstantinopels bei der Gründung des Klosters von Sigismund eingeführt wurde und sich bald von hier in ganz Westeuropa verbreitete. Für diesen ewigdauernden Gesang bedurfte es zahlreicher Sänger, daher stand der Abt der stattlichen Anzahl von achtundsechzig Mönchen vor.

Am Ende des Kirchenschiffes gelangten sie an eine unscheinbar wirkende Holztür. Abt Joseph kramte einen Schlüsselbund aus seinem Habit. Bevor er die Tür öffnete, schaute er sich noch einmal nach allen Seiten um, um ganz sicher zu sein, dass sie niemand beobachtete. Nur er als Klostervorsteher und der Kanzler des Burgundergeschlechtes, Hagen von Martigny, besaßen einen Schlüssel zu den unterirdischen Kronratsräumen. Die übrigen Mönche der Abtei waren seit Jahrhunderten nicht in das Geheimnis eingeweiht, das sich tief unter der Abteikirche verbarg. Im Jahre 532 hatten die Burgunder ihre politische Selbstständigkeit aufgeben müssen, als die Franken sie in der Schlacht bei Autun schlugen und anschließend das neue Burgunderreich ihrem Frankenreich einverleibten. Seitdem lebte das Königsgeschlecht der Burgunder im Untergrund weiter.

»Eure Majestät wissen, dass ich Sie nur bis hierhin begleiten darf«, sagte der Augustiner. Noch einmal küsste er unterwürfig den Ring des jungen Burgunderkönigs. Dann zog er sich zurück. Gunther nickte. Er kannte das eiserne Gesetz, nach dem nur Mitglieder des Burgundischen Kronrates den unterirdischen Trakt der Kathedrale betreten durften. Dann gab er Bertrand ein Zeichen, dass er ihm voranschreiten sollte. Als auch Guillaume hinter ihm die Tür passiert hatte, machten sie sich auf den Weg. An der ersten Wende der schmalen Wendeltreppe hörte Gunther, dass der Abt die Tür hinter ihnen wieder verschloss. Beim letzten Besuch der Kathedrale hatte er sich die Mühe gemacht, die Treppenstufen beim Abstieg zu zählen. Er war auf neunzig gekommen. Von einer Stufenhöhe von dreißig Zentimetern ausgehend, errechnete er, dass sich die geheimen Gemächer ungefähr siebenundzwanzig Meter unter dem Kirchenschiff der Abtei befinden mussten. So dauerte es eine ganze Weile, ehe sie das Kellergewölbe am Fuße der Treppe erreicht hatten.

Nach wenigen Schritten standen sie vor dem riesigen Eichenportal des Kronsaals. Gleich daneben befand sich eine kleine Kammer. Guillaume schloss sie auf und ging hinein. Gunther folgte ihm. Bertrand blieb draußen stehen. Breitbeinig postierte sich der Leibwächter vor der Tür. An der rechten Seitenwand des Raumes befand sich ein großer Tresor. Gunther ging auf ihn zu und betätigte das Zahlenschloss, deren Zahlenkombination nur er und sein Onkel Hagen kannten. Langsam und geräuschvoll öffneten sich die schweren Flügeltüren des Tresors und gaben den Blick in das Innere frei.

Gunther schaute ehrfurchtsvoll auf die Insignien der burgundischen Könige. Zur Rechten hing der dunkelblaue Samtmantel, der am Kragen mit weißem Hermelinpelz abgesetzt war und auf dessen linker Brustseite in goldenen Brokatfäden die Buchstaben *RB* eingestickt waren, die Initialen des Königreiches Burgund. In der Mitte des Tresors befand sich das Schwert *Balmung*, das alle seine Vorgänger mit Stolz getragen hatten. Auf der linken Seite lagen auf einem Samtkissen die mit bunten Edelsteinen verzierte Krone sowie das goldene Zepter. Gunther machte zwei Schritte zurück, damit Guillaume vortreten konnte, um ihm die Insignien seiner Königsmacht anzulegen. Wegen dieses Brauches hatte es vor seiner Krönung den einzigen handfesten Streit mit Onkel Hagen gegeben, da ihm das Tragen der Königsinsignien während einer Kronratssitzung nicht mehr zeitgemäß erschien. Hagen von Martigny hatte alle Register ziehen müssen, um den jungen König von der Bedeutung dieser alten Tradition zu überzeugen. Seiner Meinung nach war sie seit jeher der Schlüssel zu Autorität und Macht der burgundischen Könige.

Nachdem ihm der Leibwächter den Königsmantel angelegt hatte, warf Gunther einen Blick in den Spiegel, der sich an der dem Tresor gegenüberliegenden Seite befand. Er konnte sich ein säuerliches Lächeln nicht verkneifen. Als er jedoch sah, mit welcher Bewunderung ihn Guillaume anblickte, wurde ihm die Bedeutung der Zeremonie wieder klar. Er verließ den Raum und ging auf den Kronsaal zu. Vor der Tür verweilte er noch einen kurzen Moment und sammelte sich. Onkel Hagen, der Kanzler der Burgunder, hatte ihm immer wieder erklärt, wie wichtig ein würdevolles Auftreten vor dem Kronrat war. Mit seiner linken Hand umfasste er das Zepter, während seine Rechte auf dem Griff seines Schwertes lag. Dann gab er Guillaume den Befehl, die Tür zu öffnen.

Als Gunther eintrat, herrschte zunächst tiefes Schweigen. Dann schallte ihm die laute Stimme seines Onkels entgegen:

»Salve Gunthari, rex regni burgundiae!«

Die übrigen Mitglieder des Kronrates, die an einem hufeisenförmigen Tisch in der Mitte des riesigen Gewölbes saßen, sprangen auf und wiederholten mit donnernden Stimmen den Königsgruß. Auch sie waren wie der Kanzler mit einem weißen langen Mantel bekleidet, der oberhalb der Brust mit einer Spange zusammengehalten wurde. Auf der Brust waren die Initialen *RB* mit goldenen Brokatfäden eingestickt. Die nächsten Schritte der Zeremonie hatte Gunther mit Hagen von Martigny in vielen Unterrichtsstunden eingeübt. Auch in diesem Falle hatte der Kanzler zunächst harte Überzeugungsarbeit leisten müssen.

Langsam und würdevoll schritt Gunther in den Raum und blieb vor der Mitte des Tisches stehen. Einzeln musterte er die elf Mitglieder des burgundischen Hochadels, bevor er seinen Kopf zum Gruße senkte. Das war das Zeichen für den Kronrat, wieder Platz zu nehmen. Dann drehte sich Gunther um und ging auf ein kleines Marmorpodest zu, auf dem ein schlichter, aber mit wunderschönen Ornamenten verzierter Thron aus Zedernholz stand. Er schritt die Stufen des Podestes hoch. Dabei achtete er sorgfältig darauf, dass sein Schwert nicht gegen die Kanten der Stufen schlug. Als er auf dem Stuhl Platz genommen hatte, ließ er zunächst bedeutungsvoll seinen Blick durch den Raum schweifen, dessen gigantische Ausmaße ihn immer wieder faszinierten. Er hatte sich schon oft gefragt, wie es seinen Vorfahren gelungen war, diese riesige Grotte im Felsen fast dreißig Meter unter der Erde zu entdecken und so kunstvoll auszustatten. Die Decke und die beiden Seitenwände waren nicht verkleidet und bestanden aus bloßem Fels, was den Raum sehr urwüchsig wirken ließ. Nur der mit groben Holzdielen ausgelegte Fußboden und die durch eine gemauerte Steinwand begradigte Rückwand waren bearbeitet. Auf der weiß verputzten Rückwand, die über sechs Meter hoch war, befanden sich zwei riesige Abbildungen, die sich von der Decke bis zum Fußboden erstreckten. Eine Abbildung stellte den Stammbaum des Burgundergeschlechtes dar, von seinen Begründern, den Gibichungen, deren berühmtester Vertreter König Gundicharius mit seinen Brüdern Gislahar und Gundomar war, über viele Generationen bis zu den Nachfahren in der Gegenwart. Auch die Blutsverwandtschaften und Nebenlinien zu den anderen mächtigen germanischen Königsgeschlechtern, den Merowingern und den Franken, waren detailliert aufgeführt. Bei der anderen Zeichnung handelte es sich um eine Landkarte, die Europa darstellte. Die Länder und Orte, in denen sich Mitglieder und Unterstützer des burgundischen Königsgeschlechtes befanden, hatte man mit roten Fähnchen, die mit den Buchstaben *RB* beschriftet waren, markiert. Die Fähnchen waren je nach Bedeutung der Personen und Verbindungen unterschiedlich groß. So waren die Städte Bonn, London, Paris und Rom besonders gekennzeichnet. Gunther fiel auf, dass neuerdings auch ein Ort weit im Osten außerhalb Europas eine Markierung erhalten hatte. Er würde seinen Onkel in der nächsten Unterweisung fragen, was das zu bedeuten hatte.

Hagen von Martigny hatte Gunther gelehrt, sich Zeit zu lassen, bevor er die ersten Worte an den Kronrat richtete. Daher herrschte zunächst eine erwartungsvolle Stille in der Grotte. Jeder wusste, dass es allein dem König vorbehalten war, die Kronratssitzung zu eröffnen. Gunther hatte sich vorgenommen, heute besonders viel Zeit verstreichen zu lassen, um seinen Unmut darüber zu zeigen, dass man ihn so kurzfristig und außerplanmäßig nach Saint-Maurice beordert hatte. Mit durchdringenden Blicken musterte er seinen Onkel. Er musste sich eingestehen, wie sehr er diesen stattlichen und vornehmen Mann bewunderte. Seine disziplinierte Lebensweise spiegelte sich in seinem Erscheinungsbild wider – durchtrainiert und hoch gewachsen, ohne ein Gramm Fett, mit breiten Schultern. Volles, schwarzes Haar umrahmte seine energischen Gesichtszüge. Nur die graumelierten Schläfen ließen sein Alter von siebenundfünfzig Jahren erahnen. Dabei war sein stets höfliches und bescheidenes Auftreten äußerst gewinnend. Vor allem aber bewunderte Gunther seine enorme Bildung und Belesenheit. Es gab wohl kein Geschichtswerk, besonders über große Staatsmänner und Feldherren, das er nicht gelesen hatte.

Gunther räusperte sich. »Nun, Hagen von Martigny«, sagte er mit einem bissigen Unterton, »was hat sich so Außergewöhnliches ereignet, dass ich noch heute Abend den weiten Weg von Rolle nach Saint-Maurice zurücklegen musste?« Es fiel ihm schwer, in dieser Art und Weise mit seinem Onkel zu reden. Doch dieser hatte ihm beigebracht, dass er sich in der Gegenwart des Hochadels sehr distanziert ihm gegenüber zu verhalten hatte. Bevor der Kanzler antworten konnte, legte der junge Burgunderkönig nach. »Ich hoffe, Sie haben gute Gründe!«

»Die habe ich, Exzellenz!«, antwortete Hagen von Martigny. Auch sein Umgangston mit Gunther war im Beisein der Kronratsmitglieder distanzierter als im Privatleben. »Sonst hätte ich Sie nicht bei Ihren Fechtübungen gestört und so übereilt holen lassen!«

Erwartungsvoll hob Gunther den Kopf. Von seinem Treffen mit Giselle konnte sein Onkel glücklicherweise nichts wissen. Die Zeit war noch nicht gekommen, ihn über ihr Verhältnis zu unterrichten.

»Es haben sich Dinge in Deutschland ereignet, die den Großen Plan gefährden und eine sofortige Einberufung des Kronrates unausweichlich machten.«

»So, so«, ein spöttisches Lächeln umspielte Gunthers Lippen, wusste er doch, dass sein Kanzler manchmal übervorsichtig reagierte, »was gibt es denn so Wichtiges?«

»Der Nibelungenhort ist in Gefahr«, antwortete sein Onkel ohne Umschweife. Seine Worte waren so ungeheuerlich, dass sie von den Mitgliedern des Kronrates mit lauten Unmutsäußerungen quittiert wurden.

»Meine Herren, ich muss doch sehr bitten!« Gunther war nicht gewillt, diese Respektlosigkeit zu tolerieren. Er wartete, bis wieder Ruhe eingekehrt war. »Wie konnte das passieren?«, fragte er streng.

»Es ist etwas geschehen, was ich schon seit Langem befürchtet habe«, antwortete der Kanzler und ging einige Schritte auf den Königsthron zu. »Ein früherer Professor der Universität Tübingen mit Namen Lehnert, ein Spezialist für frühmittelalterliche Geschichte, scheint unserem Geheimnis auf die Spur gekommen zu sein.«

»Sind Sie sicher?«, fragte Gunther, »oder wird wieder viel Wind um nichts gemacht?«

»Ich fürchte nein, Eure Majestät. Ich habe vor wenigen Stunden einen Anruf aus Deutschland erhalten, der äußerst besorgniserregend war.«

»Inwiefern?«, fragte Gunther in gespannter Erwartung.

»Professor Lehnert hat anscheinend schon seinen Aufbewahrungsort entdeckt.«

Einige Mitglieder des Kronrats erhoben sich entsetzt von ihren Plätzen. Auch Gunther war so schockiert, dass er ihr Verhalten dieses Mal unkommentiert ließ.

»Mein König! Meine Herren!«, fuhr Hagen von Martigny beschwörend fort und ging auf die Mitglieder des Kronrates zu. »Sie alle wissen, dass der Hort die Basis für unser Unternehmen ist. Sollte das Geheimnis seiner Existenz bekannt werden, können wir das Gelingen des Großen Plans ad acta legen.« Zustimmendes Gemurmel des Kronrates bekräftigte seine Worte.

Wieder wartete Gunther, bis sich die Kronratsmitglieder beruhigt hatten. »War Professor Lehnert in Begleitung?«, wollte er wissen.

»Nein, er war allein«, entgegnete sein Onkel. »Unser Informant berichtet, dass es gottlob nicht so aussieht, dass er seine Erkenntnisse mit Kollegen ausgetauscht oder auf andere Art publiziert hat.«

»Wie kann er sich da so sicher sein?«

»Der Professor gilt unter seinen Ex-Kollegen als Sonderling. Er wurde von ihnen schon des Öfteren wegen seiner abstrusen Thesen angefeindet oder der Lächerlichkeit preisgegeben.«

»Das heißt also, es geht nur von ihm alleine Gefahr aus?«, fragte Gunther.

»Tod dem Professor! Tod dem Professor!« Gespenstisch hallten die Rufe der Kronratsmitglieder von den Wänden der riesigen Grotte wider. Wie auf ein geheimes Kommando hatten sich die Männer erhoben und skandierten das Urteil mit lauter Stimme.

»Meine Herren, meine Herren!« Mit einer beschwichtigenden Handbewegung trat Hagen von Martigny vor. »Ich bitte Sie! Sie wissen doch, dass es allein dem König vorbehalten ist, Todesurteile zu fällen.«

Die Worte des Kanzlers zeigten Wirkung. Langsam verebbten die Rufe. In gespannter Erwartung blickte die Versammlung auf Gunther, der in würdevoller Zurückhaltung die Szene verfolgt hatte. Nachdenklich rieb er sich die Stirn. »Wie lange wird die Vorbereitung zur Durchführung des Großen Plans dauern?«, fragte er seinen Kanzler.

»Ich denke, dass wir sie innerhalb der nächsten zwei Wochen erfolgreich erledigt haben«.«

»Gut!«, sagte Gunther in einem Ton, der keine Widerrede duldete. »Ich möchte nicht unnötig Menschenleben vergeuden. Es muss möglich sein, Professor Lehnert so lange aus dem Verkehr zu ziehen, bis die Sache vorüber ist. Anschließend ist er uns nicht mehr gefährlich.«

Die Blicke einiger Anwesenden verrieten, dass nicht alle mit dem Urteilsspruch ihres Königs einverstanden waren. Aber niemand wagte zu widersprechen. Schließlich übernahm Hagen von Martigny das Wort. »Nun gut!« Er wandte sich an die beiden Leibwächter, die der Sitzung reserviert im Hintergrund beigewohnt hatten. »Ihr habt gehört, was Ihre Majestät angeordnet hat.« Schweigend nickten die beiden dem Kanzler zu. »Ich nehme an, ich kann mich auf euch verlassen. Kommt nachher zu mir. Dann bekommt ihr weitere Instruktionen.« Mit einer respektvollen Verbeugung gaben die beiden zu verstehen, dass sie gewillt waren, den Befehl gewissenhaft auszuführen. Dann drehten sie sich um und verließen den Saal.

Er spielt seine Rolle gut, dachte Hagen von Martigny, als er wenige Minuten später dem König durch das Kirchenschiff der Kathedrale des Klosters folgte. Aber er ist zu weich. Ein Menschenleben war es nicht wert, den Großen Plan zu gefährden. Es würde ihm, Hagen, eine Lehre sein. Künftig würde er diese Dinge regeln, ohne Gunther mit einzubeziehen.

2. Kapitel

Rheinbach in der Voreifel, 7. September 1993
Friedhof St. Martin

Der junge Mann schaute auf seine Uhr: 15 Uhr 30. Als er die Grabreihen auf der linken Seite des Friedhofs überblickte, musste er lächeln. Er hätte darauf wetten können. Es war wie jeden Tag zur gleichen Uhrzeit. Der alte Mann saß vor dem Grab mit der Nummer dreiundzwanzig auf einem kleinen Klappstuhl, den er jeden Tag von zu Hause mitbrachte. Der junge Friedhofswärter hatte ihm sogar schon einmal angeboten, seinen Sitz im Geräteschuppen des Friedhofsgebäudes aufzubewahren, damit er ihn nicht jeden Tag auf dem Fahrrad mitnehmen musste. Aber der Alte hatte brummig abgelehnt. Daraufhin hatte er sich entschlossen, diesen kauzigen Typen besser nicht mehr anzusprechen.

»Traudel«, sagte Seibold, »du wirst es nicht für möglich halten, ich musste heute schon meinen Übergangsmantel anziehen. Schau her!« Er beugte sich vor und nestelte am Kragen seines alten Pepitamantels, den er vor vielen Jahren zusammen mit ihr bei Leffers in Bonn gekauft hatte. »Gute Qualität! So was wird heute nicht mehr hergestellt«, fuhr er fort. »So kalt war es Anfang September schon lange nicht mehr. Ich sage dir: Das Klima ändert sich! Der Herbst kommt immer früher.« Vorsichtig glättete er die Graberde mit seiner rechten Hand, um die Spuren eines Wildkaninchens zu beseitigen, das in der letzten Nacht über das Grab gehoppelt war. »Aber Gott sei Dank haben sie für die nächsten Tage deutlich besseres Wetter vorausgesagt.« Er blickte auf das Bild seiner

Frau, das neben ihrem Namen auf dem anthrazitfarbigen, konisch geformten Granitgrabstein angebracht war. Es war sein Lieblingsbild. Aufgenommen im Jahre achtundsechzig. Seine Töchter hatten gemeint, dass der Brauch, Bilder von Verstorbenen am Grab anzubringen, eher im Süden Deutschlands üblich war. Aber er hatte sich durchgesetzt. Das Bild half ihm, mit ihr zu reden.

Als er sah, wie sie ihn anlächelte, stiegen ihm Tränen in die Augen. Gut ein Jahr war es jetzt her, dass sie gestorben war. Urplötzlich und ohne Vorwarnung. Ein kalter Schauder lief ihm über den Rücken, als er daran zurückdachte, wie er sie damals in der Waschküche leblos auf dem Boden gefunden hatte. Sie wollte nur kurz die Waschmaschine anstellen und war nicht wiedergekommen. Immer wieder hatte er sie verzweifelt angefleht, sie solle doch atmen, verdammt noch mal, und wieder zu sich kommen. Aber sie hatte nicht auf ihn gehört. Die nächsten Stunden erlebte er wie in Trance. Er konnte sich nur noch an die Diagnose des Notarztes erinnern. »Das Herz«, hatte er gesagt, »sie hatte eben ein schwaches Herz.« Seibolds verzweifelter Einwand, sie hätte noch nie was mit dem Herzen zu tun gehabt, hatte dieser nur mit einem Schulterzucken quittiert. Danach hatte er geglaubt, nicht mehr weiterleben zu können. Am schlimmsten war der folgende Morgen, als er aufwachte und sie nicht mehr neben ihm lag.

»Die Kinder«, hatten seine Freunde und Bekannten zu ihm gesagt, um ihn zu trösten, »du hast doch noch Johanna und Maria! Und Philip, dein Enkelchen! Sie brauchen dich noch!«

Schließlich hatte er eingesehen, dass sie recht hatten und dass es seine Pflicht war, weiterzuleben. Traudel sagte es ihm jeden Tag, wenn er an ihrem Grab weilte.

»Ich muss jetzt gehen, Liebes«, sagte er und atmete schwer. Seine chronische Bronchitis hatte sich in den letzten Jahren zu Asthma entwickelt und bereitete ihm besonders bei kaltem Wetter Atemnot. »Johanna kommt gleich mit Philip vorbei, und ich muss noch duschen. Du weißt doch, wie sehr sie darauf achtet!« Er erinnerte sich daran, wie seine Tochter ihn zusammengestaucht hatte, als er ihr damals, kurz nach Traudels Tod, gestanden hatte, dass er sich nicht mehr daran erinnern könnte, wann er das letzte Mal geduscht hatte. »Das hätte Mama nicht gerne gesehen, dass du dich so hängen lässt«, hatte sie ihm vorgehalten.

Seibold faltete seine Hände. Er hatte bis zu Traudels Tod viele Jahre lang nicht mehr gebetet. Angesichts seiner schlimmen Erlebnisse und Erfahrungen während seiner Jahre als Polizist hatte er sich seine eigene Meinung zu Gott und der Religion gemacht. Traudel, eine überzeugte Katholikin, hatte es akzeptiert. Sie war eine große Marienverehrerin gewesen, und Seibold wusste, dass das *Gegrüßet seist du, Maria* ihr Lieblingsgebet war. So hatte er sich angewöhnt, seine Besuche an ihrem Grab immer mit diesem Gebet zu beginnen und zu beenden. Er hatte das Gefühl, dass es die Eintrittskarte war, um mit ihr kommunizieren zu können.

»Walter, wusste ich doch, dass ich dich hier finde!« Erschrocken fuhr Seibold hoch. Er hatte niemanden kommen hören. Als er sich ob der Störung ungehalten umdrehte, erkannte er Alfred Winand. Vor vielen Jahren, als er für einige Zeit Vorsitzender des Männergesangvereins Rheinbach gewesen war, hatte er ihn kennengelernt. Winand leitete damals den befreundeten Chor des Nachbardorfes Queckenberg. Deshalb hatten sie öfters miteinander zu tun gehabt und sich mit der Zeit angefreundet.

»Entschuldige bitte, dass ich dich in deiner Andacht störe, aber ich habe dich zu Hause nicht angetroffen. Da habe ich mir gedacht, dass ich dich hier finden könnte«, sagte

Winand. Als passionierter Jäger lief er tagein tagaus nur in grüner Jägerkluft herum.

»Da hast du ja anscheinend richtig kombiniert«, erwiderte Seibold bissig und schüttelte missmutig die ihm dargebotene Hand.

»Bleib ruhig sitzen«, sagte Alfred Winand lächelnd, »ich weiß, wie schwer uns das Aufstehen im Alter fällt.«

Einige Augenblicke schauten sich die Männer schweigend an. Dann sagte Seibold: »Was hast du auf dem Herzen?«

»Ich will direkt zur Sache kommen«, antwortete Winand mit ernster Miene. »Marion ist verschwunden.«

Seibold überlegte, bis ihm einfiel, dass Marion die Enkelin von Winand sein musste. »Und da kommst du zu mir?«, fragte er kopfschüttelnd. »Ist das nicht Sache der Polizei?«

»Da bin ich schon gewesen. Aber die wollten mir nicht helfen. Sie sind der Meinung, dass sich Marion wahrscheinlich wieder in Amsterdam rumtreibt und ich mir keine Sorgen machen soll, sie würde bald wieder zurückkehren.«

Seibold wusste, was seine ehemaligen Kollegen zu dieser Meinung veranlasste. Marion war ein Junkie, der sich viele Jahre in Europas Rauschgifthochburg herumgetrieben hatte. Ihr Schicksal war einige Zeit Gesprächsstoff in den Kreisen gewesen, in denen er und Traudel verkehrten. Marions Vater kannte Seibold nicht, ihre Mutter war gestorben, als sie noch ein Kind war. Sie war daraufhin bei ihren Großeltern aufgewachsen, die nicht hatten verhindern können, dass sie in schlechten Umgang geriet und schließlich in die Rauschgiftszene abrutschte. Als es Marion ganz dreckig ging, war sie zu ihren Großeltern zurückgekehrt und hatte die alten Leute für ihre Sucht finanziell bluten lassen. Als ihre Großmutter vor Kummer gestorben war, konnte man sie überreden, sich einer Entziehungskur zu unterziehen. Danach lebte sie wieder bei ihrem Großvater in Rheinbach-Loch.

»Und warum machst du dir Sorgen?«, fragte Seibold und klappte seinen Stuhl zusammen. Mit einer Handbewegung gab er Alfred Winand zu verstehen, dass sie ihr Gespräch im Gehen weiterführen konnten. Noch einmal warf er einen Blick auf Traudels Grab und entschuldigte sich im Stillen dafür, das Gebet nicht beendet zu haben. Morgen würde er es nachholen.

»Ich bin mir sicher, dass deine Ex-Kollegen unrecht haben. Sonst wäre ich nicht zu dir gekommen«, antwortete Winand. Als er merkte, dass Seibold nicht mit ihm mithalten konnte, verlangsamte er seinen Schritt. Vor einigen Jahren hatte eine verirrte Pistolenkugel dem früheren Leiter der Bonner Kripo die linke Kniescheibe zerschmettert. Seitdem zog er beim Gehen das Bein etwas nach.

Winand wartete, bis Seibold ihn eingeholt hatte. »Glaube mir, Walter! Marion hat sich nach der Entziehungskur vollkommen geändert und war dabei, ein neues Leben zu beginnen. Wir hatten in der letzten Zeit ein sehr vertrautes Verhältnis. Sie wäre nie weggefahren, ohne mir Bescheid zu geben.« Flehend sah er Seibold an. »Du musst mir glauben. Ich habe im Gefühl, dass da irgendetwas nicht stimmt!«

»Wie lange ist sie denn schon verschwunden?«

»Seit zwei Tagen.«

Seibold tat es leid, seinem früheren Freund nichts Tröstendes sagen zu können. »Erst zwei Tage!«, wiederholte er. »Ich glaube, dann gibt es noch keinen Grund, sich Sorgen zu machen. Ich bin mir sicher, dass meine Kollegen recht haben, Alfred. Deine Enkelin wird garantiert wieder in Amsterdam sein und zu dir zurückkehren, wenn sie Geld braucht.«

Alfred Winand senkte enttäuscht den Blick.

»Ich habe solche Fälle oft genug in meiner Polizistenlaufbahn erlebt«, fuhr Seibold fort. »Es würde mich sehr wundern, wenn es sich bei Marion anders verhielte.« Mitfühlend schlug er seinem Freund auf die Schulter. »Glaube mir! So wird es sein.« Dann suchte er die Hand seines alten Freundes und schüttelte sie. »Beim besten Willen, Alfred. Ich kann dir nicht helfen. Mach es gut.«

Mit diesen Worten wandte sich Seibold um und ließ Winand stehen. Ohne sich noch einmal umzublicken, humpelte er zu seinem Fahrrad.

Rheinbach, Polligstraße, 17 Uhr 20

Walter Seibold saß am Küchentisch und war enttäuscht. Johanna hatte angerufen und ihm mitgeteilt, dass sie nicht kommen konnte. Philip hatte leichtes Fieber, kein Grund zur Sorge, wohl nur ein leichter Infekt, den sich der Junge bei dem kühlen Wetter sicher draußen beim Spielen geholt hatte. Seibold hatte sich so auf den Kleinen gefreut. Der kleine Wirbelwind schaffte es immer wieder, ihn aus seiner Lethargie zu reißen und aufzumuntern.

Traurig schob er die Reste des Brotes beiseite. Er hatte keinen Hunger. Er dachte daran, dass Dr. Schneider, sein Hausarzt, bei der letzten Untersuchung festgestellt hatte, dass er Untergewicht hatte. »Du musst essen, Walter!«, hatte er gesagt. Aber wie sollte er essen, wenn er keinen Appetit hatte? »Und vergiss das Trinken nicht, Walter! Mindestens zwei Liter am Tag!« Seibold dachte daran, dass er den ganzen Tag außer einer Tasse Kaffee am Morgen noch nichts getrunken hatte.

Er stand auf, schlurfte zum Kühlschrank und holte eine Flasche Bier heraus. Als er wieder Platz genommen hatte, ließ er das Getränk geräuschvoll in ein Glas laufen. Die schäumende Krone, die sich dabei bildete, machte ihm zumindest etwas Durst. Bevor er den ersten Schluck zu sich nahm, atmete er tief ein. Gleichgültig hörte er den leichten Pfeifton, den die ausströmende Luft wegen seines Asthmas bildete. Er stierte auf das Glas und beobachtete, wie sich der Bierschaum an der Glaswand festsetzte.

Dann wanderte sein Blick durch die Küche. Zunächst blieb er an der Wanduhr hängen. Die Datumsanzeige zeigte Dienstag, 7. September. Er musste daran denken, dass jeden Dienstagabend der Rheinbacher Männergesangverein probte. Jahrelang hatte er keine einzige Probe verpasst. »Geh wieder zur Chorprobe!«, hatte ihm Elisabeth, seine Schwägerin von nebenan, geraten. »Walter, geh wieder unter die Leute!« Aber verdammt noch mal, sagte sich Seibold. Konnte denn keiner verstehen, dass er einfach nur alleine sein wollte?

Sein Blick fiel auf das Bild auf der Anrichte. Es war das letzte gemeinsame Familienfoto von ihnen allen, aufgenommen auf Philips Taufe, ein Jahr, bevor Traudel gestorben war. Maria, seine älteste Tochter, hielt den kleinen Philip auf dem Arm. Sie wohnte weit weg, in München. Sie war dort mit Werner, einem Ingenieur, der einen Job bei BMW bekommen hatte, verheiratet. Sie fehlte ihm. Nur ab und zu rief sie an. »Das ist der Lauf der Zeit«, hatte Traudel damals gesagt, als sie wegzog. »Kinder müssen einmal ihren eigenen Weg gehen.« Jahrelang hatten Maria und Werner versucht, Kinder zu bekommen, aber irgendwie hatte es nicht geklappt. Jetzt war Maria zu alt.

Seibold stand auf, holte das Bild von der Anrichte und stellte es vor sich auf den Küchentisch. Er sah auf Johanna, die glückstrahlende Mutter. Wieder fiel ihm auf, dass sie das gleiche Lachen wie ihre Mutter hatte. Johanna war seit fünf Jahren mit einem Lehrer verheiratet und wohnte in Euskirchen. Gott sei Dank war sie in seiner Nähe geblieben. Mindestens einmal die Woche kam sie mit Philip vorbei. Dann besuchten sie gemeinsam Traudel auf dem Friedhof.

Seibold nahm einen weiteren Schluck aus dem Bierglas. Dieses Mal leerte er das Glas fast bis zur Neige. Sein Blick fiel auf Traudel. Ihr Gesichtsausdruck war anders als auf den anderen Fotos, die er von ihr hatte. Fast ein wenig melancholisch. Als ahnte sie, dass sie nicht mehr lange zu leben hatte. Je nach seiner Gemütsverfassung konnte er unterschiedliche Botschaften aus ihrem Gesichtsausdruck herauslesen. Heute hatte er das Gefühl, dass sie ihn mit einer gewissen Strenge anschaute. Er wandte den Blick ab und wollte das Bild wieder zurückstellen. Doch er hielt inne. »Ich weiß, was du sagen willst, Liebes!«, sagte er leise. »Ich hätte Alfred nicht einfach so stehen lassen sollen. Ich verspreche dir, noch eine Nacht darüber zu schlafen.«

Aber schon als er das Foto wieder auf die Anrichte stellte, wusste er, dass er morgen früh zu Alfred Winand nach Rheinbach-Loch fahren würde.

3. Kapitel

Rheinbach-Loch, 8. September, 10 Uhr 20

Seibold fluchte leise vor sich hin. Er war schon viele Jahre nicht mehr in Loch gewesen und hatte große Probleme, das Haus von Alfred Winand zu finden, obwohl er früher mehrere Male dort gewesen war. Von Rheinbach kommend hatte er die große Kreuzung auf der Hauptstraße Lochs überquert und befand sich jetzt auf der Madbachstraße. Als ihm eine ältere Frau mit Hund entgegenkam, wollte er sie zuerst nach dem Haus seines alten Freundes fragen, aber sein Stolz hinderte ihn daran. So alt konnte er doch noch nicht sein, dass ihn sein Gedächtnis so im Stich ließ!

Als er schließlich auf der linken Seite das Straßenschild Kapellenweg sah, kam ihm die spitzwinklig nach unten führende Stichstraße irgendwie bekannt vor. Langsam bog er mit seinem alten Ford Granada in das Sträßchen ein. »Na also«, grummelte er erleichtert, als er das zweite Gebäude auf der rechten Seite, ein altes Fertighaus, wiedererkannte. Er parkte auf der Einfahrt zur Garage. Das Garagentor war auf und gab den Blick auf Alfred Winands grünen Range Rover frei.

Mühsam humpelte Seibold die kleine Treppe zum Hauseingang hoch und betätigte die Türglocke. Als ihm auch nach mehrmaligem Schellen niemand öffnete, wollte sich Seibold schon in den Garten hinter dem Haus begeben, um Alfred Winand dort zu suchen. Doch plötzlich hörte er Geräusche hinter der Tür, und wenig später schaute er in die müden Augen und das zerknautschte Gesicht seines alten Freundes. Winand starrte ihn sprachlos an.

»Was ist, Alfred? Willst du mich nicht hereinbitten?«, half Seibold seinem alten Freund auf die Sprünge.

»Doch ... doch, Walter! Entschuldige! Komm herein! Tut mir leid, dass ich dich so lange habe warten lassen. Ich gebe zu, ich wollte zunächst überhaupt nicht aufmachen. Ich habe die ganze Nacht nicht geschlafen und habe das *Ärme Dier*.«

Seibold wusste nur zu gut, was Winand damit meinte. Es war ein Zustand tiefster Missstimmung, in den der Rheinländer, begründet oder unbegründet, von Zeit zu Zeit fiel.

Er folgte Winand durch den Flur in das Wohnzimmer. »Dass du noch einmal vorbeikommst, habe ich nach dem gestrigen Gespräch wirklich nicht erwartet«, sagte er und forderte Seibold mit einer Handbewegung auf, auf einem der klobigen Sessel der veralteten Couchgarnitur Platz zu nehmen.

»Das hast du Traudel zu verdanken«, sagte der pensionierte Kommissar, »sie hat mich gestern Abend zurechtgestutzt.«

Winands erstaunter Gesichtsausdruck verriet, dass er zunächst nicht wusste, was Seibold meinte, doch dann antwortete er lächelnd. »Ach ja! Typisch Traudel.«

Seibold setzte sich und bestaunte die vielen Hirschgeweihe, die an den Wänden des Wohnzimmers hingen. »Hast du die etwa alle geschossen?«

Als Winand die Frage stolz bejahte, entschloss sich Seibold, seine Meinung zu Jägern und zur Jagd im Allgemeinen besser für sich zu behalten.

»Möchtest du einen Kaffee oder kann ich dir sonst etwas anbieten?«, fragte Winand.

»Nein danke, ich habe eben erst zu Hause gefrühstückt. Lass uns lieber gleich zur Sache kommen.« Seibold legte seinen Übergangsmantel neben sich auf die Couch. Dann streckte er sein rechtes Bein aus und rieb sein schmerzendes Knie. »Also«, begann er, »ich habe heute Morgen schon mit der Polizeiwache telefoniert. Manfred Raaf sagte, es gäbe noch nichts Neues von Marion. Ansonsten bestätigte er mir das, was du mir gestern gesagt hast: Die Polizei ist davon überzeugt, dass ihr Verschwinden etwas mit ihrem Suchtproblem zu tun hat. Man geht davon aus, dass sie bald wieder auftaucht.« Als Seibold sah, dass Winand Anstalten machte, zu protestieren, kam er ihm zuvor. »Wann hast du sie das letzte Mal gesehen?«

Erleichtert nahm Winand Platz. Seibolds Frage verriet ihm, dass sich der ehemalige Kommissar doch dazu entschlossen hatte, zu helfen. »Es war vor drei Tagen beim Mittagessen. Marion hatte Pfifferlinge zubereitet, die ich am Vortag im Wald gesammelt hatte. Sie sagte, sie würde am Nachmittag noch zu Professor Lehnert gehen, um nach dem Rechten zu sehen. Ich bin anschließend zur Jagd gegangen und erst spät am Abend wieder nach Hause gekommen. Da war sie nicht mehr da.«

»Professor Lehnert?«, hakte Seibold nach. »Wer ist das?«

»Ein alter Geschichtsprofessor aus Tübingen. Ich habe ihm seit zwei Monaten das alte Gästehaus im Garten vermietet. In den letzten Jahren wohnten dort immer Schüler der Glasfachschule. Da sich dieses Schuljahr kein Schüler für das Haus interessiert hatte, stand es leer.«

»Und was hatte Marion mit ihm zu tun?«

»Die beiden haben sich angefreundet. Schließlich fragte der Professor sie, ob sie nicht Lust habe, den Haushalt bei ihm zu machen. Du weißt schon: aufräumen, waschen, kochen usw. Als Marion hörte, was er ihr dafür bezahlen wollte, hat sie zugestimmt.«

»Weißt du, wie viel er ihr gegeben hat?«

»Ich glaube, fünfhundert Mark im Monat.«

Seibold pfiff leise durch die Zähne. Dafür kann man sich jede Menge Stoff in Amsterdam besorgen, dachte er, behielt seine Meinung aber für sich. »Ich würde gerne einmal mit Professor Lehnert sprechen«, sagte er und machte Anstalten aufzustehen.

»Das geht nicht«, erwiderte Winand.

»Warum?« Seibold sah ihn erstaunt an.

»Er ist in Südamerika.«

»Seit wann?«

Alfred Winand antwortete nicht sogleich. »Als ich vor drei Tagen abends nach Hause kam, lag ein Brief von ihm in meinem Briefkasten.« Er ging zum Sekretär, öffnete eine Schublade und holte einen weißen Briefumschlag hervor, den er Seibold überreichte. »Am besten liest du ihn selbst!«

Der alte Kommissar griff nach dem Briefumschlag. Nachdem er seine Lesebrille aus der Brusttasche geholt hatte, überflog er die handschriftlich verfassten Zeilen. Professor Lehnert entschuldigte sich zunächst dafür, sich nicht persönlich von seinem Vermieter verabschiedet zu haben; er habe ihn den ganzen Nachmittag nicht angetroffen. Er sei kurzfristig von einem ehemaligen Kollegen eingeladen worden, in Peru an Ausgrabungen teilzunehmen, und müsse noch am selben Tag nach Frankfurt fahren, um von dort einen Flug nach Lima zu nehmen. Zum Schluss bat er Alfred Winand, seine Enkelin herzlich zu grüßen. Dann folgte seine Unterschrift. Dem Schreiben beigelegt war die Monatsmiete für die nächsten drei Monate.

Seibold ließ den Inhalt des Briefes einen Moment auf sich wirken. »Ist es möglich, dass Marion ihn begleitet hat?«

»Das ist ausgeschlossen«, antwortete Winand energisch. »Sie hätte das niemals gemacht, ohne mir Bescheid zu geben. Außerdem: Warum sollte ich ihr dann von Professor Lehnert Grüße ausrichten?«

»Vielleicht hat sie sich kurzfristig dazu entschlossen, als

der Brief schon geschrieben war?«

Winand schüttelte den Kopf. »Ich bin in ihrem Zimmer gewesen. Da deutet nichts darauf hin, dass sie sich auf eine längere Reise vorbereitet hat.«

Seibold erhob sich. »Du gibst mir das Stichwort. Lass mich einmal einen Blick in ihr Zimmer werfen.«

Winand nickte. »Es ist auf der ersten Etage.« Er verließ das Wohnzimmer und stieg die Treppe zum Obergeschoss empor. Seibold folgte ihm.

Marions Zimmer befand sich gleich rechts neben dem Treppenaufgang. Als sie in das Zimmer eintraten, gaben zwei große Fenster an der Südseite einen schönen Blick auf die bewaldete Hügellandschaft frei. Seibold blieb in der Mitte des Raumes stehen. Bedächtig drehte er sich nach allen Seiten um, so wie er es schon viele Male bei seinen Ermittlungen während seiner aktiven Zeit getan hatte. Er hatte gelernt, dass gerade der erste Eindruck, den ein Zimmer dem Betrachter vermittelte, viel über seinen Bewohner aussagte. Ihm fiel auf, dass in diesem Raum nichts darauf hinwies, dass es von jemandem bewohnt wurde, der mit Drogen Probleme hatte. Dazu machte das Zimmer einen zu gepflegten Eindruck. Seibold betrachtet die Poster von Filmstars und Rockbands, die an den Wänden hingen.

»Wie alt ist Marion eigentlich?«, fragte er.

»Sie wird im Oktober zweiundzwanzig.«

Seibold nickte und steuerte auf Marions Bett zu. Winand wunderte sich zuerst, aber als Seibold die Matratze hochhob und das Bettgestell untersuchte, wusste er warum. Betten waren bei Junkies ein beliebtes Versteck für Drogen. Dann ging Seibold auf den Kleiderschrank zu, auf dem ein mittelgroßer Reisekoffer lag. Er nahm ihn herunter und öffnete ihn. Er war leer.

»Siehst du, Walter«, sagte Winand. »Den hätte sie doch gepackt und mitgenommen. Selbst wenn sie nach Amsterdam abgehauen wäre.«

Seibold antwortete nicht und öffnete den Kleiderschrank. Er war voller Kleidungs- und Wäschestücke. Nichts wies darauf hin, dass Marion irgendetwas herausgenommen hatte, um zu verreisen. Der alte Kommissar machte kehrt und öffnete die Tür zum Bad. Dort untersuchte er zunächst die Schmink- und Toilettenutensilien auf der Ablage über dem Waschbecken. Anschließend nahm er sich den Inhalt des Medizinschränkchens vor, das neben dem Spiegel hing. Er betrachtete jedes einzelne Medikament sorgfältig. Keines konnte er in Verbindung mit Drogen bringen. Zurück in Marions Zimmer, trat Seibold an den Schreibtisch. Neben der Schreibunterlage stand eine Fotografie. Marions Mutter.

Der Kommissar drehte sich zu Winand um, der an der Zimmertür lehnte und Seibolds Tun neugierig verfolgte.

»Wo ist eigentlich Marions Vater abgeblieben?«, wollte er wissen.

Winands Gesichtsausdruck verfinsterte sich. »Der Kerl ist abgehauen, als die Kleine zwei Jahre alt war.«

»Weiß man, wo er sich aufhält?«

»Nein!«, erwiderte Winand unwirsch. »Und das will auch keiner wissen!«

Der Kommissar merkte, dass er hier einen wunden Punkt in der Familiengeschichte angesprochen hatte, und entschied sich, dieses Thema nicht weiter zu vertiefen. Er öffnete die beiden Schubladen des Schreibtisches und kramte darin herum. In der oberen befanden sich Schreibutensilien und Briefpapier, in der unteren Informationsbroschüren über die Klinik, in der Marion ihren Drogenentzug gemacht hatte.

Als Seibold darin herumblätterte, sagte Winand: »Da habe

ich auch schon angerufen. Aber auch die konnten mir nicht weiterhelfen.«

Der Kommissar nickte und legte die Broschüren wieder in die Schublade zurück. Noch einmal ließ er seinen Blick durch das Zimmer schweifen. »Na gut!«, sagte er und atmete tief durch. »Aus dem, wie es hier aussieht, lässt sich wirklich nicht schließen, dass Marion verreist ist.«

Das vernahm Winand mit Genugtuung, wenigstens einer, der ihm glaubte.

»Dann wollen wir uns mal das Gästehaus anschauen«, sagte Seibold und machte Anstalten, den Raum zu verlassen. »Vielleicht finden wir dort etwas von Bedeutung.«

Winand zögerte. »Ich weiß nicht, ob Professor Lehnert das so recht wäre … aber andererseits … außergewöhnliche Umstände erfordern außergewöhnliche Maßnahmen.«

»Genau so sehe ich das auch«, grinste Seibold und klopfte Alfred Winand auf die Schulter.

Das Gästehaus befand sich im hinteren Teil des Gartens. Auf dem Weg dorthin erzählte Winand, dass er das Haus für seine Tochter und Marion gebaut hatte, als der *Kerl* die beiden sitzen ließ. Ein einfacher Flachdachbungalow, mit zwei Zimmern, Küche und Bad, der eigentlich renoviert werden müsste. Aber so lange sich seine Mieter nicht beschwerten, sah er keine Veranlassung dazu.

»Hat sich der Professor schon geäußert, wie lange er vorhatte, hier zu wohnen?«, fragte Seibold.

»Er sagte nichts Konkretes. Nur: Er wollte die Wohnung auf jeden Fall so lange mieten, bis seine Studien abgeschlossen sind.«

»Weißt du etwas Näheres über diese Studien?«

Winand schüttelte den Kopf. »Ich habe ihn einmal darauf angesprochen. Aber er wollte mir nichts sagen. Er tat irgendwie sehr geheimnisvoll.« Als sie am Gästehaus ankamen und Alfred Winand die Haustür aufschloss, sah er Seibold amüsiert an. »Walter, wenn du mich fragst: Ich glaube, er ist ein kleiner Spinner. So wie viele Professoren. Wenn du weißt, was ich meine …!?«

Das wusste Seibold nur zu genau. Er folgte seinem alten Freund über zwei kleine Treppenstufen in das Innere des Hauses.

Drinnen untersuchte der Kommissar zunächst das Bad und das Schlafzimmer. Die beiden Räume befanden sich zur Linken und Rechten des kleinen Flures direkt hinter dem Hauseingang. Im Gegensatz zu Marions Zimmer wies hier alles darauf hin, dass der Bewohner des Bungalows zu einer längeren Reise aufgebrochen war. Das Bad und der Kleiderschrank im Schlafzimmer waren, abgesehen von der Winterbekleidung, leer geräumt. Auch zwei große Reisekoffer fehlten, wie Winand feststellte.

Anschließend nahm Seibold das Wohnzimmer in Augenschein, dem sich übergangslos eine kleine Wohnküche anschloss. Seibold fiel auf, wie einfach es eingerichtet war. Funktional wie es war, erinnerte es Seibold mehr an ein Büro als an einen behaglichen Wohnraum. Eine Couch, ein Schränkchen, ein Schreibtisch mit einem PC-Bildschirm darauf, daneben ein Bücherregal. Das war alles.

Seibold inspizierte die wenigen Bücher, die auf dem Regal standen. Es handelte sich ausschließlich um Fachliteratur des frühen und hohen Mittelalters. Dann untersuchte er den Schreibtisch. Seibold kam es vor, als hätte der Professor ihn kurz vor Reiseantritt säuberlich aufgeräumt. Außer den üblichen Schreibtischutensilien lag nichts darauf. Sogar der Container mit den drei Schubladen unter dem Schreibtisch war leer. Seibold schaute Winand fragend an.

Dieser wusste sofort, worauf der Kommissar hinauswollte. »Ich weiß genau, dass sich dort jede Menge Schriftstücke befanden. Keine Ahnung, wo die Sachen abgeblieben sind. Aber vielleicht hat er sie ja mitgenommen, um während seines Aufenthaltes in Peru weiter daran zu arbeiten?«

»Schon möglich«, antwortete Seibold und ging zu dem kleinen Schränkchen. Er öffnete die obere Klappe. Als er sah, was sich darin befand, pfiff er leise durch die Zähne. Der Schrank war mit mindestens einem Dutzend der erlesensten Whiskysorten gefüllt.

Als Winand hinzutrat, sagte er süffisant: »Auch ein Professor hat ein kleines Laster, Walter!«

»Ich hoffe, es ist kein all zu großes.« Seibold kniete sich hin und öffnete die untere Schranktür. Als er sah, dass sich nur Geschirr und Gläser darin befanden, richtete er sich mühsam wieder auf. Keuchend massierte er sein Knie.

Dann ging er in die Wohnküche. Aber schon nach kurzer Zeit sagte ihm seine Erfahrung, dass er dort nichts Wissenswertes finden würde, und kehrte zurück. »Das soll es für's Erste gewesen sein, Alfred. Ich lasse mir noch einmal alles durch den Kopf gehen. Dann sage ich dir Bescheid, wie wir weiter vorgehen.«

»Walter, du glaubst gar nicht, wie dankbar ich dir bin, dass du mir hilfst«, antwortete Winand. Niedergeschlagen schaute er Seibold an. »Marion ist doch das Einzige, was mir noch geblieben ist.«

Seibold nickte verständnisvoll. Wie weh es tat, seine Lieben zu verlieren, wusste er nur zu gut. »Schon gut.« Obwohl er sich alles andere als sicher war, fügte er hinzu: »Du wirst sehen, es wird schon alles wieder in Ordnung kommen.«

Als Seibold das Gästehaus verlassen wollte, hatte er das Gefühl, irgendetwas Wichtiges übersehen zu haben, und blieb nachdenklich an der Haustür stehen. Winand drehte sich verwundert um und sah, dass der alte Kommissar humpelnd zum Wohnzimmer zurückeilte.

An der Wohnzimmertür hielt Seibold an und blickte angestrengt in den Raum. Dann fiel es ihm auf. Der PC selbst fehlte. Die Anschlusskabel, die unter der Schreibtischplatte baumelten, bewiesen, dass er direkt unter dem Bildschirm gestanden haben musste. Seibold konnte sich nicht vorstellen, dass er ihn nach Peru mitgenommen hatte.

Auf der Rückfahrt nach Rheinbach resümierte Seibold, was er in den letzten beiden Stunden erfahren hatte. War er heute früh noch ziemlich überzeugt davon gewesen, dass es sich bei dem Besuch bei Alfred Winand nur um einen nutzlosen Freundschaftsdienst handelte, musste er jetzt seine Meinung revidieren. Zu viele Ungereimtheiten, die die Befürchtungen seines alten Freundes nicht unbegründet erschienen ließen, hatte die bisherige Untersuchung ergeben. Als er seinen Ford Granada auf Höhe von Gut Waldau verlangsamen musste, weil er auf einen Trecker auffuhr, spürte er, dass eine Veränderung in ihm vorgegangen war. All seine Gedanken fokussierten sich allmählich auf diesen Fall. Er kannte dieses Gefühl. Er hatte wie in früheren Zeiten Blut geleckt und die Fährte aufgenommen. Und – das Wichtigste war: Er fühlte sich wohl dabei und musste sich eingestehen, dass er darauf brannte, dieser Sache nachzugehen. Das würde er heute Nachmittag auf dem Friedhof sogleich Traudel erzählen. Er war sich sicher, dass es ihr gefallen würde. Aber zunächst musste er noch ein paar dringende Telefonate erledigen. Dann würde er entscheiden, ob er mit Hauptkommissar Steinke, seinem Nachfolger im Ersten Kommissariat der Kripo Bonn, Kontakt aufnehmen würde.

Bonn-Hardthöhe, Verteidigungsministerium, 16 Uhr 20

Ungeduldig ging Peter von Harnig in dem Dienstzimmer seines Vorgesetzten auf und ab und schaute immer wieder auf seine Uhr. Der Oberstleutnant wartete jetzt schon über eine halbe Stunde. Vor lauter Nervosität studierte er noch einmal sämtliche Auszeichnungen Oberst Herrenreiters, die dieser an der Wand hinter seinem Schreibtisch aufgehängt hatte. Besonders auf die Urkunde, die ihn als Herren-Einzel-Meister im Tennisturnier des NATO-Hauptquartiers SHAPE in Mons/Belgien auszeichnete, schien der Oberst stolz zu sein, da sie zentral hinter seinem Schreibtischstuhl platziert war.

Jetzt horchte Peter von Harnig auf. Er hatte Schritte auf dem Flur gehört. Schnell eilte er in die Mitte des Zimmers und nahm Haltung an. Gleich darauf erschien Herrenreiters große Gestalt in der Tür. Ohne zu grüßen, polterte er los. »Was gibt es denn so Dringendes, dass Sie mich aus einer wichtigen Stabsbesprechung des Geheimen Zirkels herausholen müssen, von Harnig? Sie wissen doch, dass die ›Operation Burgunderreich‹ kurz bevorsteht!«

»Genau aus diesem Grunde muss ich mit Ihnen sprechen«, entgegnete von Harnig.

Herrenreiter musterte den Oberstleutnant skeptisch. Dann drehte er sich um und schloss die Tür. Nachdem er an seinem Schreibtisch Platz genommen hatte, klingelte das Telefon. Er nahm den Hörer ab. »Nicht jetzt, Wiltrud!«, sagte er, als er die Stimme seiner Frau am anderen Ende hörte. Er versuchte höflich zu klingen. »Ich rufe dich gleich zurück.« Er legte den Hörer auf und fixierte von Harnig mit einem stechenden Blick. »Na, dann legen Sie mal los!«

»Herr Oberst«, begann der Offizier unsicher, »Sie wissen, dass ich ein großer Bewunderer und Unterstützer der Burgundischen Sache bin. Daher stelle ich mich schon seit einigen Jahren gewissenhaft in deren Dienst.«

»Kommen Sie bitte zur Sache, Mann!«, unterbrach Herrenreiter von Harnig ungeduldig.

Der Oberstleutnant hatte verstanden. »Ich ... ich habe eben versehentlich ein Fax aus Russland in den Händen gehabt. Es war an Sie adressiert!«

Herrenreiters Miene verfinsterte sich.

»Ich bin sehr beunruhigt, Herr Oberst!«, von Harnig räusperte sich nervös, bevor er weitersprach. »Der Absender war Uschur-4 in Sibirien.«

Herrenreiter schwieg. Daher fuhr Peter von Harnig eilig fort: »Sie wissen, dass ich gerne meine guten Kontakte aus meiner Zeit in der NVA zu wichtigen militärischen Stellen aus der ehemaligen Sowjetunion für die Burgundische Sache zur Verfügung gestellt habe, aber ...« Er hielt einen Moment inne, da ihn Oberst Herrenreiter lauernd anstarrte, »... aber, sagen Sie mir bitte, warum hat Burgund Kontakt zu Uschur-4 aufgenommen?«

»Das kann ich Ihnen nicht sagen. Diese Sache unterliegt absoluter Geheimhaltung, von Harnig!«, sagte Herrenreiter mit eisiger Schärfe in der Stimme. Drohend fuhr er fort: »Ich kann Ihnen nur raten, dieses Fax schnell zu vergessen.«

Von Harnig nahm all seinen Mut zusammen. »Wenn diese Kontakte zu dem genutzt werden sollten, was ich vermute, ... dann ... dann steige ich aus.«

»Das können Sie nicht mehr, von Harnig!« Oberst Herrenreiter war aufgesprungen. »Dazu ist es jetzt zu spät!« Einen Augenblick herrschte unheilvolle Stille.

Dann entgegnete von Harnig zögerlich, aber bestimmt: »Ich ... habe verstanden, Herr Oberst. Dann richten Sie Herrn von Martigny von mir aus, dass ich mich ausgenutzt fühle und ... dass ich das, was jetzt geschieht, nicht mehr mit meiner Offiziersehre vereinbaren kann.« Seine Augen begegneten standhaft Herrenreiters entgeistertem Blick. »Sagen Sie ihm weiterhin, dass ich, sollte sich meine Befürchtung bewahrheiten, bereit bin, damit an die Öffentlichkeit zu gehen!« Von Harnig deutete einen militärischen Gruß an und verließ energischen Schrittes das Zimmer.

»Bleiben Sie!«, brüllte ihm Oberst Herrenreiter hinterher. »Das können Sie nicht machen! Lassen Sie doch mit sich reden und nehmen Sie Vernunft an!«

»Und ob ich das kann«, sagte Oberstleutnant von Harnig leise, als er den Flur hinunterging. Hinter sich hörte er Oberst Herrenreiter in seinem Zimmer toben.

4. Kapitel

Martigny in der Schweiz, Chalet Saint Sigismond,
8. September, 18 Uhr 20

Hagen von Martigny empfing Guillaume und Bertrand auf der Terrasse seines Chalets. Das alte Herrenhaus befand sich im Stadtteil Bourg, am Eingang in das Val de Bagnes, und schmiegte sich malerisch an einen der Berghänge, die das Tal umgaben. Er war in den letzten beiden Tagen zwar telefonisch mit den beiden Männern in Verbindung geblieben, aber er wollte einen persönlichen Rapport über das, was sich in Deutschland zugetragen hatte. Diese Angelegenheit durfte jetzt, so kurz vor der Durchführung des Großen Plans, nicht auf die leichte Schulter genommen werden. Obwohl seine Villa ziemlich einsam und abgelegen lag, bat er die beiden Leibwächter in das Innere des Hauses. Der Kanzler wollte jedes Risiko vermeiden, dass jemand ihr Gespräch mithörte.

Nachdem er sogar das Fenster seines Arbeitszimmers geschlossen hatte, setzte er sich an seinen Schreibtisch und schlug seine Beine übereinander. Die beiden Leibwächter blieben ehrfürchtig mit verschränkten Händen hinter dem Rücken vor dem Schreibtisch stehen. Der Burgunderkanzler musterte das ungleiche Pärchen. Guillaume, groß und vierschrötig, überragte den kleinen, aber stämmigen Bertrand um eine Haupteslänge.

»Musstet ihr das Mädel unbedingt mit hineinziehen?«, fragte er tadelnd.

»Das war nicht vorauszusehen. Sie stand auf einmal in der

Tür«, antwortete Guillaume, der seit jeher der Wortführer der beiden war. Bertrand hingegen hatte ein eher zurückhaltendes Naturell und redete nur, wenn es unbedingt sein musste. Doch dieses Mal meldete auch er sich zu Wort. »Ohne sie hätte der Professor nie den Brief unterschrieben«, rechtfertigte er ihr Verhalten.

»Im Nachhinein war es sogar von Vorteil, dass sie auftauchte«, übernahm Guillaume wieder das Wort. »Der Professor ist nämlich ein komischer Kauz. Gerade solche Leute sind schwer einzuschüchtern. Sie lassen sich lieber umbringen, als sich zu irgendetwas zwingen zu lassen. Erst als wir damit drohten, der Kleinen etwas anzutun, wurde er gefügig.«

»Aber man wird nach ihr suchen«, gab der Kanzler zu bedenken, »und das bringt Unruhe. Und die können wir uns gerade jetzt nicht erlauben!«

»Das wird nicht passieren«, beruhigte ihn Guillaume. »Wir haben natürlich Erkundigungen eingezogen. Das Mädchen ist ein Junkie und hat sich schon oft von heute auf morgen aus dem Staub gemacht, um sich Stoff zu besorgen. Es ist schon vorgekommen, dass man wochenlang nicht wusste, wo sie sich befand.«

Hagen von Martigny schien diese Antwort nicht gänzlich zufriedenzustellen. Mit gerunzelter Stirn sah er seine Bediensteten an. »Sagt unseren Leuten in Rheinbach, dass sie auf jeden Fall kurzen Prozess mit ihnen machen sollen, wenn sie Schwierigkeiten machen!« Dabei bemerkte er, dass Bertrand Guillaume einen fragenden Blick zuwarf, richtete sich dieser Befehl doch gegen den ausdrücklichen Wunsch des Burgunderkönigs. Daher fügte der Kanzler hinzu: »Die Sache nehme ich auf meine Kappe. Heute Abend noch werde ich mit Seiner Majestät darüber sprechen. Ich bin sicher, dass es mir gelingen wird, ihn davon zu überzeugen, dass jedes Risiko gerade jetzt unbedingt vermieden werden muss.«

Bertrand schien zufrieden und nickte seinem Kollegen zu.

»Wie ist die Sache mit von Schewen ausgegangen?«, wechselte Hagen von Martigny das Thema.

»Perfekt!«, erwiderte Guillaume. »Wir haben ihn persönlich zum Flughafen gebracht. Niemand hat bemerkt, dass er unter falschem Namen nach Lima geflogen ist. Wir haben dort auch das Auto des Professors abgestellt.«

Hagen von Martigny lächelte zufrieden. Er dachte daran, was für ein glücklicher Zufall es gewesen war, dass sich von Schewen, ihre Kontaktperson für Mittel- und Südamerika, gerade in Deutschland befunden hatte und sowieso im Begriff war, wieder über den großen Teich zu fliegen.

Er stand auf und blickte nervös auf seine Uhr. Wo blieb denn nur der Anruf von Oberst Herrenreiter? Auf der Hardthöhe musste doch schon längst Dienstschluss sein! Sein militärischer Koordinator für Deutschland hatte versprochen, sich heute noch vor neunzehn Uhr zu melden. Die Zeit drängte, denn er musste noch nach Rolle, um den König zu unterweisen. »Sie können gehen, meine Herren!«, sagte der Kanzler schließlich ungeduldig zu Guillaume und Bertrand. »Warten Sie im Wagen auf mich!«

Als die Leibwächter das Zimmer verließen, blickte er ihnen nach. Er war erleichtert, dass die beiden so schnell aus Deutschland zurückgekehrt waren, denn er mochte es nicht, wenn sein Neffe lange unbeobachtet blieb. Besonders wenn die Gefahr bestand, dass die kleine Göre ihm den Kopf verdrehte. Der energische Klingelton seines Telefons riss ihn aus seinen Gedanken. Na endlich, Herrenreiter!, dachte er. Das wurde aber auch Zeit!

Gunther wartete am Fenster. Jeden Moment musste sie unten vorbeikommen. Er schob die Gardine etwas zur Seite. Dann konnte er Giselle sehen. Wie vereinbart drehte sie sich noch einmal um. Sie küsste ihre Handfläche. Dann legte sie ihre offene Hand an ihren Mund und blies den Kuss zu ihm nach oben. Ein letztes Mal lächelte sie ihm zu und verschwand durch den Toreingang. Gunther schaute auf seine Uhr, als er die Gardine wieder zuzog. Die Außenpforte des Internats wurde um dreiundzwanzig Uhr geschlossen, Giselle war also gerade noch rechtzeitig gegangen. Obwohl sie die Tochter des Internatsleiters war, wohnte sie außerhalb des Institutsgeländes in dem Haus ihrer verstorbenen Mutter.

Trunken vor Glück warf er sich auf sein Bett. Immer wieder durchwühlte er mit seinem Gesicht das Kopfkissen, bis er den Geruch ihres Parfüms gefunden hatte. Gierig sog er ihren Duft ein. Dann drehte er sich auf den Rücken und schloss die Augen. Von einigen Schulkameraden, die auf diesem Gebiet mehr Erfahrung als er hatten, wusste er, dass man, wenn man verliebt war, immerzu an jemanden denken musste und es gar nicht mehr erwarten konnte, denjenigen wiederzusehen. So erging es ihm jetzt. Das musste Liebe sein, und es war ein herrliches Gefühl. In der letzten Zeit hatte er sich häufig ausgemalt, wie er mit Giselle den Burgunderthron besteigen würde. Er hatte schon einige Mädchen kennengelernt, aber keine hatte ihm zugesagt. Die meisten stammten aus dem Hochadel und waren ihm von Onkel Hagen vorgestellt worden. Auch sein Kanzler hatte sich schon Gedanken darüber gemacht, wie die rechte Partnerin an seiner Seite aussehen sollte, wenn er sein bedeutungsvolles Amt übernehmen würde. Aber jetzt war es für ihn so sicher wie das Amen in der Kirche: Nur Giselle, nur sie allein, würde er als seine Königin akzeptieren. Auch wenn sie nicht aus adeligem Geblüt stammte. Er würde sich in dieser Frage von Onkel Hagen nicht reinreden lassen. Er war der König. So konnte auch er alleine bestimmen, wer den Thron mit ihm teilte. Hagen von Martigny würde es einsehen müssen. Er nahm sich vor, schon bald sowohl ihn als auch Giselle in seine Pläne einzuweihen.

Ungeduldig sprang er aus dem Bett. Seine Nerven waren überreizt. Er wusste, dass er in diesem Gemütszustand nicht einschlafen konnte, und setzte sich an seinen Schreibtisch. Dort lag noch immer das Unterrichtsmaterial, das ihm sein Onkel für die heutige Unterweisung mitgebracht hatte. Hastig durchblätterte er die Geschichtswerke, die er sich für die nächste Unterrichtsstunde ansehen sollte. *Die Geschichte des Burgundergeschlechts* war das Thema der letzten Unterweisung gewesen, ein interessantes Thema. Auf jeden Fall interessanter als die politischen Themen der Unterrichtsstunden zuvor, als Onkel Hagen die demokratischen Staatsformen in Europa als Scheindemokratien gegeißelt hatte, die, von der Hochfinanz beeinflusst, nur korrupte und machtbesessene Volksvertreter hervorbrachten. Diesem System stellte er das monarchische System des Großen Plans gegenüber, in dem die Völker Europas von einem geistig elitären Zirkel von hohem Geblüt unter der Vorherrschaft Burgunds regiert würden, die jeden Bürger in der Gesellschaft gemäß seines Standes in Wohlstand gedeihen ließe. Dabei hatte der Kanzler zugeben müssen, dass dies zunächst nicht ohne die Einschränkung persönlicher Freiheiten durchzuführen sei und bisweilen diktatorische Maßnahmen erfordere. Das Volk würde sie aber akzeptieren, wenn es erst die Vorteile des neuen Staatswesens erkennen würde. Der Burgunderkanzler war davon überzeugt, dass Gunther ein würdiger und fähiger Führer dieses Neuen Europas sein würde. Immer wieder hatte er ihm versichern müssen, dass die Umsetzung des Großen Plans unblutig vonstattengehen würde. Daraufhin hatte sein Onkel ihm die weitverzweigten Kontakte des Königreichs Burgund zu hohen Repräsentanten aus Wissenschaft, Adel, Kirche, Politik und Militär auf dem europäischen Kontinent aufgezeigt, die dafür sorgen würden, dass das Unternehmen »Operation Burgunderreich« am Tage X reibungslos verlaufen würde. Besonders wichtig war in diesem Zusammenhang, dass auch die seit Jahrhunderten bestehenden Geheimbünde, wie die Freimaurer, Rosenkreuzer usw., aus deren Reihen nach Aussage von Martigny seit jeher die geistige Elite der Gesellschaft entstammte, nicht nur ihren Plan unterstützten, sondern sich sogar daran beteiligten. Auch Gunthers Bedenken, wie sich die Großmächte außerhalb Europas zu diesem revolutionären Akt stellen würden, hatte Hagen von Martigny zerstreut. Die maßgeblichen Repräsentanten in den Machtzirkeln dieser Staaten seien, so Martigny, nicht nur in den Plan eingeweiht, sondern billigten ihn ausdrücklich.

Gedankenverloren blätterte der junge Burgunderkönig weiter in den Unterrichtsmaterialien. Bei einem Bild in dem Kapitel *Untergang der Burgunder* blieb er hängen. Es zeigte, wie eine Horde hunnischer Reiter auf ihren kleinen Pferden mit Pfeil und Bogen einen burgundischen Ritter bedrängte. In diesem Moment überfiel ihn Unbehagen. Er musste daran denken, wie sein Onkel die Vernichtung des Burgunderheeres geschildert hatte. Der sonst so besonnene Kanzler hatte sich dabei förmlich in Rage geredet. Mit bebender Stimme und Hass in den Augen hatte er sich über die Menschen Asiens in einer Form ausgelassen, die Gunther beunruhigte.

Er nahm sich daher vor, dieses Thema in einer der nächsten Unterrichtsstunden noch einmal anzusprechen.

Martigny in der Schweiz, Chalet Saint Sigismond, 23 Uhr

Wütend knallte Hagen von Martigny den Telefonhörer auf die Gabel und trommelte nervös mit den Fingerspitzen seiner rechten Hand auf dem Schreibtisch. »Du kleines Flittchen«, zischte er durch die Zähne, »du kommst mir nicht in die Quere!« Guillaume hatte ihm soeben berichtet, dass Gunther am heutigen Abend nach seiner Abreise aus Rolle noch Damenbesuch empfangen hatte. Bevor er sich gedanklich mit der Lösung dieses Problems beschäftigen konnte, klingelte das Telefon erneut. Er wusste, dass der Anruf aus Deutschland kam. Er hatte am frühen Abend mit Oberst Herrenreiter vereinbart, dass der nochmals gegen dreiundzwanzig Uhr anrufen sollte, da Martigny das Telefonat vorhin hatte beenden müssen, damit er rechtzeitig in Rolle ankam. Der Kanzler machte sich Sorgen. Der Oberst hatte sehr aufgeregt geklungen und darauf bestanden, die Unterredung noch am selben Abend weiterzuführen.

»Na, Herrenreiter!«, bellte der Kanzler in das Telefon. »Was gibt es denn so Dringendes?«

Als er hörte, was der Anrufer auf dem Herzen hatte, erstarrte er. »Was soll das heißen ... Skrupel ... Offiziersehre ...? Mensch, Herrenreiter! Bringen Sie den Kerl gefälligst zur Vernunft!«

Oberst Herrenreiter am anderen Ende der Leitung versuchte fortzufahren, doch Hagen von Martigny ließ ihn nicht ausreden. »Wie Sie das machen, ist mir egal! Nur unternehmen Sie was! Haben Sie mich verstanden? Ich erwarte morgen positiven Rapport von Ihnen, sonst werden Sie mich kennenlernen!«

Außer sich vor Wut packte er das Telefon und schleuderte es gegen die Wohnzimmerwand. »Sind denn jetzt alle verrückt geworden?«, schrie er. In diesem Moment klopfte es an der Tür, und Hagen von Martigny hielt inne. Es dauerte nur einen kurzen Moment. Dann hatte er sich wieder vollständig in der Gewalt. Er räusperte sich. »Ja, bitte«, sagte er ruhig.

Von draußen erklang die Stimme seiner Haushälterin. »Ist alles in Ordnung bei Ihnen, Herr von Martigny?«, fragte sie ängstlich.

»Es ist alles in Ordnung, Madame Evreux! Mir ist nur das Telefon aus den Händen geglitten und zu Boden gefallen.«

»Ach so«, antwortete die Haushälterin erleichtert, »kann ich noch etwas für Sie tun?«

»Nein, Madame, gehen Sie ruhig zu Bett!«

Er wartete, bis ihre Schritte im Flur verhallten. Dann ging er bedächtig auf das Telefon zu und hob es auf. Er hob den Telefonhörer an sein Ohr und lauschte. Die Leitung war tot. Behutsam stellte er das defekte Gerät auf den Schreibtisch und nahm Platz. Er vergrub sein Gesicht in den Händen und versuchte sich zu sammeln. Nach wenigen Augenblicken hatte er sich entschieden. Es war zu riskant, sich auf Herrenreiter zu verlassen. Er holte sein Mobiltelefon, eine seiner neuesten technischen Errungenschaften, aus der Rocktasche und wählte die Nummer von Guillaume.

5. Kapitel

Rheinbach, Polligstraße, 9. September, 10 Uhr 25

Walter Seibold saß frisch geduscht und rasiert am Küchentisch und spitzte einen Bleistift. Frühstücksbrote und eine Kanne Kaffee standen griffbereit in seiner Nähe. Noch spät am gestrigen Abend hatte er auf einen Notizblock eine Liste von Fragen geschrieben, die er jetzt abarbeiten wollte. Er hatte schon in aller Frühe einige wichtige Telefonate geführt, von denen er sich Hilfe bei der Beantwortung der Fragen erhoffte.

Als Erstes hatte er Raaf von der Rheinbacher Polizeiwache angerufen und nachgefragt, ob man etwas Neues von Marion gehört hatte. Als dieser verneinte, überlegte er, ob er den Rheinbacher Polizeichef in seine Ermittlungen mit einbeziehen sollte. Doch er entschied sich abzuwarten, es war noch zu früh. Wenn sich weitere Verdachtsmomente ergaben, konnte er Raaf immer noch einweihen. Anschließend wählte er die Nummer der Bonner Kriminalpolizei. Frau Walgenrath von der Vermittlung freute sich aufrichtig, seine Stimme zu hören. Nachdem sie sich nach Seibolds Befinden erkundigt hatte, kam sie sofort auf das schlechte Arbeitsklima im Ersten Kommissariat zu sprechen, seitdem Seibold die Dienststelle nicht mehr leitete. Der hatte jetzt eigentlich seinen Nachfolger, Arthur Steinke, sprechen wollen, doch während des Gesprächs mit der Telefonistin entschied er sich anders, ohne genau zu wissen warum. Eine innere Stimme sagte ihm einfach, dass es so besser war, auch wenn er sich darüber im Klaren war, dass er sich Ärger einhandelte, wenn sein Nachfolger davon erfuhr. Stattdessen ließ er sich mit seiner früheren rechten Hand, Oberkommissar Dembrowski, verbinden. Bei ihm war er sich sicher, dass er ihn um einen Gefallen bitten konnte, ohne eine Bemerkung über die Einmischung in Polizeiangelegenheiten zu befürchten. Sein früherer Kollege erklärte sich auch gleich bereit, ihm zu helfen, was seine Fragen zu Professor Lehnert betraf.

Und tatsächlich, kurz bevor Seibold unter die Dusche gegangen war, hatte Dembrowski bereits zurückgerufen und ihm die Ergebnisse seiner Recherchen mitgeteilt. Im Großen und Ganzen deckten sich seine Aussagen über Professor Lehnert mit dem, was er schon von Alfred Winand erfahren hatte. Neu für Seibold war, dass der Professor seine Lehrtätigkeit an der Universität Tübingen vor einigen Jahren aus Altersgründen beendet hatte und dass er als Sonderling unter den Geschichtsprofessoren galt, da er sich des Öfteren mit anscheinend abstrusen Thesen über die gängige Lehrmeinung hinweggesetzt hatte. Er hatte seine Wohnung in Tübingen vor einigen Wochen aufgegeben und war überraschend in die Voreifel umgezogen. Familie hatte er nicht, abgesehen von einer älteren Schwester, die an Demenz erkrankt war und in einem Altenheim in Würzburg ihren Lebensabend verbrachte. Außerdem hatte Dembrowski von den Kollegen am Frankfurter Flughafen erfahren, dass ein Professor Lehnert auf der Passagierliste eines Fluges nach Lima am 7. September eingetragen war und den Flug auch angetreten hatte.

Nach diesem Gespräch ließ sich Seibold von der Telefonauskunft die Nummer der Universität Tübingen geben. Nach mehreren Versuchen hatte er endlich in Professor Lauenstein einen Ansprechpartner des Fachbereichs Geschichte gefunden. Dieser war der einzige Kollege Lehnerts, der ihn noch persönlich gekannt hatte, da sich das Dozentenkollegium in den letzten Jahren erheblich verjüngt hatte. Leider wusste er nicht, wonach Lehnert in der Zeit nach seiner Emeritierung geforscht hatte. Immerhin erfuhr Seibold, dass das Spezialgebiet des Professors die Zeit der Staufer gewesen war, über deren Lyrik er auch ein Buch geschrieben hatte. Seibold beschloss sogleich, sich dieses Buch in der örtlichen Buchhandlung zu besorgen.

Der Kommissar wurde durch den Gongschlag der großen Standuhr von Tante Lisa aus seinen Gedanken gerissen. Es war halb elf. Noch einmal schaute er auf seinen Notizzettel. Er hatte alle Punkte bearbeitet, und es war Zeit für ein Resümee. Als er ein neues Blatt aus dem Notizblock riss, musste er schmunzeln. »Zettelwalter« nannten ihn seine Kollegen früher scherzhaft, denn in seiner Dienstzeit hatte er seine handschriftlichen Aufzeichnungen immer auf einem kleinen Notizblock festgehalten. Die Zettel wurden dann nebeneinander an eine Stecktafel in seinem Dienstzimmer geheftet. Von Jürgen Dembrowski hatte er erfahren, dass im nächsten Jahr der PC Einzug in das Polizeipräsidium halten würde. Die ersten Fortbildungsmaßnahmen waren bereits angelaufen. Seibold war ausgesprochen froh, dass er das nicht mehr miterleben musste. Er war immer schon ein ausgesprochener Technikmuffel gewesen. Daher besaß er auch zu Hause keinen eigenen Computer, und er wollte auch kein Mobiltelefon haben, obwohl Johanna ihm sogar angeboten hatte, ihm eins zu schenken. Diese drahtlosen Fernsprecher, die man Handys nannte, waren ihm ein Gräuel. Er hasste einfach das Gefühl, immer und überall erreichbar zu sein.

Seibold schloss die Augen und konzentrierte sich wieder auf seine Aufzeichnungen. Er entschied sich, seine Gedanken zu ordnen, indem er die Anhaltspunkte, die für und die gegen ein Verbrechen an Marion sprachen, aufschrieb und anschließend abwog, so wie er es auch in seiner aktiven Zeit getan hätte.

Nach einer halben Stunde hatte Seibold seine Aufzeichnungen beendet. Noch einmal überflog er alle Argumente. Die wichtigste Frage war: War Marion vielleicht doch zusammen mit Lehnert nach Südamerika gereist? Das wäre natürlich die einfachste Lösung. Dafür sprach, dass sie sich angefreundet hatten und der Professor auf Marions haushälterische Fähigkeiten vielleicht auch in Südamerika nicht verzichten wollte. Dagegen sprach jedoch, dass auszuschließen war, dass Marion eine so lange Reise ohne irgendwelche Reisevorbereitungen begangen hatte. Außerdem hatte sich laut Dembrowski niemand mit dem Namen Marion Winand auf der Passagierliste nach Lima befunden. Und: Professor Lehnert hätte sicherlich in seinem Abschiedsbrief Marions Mitreise erwähnt. Alleine schon, um Marions Großvater nicht zu beunruhigen. Diese Option war also auszuschließen. Blieb nur noch die ursprüngliche Annahme, die auch die Polizei favorisierte. Marion war wieder nach Amsterdam gefahren, um Drogen zu besorgen, schließlich hatte sie durch ihre Tätigkeit als Haushälterin genügend Geld verdient. Außerdem war die Rückfallquote bei Heroinabhängigen enorm hoch. Ein Anhaltspunkt für ein Verbrechen war jedenfalls bislang nicht zu erkennen. Sicher würde sie bald wieder auftauchen. Die Sache war eigentlich klar. Wenn da nicht der fehlende Rechner in Professor Lehnerts Büro wäre und Seibolds Intuition, auf die er sich als aktiver Kriminalbeamter immer hatte verlassen können. Eine Eingebung, die ihm sagte, dass irgendetwas an dieser Angelegenheit faul war und mit Professor Lehnerts Umzug in die Voreifel zu tun hatte. Seibold entschied, so schnell nicht aufzugeben.

Er setzte sich wieder an den Tisch, riss ein weiteres Blatt aus dem Notizblock und notierte sich, welche Ermittlungen er am Nachmittag in Loch plante.

Rheinbach-Loch, 15 Uhr 40

Seibold ärgerte sich über sich selbst, als er in den Kapellenweg in Loch einbog. Es wäre gescheiter gewesen, Alfred Winand vorher anzurufen, dass er heute Nachmittag wieder vorbeikommen wollte. Denn möglicherweise war Winand gar nicht zu Hause, und er, Seibold, hatte den Weg nach Loch umsonst gemacht.

Seine Befürchtung bestätigte sich, als er sah, dass der grüne Range Rover seines Freundes nicht vor dem Haus stand. Nachdem Seibold sein Auto geparkt hatte, warf er zunächst einen Blick durch das Garagenfenster. Die Garage war leer. Dann schritt er die kleine Treppe zur Haustür empor und schellte. Als auch nach dem dritten Versuch niemand an der Tür erschien, machte er kehrt. Mit einem deftigen Fluch auf den Lippen ging er zurück zu seinem Auto. Kurz bevor er seinen Ford Granada erreicht hatte, bemerkte er einen schmalen, gefliesten Weg, der an der Garage vorbei in den Garten führte. Die Gartenpforte war offen. Seibold zögerte, dann entschied er sich, noch einmal das Gästehaus zu inspizieren. Vielleicht kam er auch ohne Winand hinein, und sein Weg nach Loch wäre nicht ganz umsonst gewesen. Seibold war sich sicher, dass Winand nichts dagegen hatte.

Seibold durchquerte den Garten und stand nach wenigen Metern vor der Haustür des Bungalows. Sie war verschlossen. Daraufhin ging er um das Gebäude herum, in der Hoffnung, dass eines der Fenster offen war, doch auch hier hatte er kein Glück. Als er wieder an der Haustür stand, war er etwas ratlos, doch dann fiel ihm ein, dass Alfred Winand gestern den Haustürschlüssel für das Gästehaus weder an seinem Schlüsselbund trug noch aus seinem Hause mitgenommen hatte. Es war also anzunehmen, dass er ihn einem Versteck in der Nähe der Haustür entnommen hatte. Seibold begann zu suchen, zunächst unter der Fußmatte, dann auf der Fensterbank und schließlich in dem Blumentopf neben der Haustür. Dort ertastete er einen glatten, flachen, quadratischen Gegenstand. Er hob ihn hoch und nahm ihn in Augenschein, es war eine Diskette. Als er sie umdrehte, sah er, dass sie auf der Rückseite mit den Großbuchstaben *R* und *B* beschriftet war. Seibold säuberte sie mit seinem Taschentuch und verstaute sie in seiner Jackentasche. Dann machte er sich wieder auf die Suche nach dem Schlüssel, doch in diesem Moment erblickte er Alfred Winand, der von der Garage her auf ihn zukam. Seibold hatte ihn nicht kommen hören.

»Ich habe mir schon gedacht, dass ich dich hier finden würde, als ich deinen Wagen vor dem Haus stehen sah.« Man sah Winand die Freude an, Seibold wiederzusehen. »Ich nehme an, du hast den Schlüssel für das Gästehaus gesucht?«, fragte er mit einem breiten Grinsen. »Und, hast du ihn gefunden?«

Als Seibold verneinte, sagte Winand: »Konntest du auch nicht! Ich habe ihn, nachdem der Rechner fehlte, lieber an mich genommen.«

»Da hätte ich ja lange suchen können. Sag mal, hast du eigentlich einen PC?« Als Winand ihn irritiert ansah, fügte Seibold erklärend hinzu: »Ich habe nämlich das da in dem Blumenkübel neben der Haustür gefunden«, und hielt seinem Freund das Fundstück unter die Nase.

»Eine Diskette?«

»Ja. Kannst du mir sagen, was die in diesem Blumenkübel zu suchen hatte?«

Winand zuckte mit den Schultern. »Keine Ahnung! Von mir ist die nicht. Ich nehme an, sie gehört dem Professor.«

»Es ist vielleicht reiner Zufall, dass sie hier gelandet ist«, sagte Seibold. »Aber es kann auch möglich sein, dass jemand sie absichtlich in dem Blumenkübel versteckt hat.«

»Aber warum?«, fragte Winand konsterniert.

»Vielleicht können wir es erfahren, wenn wir sehen, was sie beinhaltet?«

Winand überlegte einen Moment. »Dann lass uns in mein Arbeitszimmer gehen«, sagte er. »Dort steht mein PC.«

»Also hast du doch einen«, erwiderte Seibold und fügte bissig hinzu: »Aber sage mir, was will so ein alter Bock wie du noch mit einem PC?«

Alfred Winand quittierte Seibolds Bemerkung mit einem entrüsteten Kopfschütteln. Er machte kehrt und stapfte über den Rasen in Richtung seines Hauses. Diesmal hatte Seibold ein breites Grinsen auf seinem Gesicht, als er ihm folgte.

Passwort eingeben. Seibold hatte es geahnt. Der Inhalt der Diskette war verschlüsselt. Enttäuscht starrte er über die Schulter seines Freundes auf den Bildschirm.

»Verdammter Mist«, schimpfte Winand. »Wo sollen wir das herbekommen?«

Seibold zuckte mit den Schultern und dachte nach. »Wenn Lehnert die Diskette absichtlich dort abgelegt hat«, gab er zu bedenken, »dann muss er dem Finder auch die Möglichkeit eingeräumt haben, das Passwort zu erfahren. Sonst macht das keinen Sinn.«

Winand schüttelte den Kopf. »Walter, ich glaube, du verrennst dich da in etwas! Es gibt tausend Möglichkeiten, wie das Ding in den Blumentopf gelangen konnte. Wahrscheinlich ist es eine alte Diskette, die der Professor draußen in der

Mülltonne entsorgen wollte. Als er den Mülleimer nach draußen trug, ist sie sicher herausgefallen.«

»Lass es uns wenigstens einmal versuchen!« entgegnete Seibold. So schnell wollte er nicht aufgeben.

»Meinetwegen«, sagte Winand. »Womit fangen wir an?«

Nach einer halben Stunde hatten die beiden Männer bereits fünfzig Begriffe ausprobiert. Zunächst hatten sie Wörter aus dem Bereich der mittelalterlichen Geschichte und aus Lehnerts früherem Berufsleben eingegeben. Anschließend hatten sie es mit Wörtern aus der momentanen Wohn- und Lebenssituation des Professors versucht. Alles vergebens. Alfred Winand machte schließlich den Vorschlag, den Namen seiner Enkelin einzugeben. Als auch der Versuch negativ beschieden wurde, sagte er genervt: »Walter! Ich bin mit meinem Latein am Ende und brauche eine Pause. Ich braue uns eine Tasse Kaffee. Wir können es ja nachher noch einmal probieren.«

»Das ist eine gute Idee!«, antwortete Seibold. Auch ihm ging die Fantasie aus. Er musste sich dringend mit etwas anderem beschäftigen. Als Winand auf dem Weg in die Küche war, rief er ihm nach: »Kannst du mir noch einmal Lehnerts Abschiedsbrief und seinen Mietvertrag holen, bevor du Kaffee machst?«

Winand drehte sich verwundert um. »Was willst du denn damit?«

»Hol es einfach! Ich möchte es mir noch einmal ansehen, du wirst gleich sehen.«

Winand zuckte mit den Schultern und verschwand durch die Wohnzimmertür. Wenig später kam er mit den Schriftstücken zurück.

Seibold hielt die beiden Blätter gegeneinander und verglich die beiden Unterschriften. »Dafür braucht man keinen Grafologen«, sagte er. »Die Unterschriften sind eindeutig identisch. Der Professor hat diesen Brief zweifelsfrei geschrieben.« Dann las der ehemalige Kommissar noch einmal den Abschiedsbrief durch. Dabei nahm er jedes Wort sorgfältig in Augenschein. Ihm fiel nichts Ungewöhnliches auf. Er wollte den Brief gerade an Winand zurückgeben, als er plötzlich stutzte. Noch einmal starrte er mit großen Augen auf den Text. »Mensch, Seibold«, tadelte er sich »du Hornochse!«

Winand schaute ihn verblüfft an.

»Alfred! Das ist es! Es kommt nicht darauf an, was er geschrieben hat, sondern wie.« Vor Erregung war er aufgestanden. »Schnell! Bring mir ein Vergrößerungsglas!«

Winand verstand gar nichts mehr. Aber er stellte keine Fragen. Die Hauptsache war, dass sein Freund etwas gefunden hatte, was sie weiterbrachte. Hastig kramte er in einer seiner Schreibtischschubladen und hatte bald ein Vergrößerungsglas in den Händen, das so aussah, als wäre es schon von Sherlock Holmes benutzt worden. Seibold riss das Glas seinem Freund förmlich aus den Fingern. Dann hielt er es über den Schriftsatz und nickte langsam mit dem Kopf. »Das ist es«, sagte er triumphierend und fügte leise hinzu: »Lehnert, du bist ein Genie.«

»Walter, könntest du mir vielleicht erklären, was du entdeckt hast?«, fragte Winand. Langsam wurde er ungeduldig.

»Schau her. Schau dir die Buchstaben genau an. Das *R* hier zum Beispiel oder das *E* an dieser Stelle. Er hat sie in Blockbuchstaben geschrieben. Die anderen Buchstaben aber in normaler Schreibschrift. Aber so raffiniert, dass man es nicht auf den ersten Blick erkennen kann. Ich bin mir sicher: Das ist ein Code.«

Als Winand ihn verdutzt anschaute, stieß ihn Seibold aufgeregt in die Seite. »Mach voran! Wir brauchen Schreibzeug!

Ich diktiere dir jetzt einige Buchstaben. Schreib sie einfach hintereinander auf!«

Winand ließ sich von Seibolds Eifer anstecken. Er sprang auf und kramte hastig in der obersten Schublade des Schreibtisches. Wenige Augenblicke später saß er mit einem Kugelschreiber und einem Blatt Papier bewaffnet vor Seibold und blickte ihn erwartungsvoll an. »Leg los, Walter!«

»R E G N U M B U R G U N D I A E.« Die Männer schauten sich verwundert an, als sie die Buchstabenkette auf dem Zettel sahen. Langsam las Winand Buchstabe für Buchstabe vor. Dann fragte er: »Was soll das heißen, Walter?«

Seibold kniff die Augen zusammen. Nach einiger Zeit nickte er langsam mit dem Kopf. »Ich glaube, ich weiß es«, sagte er. Er nahm Winand den Kugelschreiber aus der Hand und zog einen Trennungsstrich durch die Mitte der Buchstabenreihe. »Wenn du die beiden Buchstaben M und B in der Mitte des Wortes trennst, bedeutet es »REGNUM BURGUNDIAE«, und das heißt ...«, der Kommissar blickte in die erwartungsvollen Augen seines Freundes, »KÖNIGREICH BURGUND.«

Winand schaute ihn entgeistert an. »Königreich Burgund? Und was soll das bedeuten?«

»Das weiß ich noch nicht, aber …«, Seibold sah in Richtung PC, »gib den Begriff doch mal als Passwort ein.«

Ohne zu zögern, setzte sich Winand vor den Computer und gab die Buchstaben ein. Einen Moment lang hielten die Männer erwartungsvoll den Atem an. Dann ... endlich … öffnete sich die Seite. Seibold stieß einen triumphierenden Schrei aus. Es erschien ein Text in verschnörkelter Schrift. Alfred Winand beugte sich näher zum Bildschirm. Dann las er laut vor: »Uns ist in alten …«, bei den nächsten Worten begann er zu stottern »... mæren ... wunders ... vil ... geseit.«

Er sah Seibold fragend an. Seine Verwunderung wurde noch größer, als der Kommissar den Text fortsetzte, ohne die Worte zu lesen. »Von helden lobebæren, von grôzer arebeit.« Die Stimme Seibolds klang geradezu pathetisch, als er fortfuhr: »Von freuden, hôchgezîten, von weinen und von klagen, von küener recken strîten muget ir nû wunder hœren sagen.« Als Winand ihn entgeistert anschaute, sagte er ruhig: »Es ist mittelhochdeutsch und der Anfang des Nibelungenliedes. Ich habe die ersten Zeilen in meiner Schulzeit auswendig lernen müssen. Ich habe es damals gehasst. Aber eines hat es gebracht: Ich habe es bis heute behalten.«

Als Winand verblüfft schwieg, fuhr er fort: »Wir haben jetzt auf jeden Fall eine Erklärung für das Passwort *Regnum Burgundiae.* Im Nibelungenlied spielt das angeblich in der Gegend von Worms gelegene Königreich Burgund eine wichtige Rolle.«

Walter Seibold und Alfred Winand saßen am Küchentisch und gönnten sich endlich eine Tasse Kaffee. Winand hatte Seibold in den letzten Minuten in Ruhe gelassen. Er spürte, dass der frühere Leiter des Ersten Kommissariats des Bonner Polizeipräsidiums die Ruhe benötigte, um ungestört seine Schlüsse aus den Erkenntnissen der letzten Stunde ziehen zu können. Jetzt hielt er die Zeit für gekommen, eine Frage an den Kommissar zu stellen.

»Walter, warum versteckt Professor Lehnert vor seinem Abflug nach Peru eine Diskette in einem Blumentopf und verschlüsselt in seinem Brief das Passwort so geheimnisvoll?«

Der Kommissar hob den Kopf und schaute seinem Freund fest in die Augen. »Ich glaube, dass der Professor nicht nach Peru geflogen ist.«

»Aber du hast mir erzählt, dein Kollege hätte herausgefunden, dass er auf der Passagierliste gestanden hat.«

»Dann muss ein anderer an seiner Stelle geflogen sein«, entgegnete Seibold.

Angstvoll blickte Winand ihn an. »Walter, was bedeutet das alles? Meinst du, dass Marion auch etwas damit zu tun hat?«

Seibold holte tief Luft und rührte ein Stück Zucker in seinen Kaffee. »Ich kann die Zusammenhänge noch nicht überblicken. Aber Folgendes kristallisiert sich langsam heraus: Erstens, der Grund, warum Professor Lehnert hier recherchierte, muss etwas mit dem Nibelungenlied zu tun haben, und zweitens: Es gibt Leute, denen das, aus welchem Grund auch immer, missfällt. Sie suchen den Professor hier auf und schaffen ihn aus dem Weg. Außerdem haben sie alle seine Aufzeichnungen, die sich höchstwahrscheinlich auf dem Rechner befunden haben, mitgenommen. Drittens: Bevor man Professor Lehnert entführte, ließ man ihn einen fingierten Abschiedsbrief schreiben, um sein plötzliches Verschwinden zu erklären. Man buchte einen Flug nach Lima und ließ jemand anders an seiner Stelle fliegen. Viertens: Lehnert gelang es, den Brief zu codieren, um dem Leser die Möglichkeit zu geben, die Diskette zu öffnen. Beim Verlassen des Gästehauses gelang es ihm, diese Diskette unbemerkt im Blumentopf verschwinden zu lassen, in der Hoffnung, dass sie jemand finden würde. Fünftens: Die Verbrechen müssen etwas mit dem Nibelungenlied zu tun haben. Es muss uns auf die Spur des Täters oder der Täter führen, sonst hätte Lehnert die mittelhochdeutsche Abschrift des Heldenepos nicht auf der Diskette gespeichert. Und sechstens …«, Seibold holte tief Luft, die folgenden Worte fielen ihm nicht leicht, »... ich befürchte, dass ihnen dabei Marion in die Quere gekommen ist.«

Bei den letzten Worten war Winand leichenblass auf seinem Stuhl zusammengesunken. »Du ... meinst ... man hat sie vielleicht umgebracht?«

Seibold glaubte selber nicht so recht an das, was er jetzt sagte: »Das muss nicht sein. Ich weiß nicht, wie skrupellos diese Leute sind. Vielleicht hat man Lehnert und Marion nur entführt.«

Als er sah, wie sehr seine Worte seinen Freund getroffen hatten, ergänzte er schnell: »Aber die Wahrscheinlichkeit ist noch immer groß, dass sie gar nichts mit der Angelegenheit um Professor Lehnert zu tun hat und wirklich verreist ist. Nach Amsterdam oder wohin auch immer.«

Winand schien nicht überzeugt. »Das ist eine kleine Hoffnung«, sagte er und schluckte schwer. »Aber ich kann es mir ehrlich gesagt immer weniger vorstellen.«

Dabei hatte Seibold seinem Freund noch nicht einmal den wahren Grund genannt, warum er davon ausging, dass Marion in die Angelegenheit involviert war. Professor Lehnert wusste, dass niemand nach ihm suchen würde, da jeder nach Lage der Dinge davon ausging, dass er tatsächlich wie im Brief angegeben nach Lima abgereist war. Aber nach Marion würde man suchen, stand doch von einer Mitreise ihrerseits nichts in dem Brief. Das war der Grund, warum er eine Spur gelegt hatte.

Eine halbe Stunde später stand Seibold neben dem Schreibtisch in Alfred Winands Wohnzimmer. Er hatte den Telefonhörer in der Hand und wartete ungeduldig, dass man ihn verband. In der Zwischenzeit dachte er darüber nach, dass es jetzt eigentlich an der Zeit war, seine neuen Erkenntnisse an seinen Nachfolger in Bonn weiterzuleiten. Aber wieder riet ihm sein Gefühl, es noch nicht zu tun. Er wollte außerdem ganz sichergehen, dass seine Theorie stimmte. Aus diesem Grunde hatte er sich entschlossen, Dr. Andreas Schade von der Universität Bonn anzurufen. Dr. Schade war Mitglied des Archäologischen Instituts; Seibold hatte ihn während seiner Dienstzeit bei Ermittlungen im Fall einer vermissten Studentin kennengelernt. Jetzt wollte er Schades Meinung über den angeblichen Aufenthalt Lehnerts in Peru einholen.

»Herr Dr. Schade?«, fragte Seibold, als der Hörer endlich am anderen Ende abgenommen wurde.

»Ja, Schade hier. Wer ist dort bitte?«

»Entschuldigen Sie bitte die Störung. Hier ist Walter Seibold. Ich hoffe, Sie erinnern sich noch an mich. Ich war Leiter der Bonner Mordkommission und habe Sie vor einigen Jahren wegen einer vermissten Studentin aufgesucht.«

»Ja, ja, ich erinnere mich«, antwortete Dr. Schade nach einer kleinen Denkpause. »Die Sache ist ja gottlob damals gut ausgegangen. Was kann ich für Sie tun?«

Seibold schilderte in knappen Sätzen sein Anliegen.

»Lehnert? Meinen Sie den Spinner aus Tübingen?«, fragte der Archäologe, nachdem Seibold geendet hatte. Er musste lachen. »Was will der denn in Peru? Der ist doch Experte für das Mittelalter und regt seine Kollegen seit Jahren mit seltsamen Theorien auf.«

»Ja, den meine ich, Herr Dr. Schade. Er ist übrigens seit ein paar Jahren pensioniert.«

»Also, ich kann mir beim besten Willen nicht vorstellen, dass der an einer Ausgrabung in Peru teilnimmt.«

»Kennen Sie vielleicht eine Kontaktperson in Peru, die das zweifelsfrei bestätigen könnte?«

»Unser Schwerpunkt hier in Bonn liegt zwar mehr auf der Archäologie der antiken Kulturen des Altertums, aber ich habe einen Freund und Kollegen, der Experte für die Inkakultur ist und momentan an einer Ausgrabung in Peru teilnimmt. Ich habe vorgestern noch mit ihm telefoniert. Den könnte ich einmal fragen«, antwortete der Archäologe. »Bis wann brauchen Sie die Information?«

»So schnell es geht.«

»Würde Ihnen morgen früh reichen? Es ist wegen der Zeitumstellung«, gab der Akademiker zu bedenken, »ich müsste meinen Freund aus dem Bett klingeln.«

»Nein, nein, morgen früh würde reichen. Haben Sie tausend Dank für Ihre Bemühungen.«

Nachdem sich Dr. Schade Seibolds Telefonnummer notiert hatte, konnte er sich eine Frage nicht verkneifen. »Herr Seibold, was wollen Sie denn eigentlich von Lehnert?«

»Es geht nur um einen Gefallen, einem Freund gegenüber«, log Seibold, »seine Tochter schreibt eine Examensarbeit in frühmittelalterlicher Geschichte und braucht dringend seinen Rat.«

»Ach so«, antwortete Dr. Schade. So wie er das sagte, erkannte Seibold, dass er ihm das nicht abnahm.

Zehn Minuten später saß der Ex-Kommissar bei laufendem Motor in seinem Ford Granada. Er hatte das Seitenfenster heruntergedreht und gab Alfred Winand noch einige Instruktionen. Winand sollte seine Nachbarn befragen, ob ihnen am Tage des Verschwindens von Professor Lehnert und Marion irgendetwas Verdächtiges auf dem Kapellenweg oder rund um sein Haus aufgefallen war. Seibold versprach sich einiges davon, wusste er doch, wie aufmerksam jeder Fremde in einem Dorf beobachtet wurde. Und da Winand als Einheimischer den Leuten bekannt war, würde er sicher mehr von ihnen erfahren können als Seibold selbst, der als Zugezogener doch immer irgendwie fremd blieb und auch jetzt, nach so vielen Jahren, die Voreifeler Mundart immer noch nicht akzentfrei beherrschte.

»Fällt dir sonst noch etwas ein, was uns weiterbringen

könnte?«, fragte er Winand. »Hat der Professor dir gegenüber wirklich nicht irgendeine Andeutung gemacht, warum er hier war?«

Winand schüttelte den Kopf.

»Hast du ihn denn nicht danach gefragt?«, fragte Seibold verständnislos.

»Du weißt, ich bin nicht wie die anderen hier im Dorf«, antwortete Winand, »ich bin nicht übermäßig neugierig oder spioniere anderen hinterher. Ich lasse jedem seine Ruhe. Besonders, wenn sie meine Mieter sind.«

Seibold ließ nicht locker. »Lehnert kannte sich doch hier nicht aus. Hat er dich vielleicht nach irgendetwas gefragt?«

Winand überlegte. Er wollte die Frage schon verneinen, als er plötzlich stockte. »Doch, er hat mich einmal gefragt, ob ich eine Landkarte der Voreifel besitze.«

»Das fällt dir erst jetzt ein?«, entgegnete Seibold ungehalten. »Und? Hast du ihm eine gegeben?«

Winand nickte verschämt. »Er ... er hat mir die Karte nach einiger Zeit wieder zurückgegeben.«

»Worauf wartest du noch, Alfred?« Seibold schaute seinen Freund erwartungsvoll an. »Geh die Karte holen! Ich schau sie mir zu Hause an.« Er stellte den Motor ab und sah Winand hinterher, wie dieser langsam und schwerfällig die Treppe zum Eingang hochstieg. »Oh Gott«, sagte er leise, »wir werden alle alt.«

Es dauerte einige Zeit, bis Winand wieder in der Haustür erschien. Er kam zum Auto und überreichte ihm die Landkarte. »Tut mir leid, dass es etwas gedauert hat, Walter, ich habe sie nicht gleich gefunden.«

Seibold nickte und startete den Wagen erneut. Er wollte gerade losfahren, als sein alter Freund ihn noch einmal aufhielt.

»Walter«, sagte er etwas verlegen und stemmte seine

Hände auf den Rahmen des geöffneten Autofensters, »ich bin froh und glücklich, dass du mir hilfst, und es kommt mir nicht in den Sinn, dir Vorschriften zu machen. Aber ... meinst du nicht, es wäre jetzt langsam an der Zeit, die Kriminalpolizei einzuschalten?«

»Das habe ich auch vor«, beruhigte ihn Seibold und tätschelte ihm die Hand, »ich möchte aber ganz sicher sein. Ich warte noch die Antwort von Dr. Schades Kontaktmann in Peru ab.« Dann drehte er das Fenster hoch und fuhr los.

Als Walter Seibold wieder in die Madbachstraße einbog, wurde er von der tiefstehenden Sonne geblendet. Jetzt erst bemerkte er, dass ihm in seinem Ermittlungseifer vollkommen entgangen war, dass sich das Wetter im Laufe des Tages verändert hatte. Eine milde Strömung aus Südwest hatte die nasskalte Witterung der letzten Tage vertrieben. Jetzt am Abend zeigte sich sogar die Sonne und kündigte für die nächsten Tage einen schönen Altweibersommer an. Das war die Zeit im Jahr, die Traudel und er am meisten geliebt hatten. Die Zeit der Herbstwanderungen und der Weinfeste an der Ahr. Oh Gott, Traudel! Er hatte sie ganz vergessen. Er war heute noch nicht an ihrem Grab gewesen. Er stoppte das Auto und schaute auf seine Armbanduhr. Es war kurz vor halb sechs. Gott sei Dank blieb der Friedhof um diese Zeit noch bis zwanzig Uhr geöffnet. Nach kurzer Überlegung hatte er sich entschieden. Er wollte das schöne Wetter ausnutzen und noch einmal zur nahe gelegenen Madbachtalsperre gehen, um den Kopf freizubekommen. Somit blieb ihm anschließend noch immer genügend Zeit, die örtliche Buchhandlung und Traudels Grab aufzusuchen. Er wendete den Ford und fuhr die Madbachstraße hoch in Richtung Talsperre.

Die Madbachtalsperre lag, idyllisch gelegen und von Wäldern umrahmt, in einer Talsenke nur wenige hundert Meter oberhalb von Loch-Queckenberg. Sie war Ende der Dreißigerjahre ursprünglich zur Wasserversorgung der Euskirchener Tuchindustrie gebaut worden. Jetzt wurde aus ihr Brauchwasser für Industrie und Landwirtschaft bezogen. Mit einem Fassungsvermögen von siebzigtausend Kubikmeter war sie nicht sehr groß, und man konnte sie gemütlich in zwanzig Minuten zu Fuß umrunden. Im Sommer war sie ein Paradies für Nacktbadefreunde, obwohl das Schwimmen in ihr eigentlich verboten war. Dafür war es aber jetzt im September ohnehin zu kalt. So waren um diese Uhrzeit Angler, die die abendliche Ruhe nutzten, um auf Fischfang zu gehen, die einzigen Besucher.

Seibold hatte auf dem großen Wanderparkplatz oberhalb der Staumauer geparkt und war den breiten Waldweg durch den Fichtenwald in das Tal hinabgewandert. Als er das südliche Ende des Stausees erreicht hatte, überquerte er den kleinen Bach, der die Talsperre speiste, und stieg den Weg zum gegenüberlegenden Uferweg empor. Das Westufer des Sees war mit Mischwald bewachsen, und Seibold erfreute sich an der Verfärbung der Laubbäume, die jetzt allmählich einsetzte. Noch im vorletzten Jahr war er im Herbst diesen Weg oft mit Traudel gegangen, und sie hatten sich an den bunten Farben des Herbstwaldes erfreut. Er würde ihr gleich davon erzählen. Nach wenigen hundert Metern hatte er das nördliche Ufer des Sees erreicht und die Talsperre somit fast umrundet. Bevor er die Staumauer erreichte, blieb er stehen und sog noch einmal die würzige Herbstluft tief ein. Er spürte, wie gut sie seinen kranken Bronchien tat. Dann schaute er hinab auf das tiefe Blau des Sees, dessen Wasseroberfläche in der Sonne glitzerte. Er fühlte sich seit langer Zeit endlich einmal wieder richtig wohl und beschloss, diese Jahreszeit zu ausgiebigen Wanderungen zu nutzen. Zu sehr hatte er in der Zeit der Trauer und der Apathie Geist und Körper vernachlässigt.

Seibold kam an einen kleinen Gehweg, der direkt zum Seeufer führte. Er spähte hinab und sah einen Angler, der von seinem Klappstuhl aufgestanden war und sich zu einer Kühltasche beugte, die neben ihm stand. Als er sich umdrehte, konnte Seibold sein Gesicht sehen. Es dauerte einige Zeit, bis er wusste, woher er ihn kannte. Dann fiel es ihm ein. Es war Oberstleutnant Peter von Harnig, der wie viele Offiziere des Bundesverteidigungsministeriums auf der Hardthöhe in Rheinbach wohnte. Seibold hatte von Harnig und seine Frau Helen vor einigen Jahren auf einem Wohltätigkeitsfest kennengelernt. Danach war ihm der sympathische Offizier immer wieder einmal auf anderen Veranstaltungen in der Stadt über den Weg gelaufen. Peter von Harnig hatte ihn jetzt ebenfalls gesehen und winkte zu ihm herüber. Seibold grüßte zurück. Einen Moment überlegte er, ob er zu ihm hinuntergehen sollte, doch als er an die Uhrzeit dachte, ließ er davon ab. Schließlich wollte er noch in die Buchhandlung und auf den Friedhof. Deshalb winkte er dem Angler nur freundlich zu und folgte dem Weg zur Staumauer. Nachdem er dort die Wiese überquert hatte, musste er noch den steilen Anstieg über einen kleinen Pfad durch den Wald zum Parkplatz bewältigen. Obwohl der Anstieg nur fünfzig Meter betrug, erreichte er völlig außer Atem seinen Wagen.

Als er hinter dem Steuer saß, musste er zunächst einige Male kräftig durchschnaufen. Er ärgerte sich darüber, sein Inhalierspray nicht dabeizuhaben. Nachdem er sich mit seinem Taschentuch die Schweißperlen von der Stirn gewischt hatte, startete er das Auto. Auf dem engen Wirtschaftsweg, der vom Parkplatz nach Loch-Queckenberg führt, kam ihm ein roter Citroën BX entgegen. Er musste der großen Limousine ausweichen. Dabei konnte er aus dem Augenwinkel noch das Kennzeichen erkennen. Er wunderte sich. Das Auto hatte ein Schweizer Nummernschild.

Rheinbach, Polligstraße, 20 Uhr 15

Seibold hatte sich zum Abendbrot hastig ein Butterbrot mit Leberwurst geschmiert und saß bei einer Flasche Bier am Küchentisch. Er hatte es doch nicht mehr zum Friedhof geschafft, da er vor Geschäftsschluss noch in der örtlichen Buchhandlung gewesen war und sich mit dem Inhaber verquatscht hatte. Es war das erste Mal seit Traudels Beerdigung, dass er sie an einem Tag nicht besucht hatte. Vor lauter schlechtem Gewissen hatte er ihr Bild vom Küchenschrank genommen und auf die andere Seite des Tisches gestellt, dorthin, wo sie ihm immer gegenübergesessen hatte. Seibold berichtete ihr von seinen Ermittlungen und den neuen Erkenntnissen. Auch, dass er gut eine Viertelstunde mit Johanna telefoniert hatte und dass es Philip wieder besser ging, erzählte er Traudel.

Nach dem letzten Bissen stellte er das Geschirr in die Spüle. Dann setzte er sich wieder an den Tisch und nahm sich Professor Lehnerts Buch vor, das er eben in der Buchhandlung gekauft hatte. Der Buchhändler hatte Wort gehalten und es ihm innerhalb eines Tages bestellt. Seibold blätterte es durch, um sich zunächst einen groben Überblick über den Inhalt zu verschaffen. Das Buch, ein wissenschaftliches Werk über die höfische Dichtung der Stauferzeit, war in drei Kapitel aufgeteilt und befasste sich insbesondere mit der höfischen Epik, der Lyrik und der Heldendichtung von der Mitte des zwölften Jahrhunderts bis zum Ende des dreizehnten Jahrhunderts. Von einigen der vorgestellten Dichter hatte Seibold schon einmal gehört, wie etwa Walther von der Vogelweide oder Hartmann von Aue. Dem Nibelungenlied, das im Kapitel *Heldenepik* aufgeführt war, widmete Lehnert nur zwei Seiten, die Seibold schnell überflogen hatte. Neben der Würdigung der außerordentlichen literarischen Fähigkeiten seines Autors führte er nur allgemeine Fakten an, die Seibold zum großen Teil schon bekannt waren. Enttäuscht wollte Seibold das Buch beiseitelegen, als sein Blick auf die Bilder zum Text fiel. Ein Motiv fiel ihm dabei besonders ins Auge. Es stellte romantisch stilisiert dar, wie Hagen von Tronje, hoch auf einem Felsen über dem Rhein stehend, Teile des Nibelungenhortes in die tosenden Fluten warf. Seibold rieb sich nachdenklich die Stirn. Er hatte schon die ganze Zeit nach einem Motiv für ein Verbrechen in diesem Fall gesucht. Könnte es die Jagd nach dem Nibelungenschatz sein? Aber er verwarf seine Überlegungen sofort wieder. Der Nibelungenschatz, sollte er überhaupt existieren, war doch wohl in der Nähe von Worms im Rhein versenkt worden, und sollte er tatsächlich an einer anderen Stelle in den Fluss geworfen worden sein, so war der Rhein von Loch gute fünfundzwanzig Kilometer entfernt. Als er sich die Rückseite des Buches ansah, entdeckte er über dem Klappentext ein Foto von Professor Lehnert. Es entsprach genau Seibolds Klischee eines vergeistigten Geschichtsprofessors: kleine Nickelbrille, Bart und schütteres, graues Haar. »Jetzt weiß ich wenigstens, wie du aussiehst«, murmelte der Kommissar.

6. Kapitel

Rolle am Genfer See, Institut Le Rosey,
9. September, 20 Uhr 15

Es war der Bischof von Passau, der es in Auftrag gab«, beantwortete Hagen von Martigny die Frage Gunthers nach dem Ursprung des Nibelungenliedes. Die beiden Abkömmlinge des Burgundergeschlechts saßen am Schreibtisch in Gunthers Internatszimmer nebeneinander. »Er war ein großer Unterstützer der burgundischen Sache. Er beauftragte damals einen literarisch begabten Mönch mit der Geschichtsfälschung, das Burgunderreich hätte in Worms gelegen und der Nibelungenhort wäre in der Nähe dieser Stadt im Rhein versenkt worden. Er sorgte auch für die Verbreitung des Werkes, welches schon bald sozusagen ein Bestseller an allen Höfen der damaligen Zeit in Europa wurde.«

Der Kanzler machte es sich im Sessel bequem und verschränkte die Arme, als er weitererzählte. »Während der ganzen Jahrhunderte, seitdem man den Schatz verborgen hatte, gab es viele Versuche, sich des Schatzes zu bemächtigen. Daher wurde es Zeit, die Schatzsucher auf eine falsche Fährte zu schicken. Du siehst, es hat bis heute funktioniert.«

»Wäre da nicht der deutsche Professor«, gab der junge Burgunderkönig zu bedenken.

»Lehnert ist Gott sei Dank ein Einzelfall«, erwiderte sein Onkel, »weiß der Teufel, wie er auf die Spur unseres Geheimnisses gekommen ist. Aber wir haben ihn aus dem Verkehr gezogen. Er kann unserer Sache nicht mehr im Wege stehen.«

»Gesetzt den Fall, man würde den Hort finden ...«

»Mach dir da mal keine Sorgen«, unterbrach ihn Hagen, »da habe ich vorgesorgt. Es gibt in seinem Versteck einen roten Hebel, den ich benutzen kann. Wenn er nicht in unserem Besitz bleiben kann oder der Große Plan vereitelt wird, dann jage ich alles in die Luft.«

Gunther fragte nicht weiter nach. Der drohende Unterton in den Worten seines Onkels sagte ihm, dass der Burgunderkanzler einen drastischen Weg gefunden hatte, diesem Dilemma vorzubeugen.

»Woher stammt der sagenhafte Schatz unserer Vorfahren eigentlich?«, wechselte er daher lieber das Thema.

»Du hast doch sicherlich schon einmal von den Kimbern und Teutonen gehört, oder?«

Gunther nickte. Er kannte diese alten germanischen Stämme, die schon fünfhundert Jahre vor der Zeit der großen Völkerwanderung aus den nordeuropäischen Gebieten auf Landsuche in das römische Reich eingedrungen waren, aus dem Geschichtsunterricht.

»Nachdem sie im ersten Jahrhundert v. Chr. die ersten römischen Armeen geschlagen hatten, zogen sie durch Nordspanien und Gallien bis in das linksrheinische Gebiet. Die keltischen Ureinwohner bezahlten ihre Unversehrtheit bei ihrem Durchzug mit hohen Tributen. Damit und mit ihrer Beteiligung an Kleinkriegen und Stammesfehden häuften die Kimbern und Teutonen eine immense Beute an. Dieses Vermögen ließen sie in einem sicheren Versteck zurück und begaben sich wieder auf Landsuche nach Italien. Dort wurden sie dann von den Römern vernichtend geschlagen. Der historische Siegfried aus Xanten am Niederrhein, den du aus dem Nibelungenlied kennst, konnte diesen Schatz aufspüren.«

»Hat es Siegfried wirklich gegeben?«, fragte Gunther wissbegierig.

»Ja, er hat wirklich existiert. Die Geschichte am Burgunderhof hat sich im Kern so abgespielt, wie es das Nibelungenlied erzählt. Nur nicht in Worms, sondern am Hofe unserer Vorfahren in der damaligen römischen Provinz Germania II links des Rheins. Hagen von Tronje tötete Siegfried und bemächtigte sich des Hortes. Mithilfe dieses Schatzes wollten unsere Vorfahren die Herrschaft über große Teile des heutigen Europas übernehmen.«

»Was den Franken unter Karl dem Großen dann vierhundert Jahre später gelang«, warf Gunther provozierend ein.

»Ach, die Franken!«, erwiderte der Kanzler mit einer abfälligen Handbewegung. »Sie waren es nicht wert, dem königlichen Geblüt der Burgunder die Schuhe zu küssen. Anschließend brach die Katastrophe über unser Volk herein. Angestachelt von dem römischen Heermeister Aëtius, der durch einen Verräter von den Eroberungsplänen erfahren hatte, fielen die Hunnen über uns her und vernichteten unser Volk fast vollständig. Hagen von Tronje konnte glücklicherweise den Burgunderhort rechtzeitig an einem sicheren Ort verstecken. Anschließend wurden die Reste unseres Volkes von Flavius Aëtius in der Sapaudia, das ist die frühere Bezeichnung für das hiesige Gebiet angesiedelt.«

»Warum wurde der Schatz nicht mitgenommen?«, warf Gunther ein.

»Er ist so riesig, dass unsere Vorfahren ihn nicht unbemerkt hätten mitnehmen können. Außerdem hatte Aëtius ein Auge darauf geworfen. Nein, es war damals sicherer, ihn in seinem Versteck zu belassen und darauf zu warten, dass er irgendwann in der Zukunft seine Bestimmung erfüllt«, … die folgenden Worte kamen dem Kanzler geradezu pathetisch über die Lippen, »… die Wiederherstellung des Burgunderreiches und die Machtübernahme Europas durch das königliche Geblüt der Burgunder. Wir haben fast sechzehnhundert Jahre warten müssen, bis die Zeit reif dafür war.«

Erwartungsvoll sah der Kanzler den jungen Burgunderkönig an. Gunther war mit seinen Gedanken jedoch woanders. Er schaute auf die Uhr. Es war Zeit, die Unterweisung zu beenden. Giselle würde gleich kommen. Er hatte zwar noch Fragen, aber die konnte er auch noch morgen stellen.

»Können wir für heute Schluss machen?«, fragte er. »Wir schreiben morgen eine Mathematikklausur. Auf die muss ich mich noch vorbereiten.«

»Natürlich, das geht vor«, entgegnete Hagen verständnisvoll und ließ sich seine Enttäuschung darüber, dass der junge Burgunderkönig sein Pathos nicht teilte, nicht anmerken. Er stand auf und lächelte Gunther freundlich an, obwohl er wusste, dass sein Neffe ihn belog. Dann verließ er das Zimmer.

Giselle genoss es, Gunthers durchtrainierten Körper zu spüren. Sie hatte sich an ihn geschmiegt, und Gunther streichelte mit seinen Fingerspitzen zärtlich ihren Nacken. Sie hatte Hagen von Martigny noch aus Gunthers Zimmer kommen sehen, als sie eintraf. Sorgsam hatte sie darauf geachtet, dass er sie nicht bemerkte. Gunther wollte vorerst nicht, dass jemand von ihren abendlichen Besuchen erfuhr. Sie hatte das akzeptiert. Ihr Verhältnis war in der letzten Zeit jedoch so vertraut geworden, dass sie mehr über Gunther und sein Leben erfahren wollte.

»Wer war der Mann, der dein Zimmer verließ, bevor ich kam?«, fragte sie mit leiser Stimme.

»Hat er dich gesehen?«, erwiderte Gunther beunruhigt.

Seine Reaktion zeigte ihr, dass er in einer besonderen Beziehung zu diesem Besucher stehen musste und dass er überlegte, ihr mehr darüber zu erzählen.

Schließlich holte er tief Luft und sagte: »Es war mein Onkel. Hagen von Martigny. Er kommt mich in den letzten Wochen regelmäßig besuchen und unterrichtet mich über die Geschichte unseres Volkes.«

Giselle wusste bislang nur, dass Gunther wie fast alle Zöglinge des traditionsträchtigen Instituts Le Rosey der Spross einer Adelsfamilie war und eine besondere Stellung unter den Internatsschülern einnahm, denn er war der Einzige, den ihr Vater mit »Eure Exzellenz« anredete. Sie musste zugeben, dass dieser Umstand seine Anziehungskraft auf sie noch verstärkt hatte.

Giselle wurde neugierig und wollte mehr erfahren. »Welches Volk?«

»Das Volk der Burgunder.«

»Erzähl mir mehr darüber.« Sie bemerkte, dass Gunther mit sich rang, ob er mehr preisgeben sollte.

Schließlich richtete er sich auf, nahm ihren Kopf zwischen seine Hände und schaute ihr tief in die Augen. »Versprich mir, über das, was ich dir jetzt erzähle, absolutes Stillschweigen zu bewahren.«

Giselle schaute ihn erstaunt an, doch als seine Hände ihren Kopf fester umschlossen und er mit flehender Stimme wiederholte: »Versprich es!«, wurde ihr unwohl. »Ich ... ich verspreche es!«, sagte sie mit stockender Stimme.

Gunther ließ sich zurück auf das Bett fallen und schloss die Augen. Er schien nach den richtigen Worten zu suchen. Giselle schaute ihn sorgenvoll an. Dann legte sie ihren Kopf auf seine Brust. Sie spürte, dass sein Herz unruhig schlug, und bereute es, ihn in diese Situation gebracht zu haben. »Wenn du es mir nicht sagen willst ... oder kannst, dann lass es lieber«, flüsterte sie.

»Giselle, ich liebe dich«, brach es aus Gunther heraus.

»Darum will ich keine Geheimnisse vor dir haben.« Dann nahm er sie fest in seine Arme und begann zu erzählen. Zunächst hörte Giselle ihm ruhig zu, doch je länger er redete und euphorisch von den burgundischen Zukunftsplänen erzählte, umso mehr veränderte sie sich. Schließlich hatte Gunther das Gefühl, dass sie sich in seinen Armen kalt und abweisend anfühlte. »Giselle, was ist mit dir?«, fragte er irritiert. Verzweifelt hob er ihren Kopf an und versuchte in ihre tränenerstickten Augen zu blicken. »Was hast du denn nur?«

Giselle antwortete nicht und wendete sich ab. Sie ahnte, dass sie Gunther bald für immer verlieren würde.

Zur gleichen Zeit, Martigny in der Schweiz,
Chalet Saint Sigismond

»Seien Sie doch froh, Herrenreiter, dass ich die Sache für Sie übernommen habe!«, bellte Hagen von Martigny ungehalten ins Telefon. Wenn er alleine war, legte er gerne seine distinguierte Art ab. Er räkelte sich in seinem gepolsterten Schreibtischsessel und hatte seine Füße auf den Schreibtisch gelegt. »Unsinn, den hätten Sie nicht mehr rumgekriegt! So ein Sicherheitsrisiko können wir uns so kurz vor dem Ziel nicht leisten.«

Der Kanzler ließ den Telefonhörer sinken und verzog das Gesicht. Er hatte keine Lust mehr auf die Einwände des Obersts. Als es an der Tür klopfte, war dies eine günstige Gelegenheit, das Gespräch zu beenden. »Hören Sie, Herrenreiter, ich muss Schluss machen. Casper steht vor der Tür. Ich melde mich morgen wieder und ... machen Sie sich nicht ins Hemd!«

Hagen von Martigny legte den Hörer auf die Gabel und nahm die Füße vom Tisch. Nachdem er seine Krawatte zurechtgerückt hatte, gab er die Erlaubnis einzutreten. Die Tür öffnete sich, und Bertrand führte einen kleinen, wohlgenährten Mann Mitte fünfzig herein.

»Willkommen in der Schweiz, Herr Casper. Hatten Sie einen guten Flug?« Hagen von Martigny ging auf seinen Agenten zu und schüttelte ihm freundlich die Hand.

»Na ja«, sagte Casper ironisch, »abgesehen von einigen Turbulenzen über der Taiga!«

»Dann erholen Sie sich doch ein bis zwei Tage hier bei uns in der schönen Schweiz«, bot der Kanzler an und wies mit einer freundlichen Geste auf einen Stuhl aus der Biedermeierzeit, der vor dem Schreibtisch stand. »Setzen Sie sich doch!« Er hatte Casper bislang noch nicht persönlich kennengelernt. So musterte er ihn eingehend, als dieser Platz nahm. Bei seinem saloppen Auftreten vermutete man nicht gerade einen ehemaligen hohen Offizier der Nationalen Volksarmee in ihm. Hagen von Martigny schätzte sich glücklich, dass Oberst Herrenreiter schon kurz nach dem Mauerfall wertvolle Kontakte zu Offizieren der NVA in der DDR hatte aufnehmen können. Herrenreiter leitete das Dezernat auf der Hardthöhe, das für die Eingliederung ehemaliger NVA-Mitglieder in die Bundeswehr nach der Wende zuständig war, und er hatte schnell gemerkt, dass er von Harnig für ihre Sache gewinnen konnte. Und dieser wiederum hatte auch die Kontakte zu Willibert Casper hergestellt, obwohl dieser den Dienst quittiert hatte. Besonders von Harnigs und Caspers gute Kontakte in die ehemalige Sowjetunion waren von unschätzbarem Wert für Hagens Pläne.

»Von wegen zwei Tage Urlaub«, sagte Casper und lehnte seine Lederaktentasche an das Stuhlbein. »Ich muss morgen wieder zurückfliegen. Unsere Leute in der ehemaligen Sowjetunion wollen eine sofortige Antwort.«

»Eine sofortige Antwort?«, fragte von Martigny erstaunt. »Worauf? Ich denke, es ist alles geklärt.«

»Leider nicht. Sie wollen mehr!«

Hagen von Martignys Blick wurde stahlhart. Er musste sich zusammenreißen. »Dieses ehemalige stolze Land wird wirklich nur noch von unehrenhaften Banditen geführt«, sagte er mit bebender Stimme.

»Vergessen Sie nicht, dass Sie sich genau diesen Umstand zunutze machen, Herr von Martigny«, erwiderte Casper zynisch.

Einen Moment überlegte der Kanzler, Willibert Casper an die Gurgel zu springen. Es lag auf der Hand, dass der Agent diese Forderung nach mehr mit ausgeheckt hatte, um ebenfalls mehr vom Kuchen abzubekommen, als vereinbart worden war. In einer Hinsicht musste er jedoch Casper recht geben. Nur die glückliche Fügung, dass die ehemalige Sowjetunion nach dem Niedergang des Kommunismus in eine sehr unstabile Lage geraten war, hatte ihn seinen großen Zielen nähergebracht.

»Wie viel wollen sie?«, fragte er mit harter Stimme.

»Ein Drittel.«

»Das ist ganz unmöglich«, polterte der Kanzler los. »Wissen Sie, was Sie da von mir verlangen?«

Casper zuckte mit den Schultern. »Ich befürchte, andernfalls können Sie die Sache vergessen.«

Hagen von Martigny drehte sich um und ging einige Schritte unschlüssig auf und ab. Er wusste, dass er keine andere Wahl hatte, wollte er seine Ziele erreichen. »In Ordnung«, zischte er widerwillig, obwohl er wusste, dass er eine Entscheidung dieser Tragweite nicht alleine treffen durfte und eigentlich den König und den Kronrat mit einbeziehen musste. »Die ehrlosen Banditen sollen haben, was sie verlangen. Ich nehme es auf meine Kappe.« Mit diesen Worten ging er drohend auf Casper zu. »Und sagen Sie den Leuten in Uschur oder wo sie auch immer sitzen, dass die Sache dann aber auch hundertprozentig gleichzeitig mit der ›Operation Burgunderreich‹ über die Bühne gehen muss, oder gnade ihnen Gott!« Dann gab er Bertrand einen Wink, Casper hinauszugeleiten.

»Ich nehme an, Sie werden mich sicherlich bald über das genaue Datum informieren, Herr von Martigny«, sagte Casper ruhig und stand auf.

»Das werde ich. Auf Wiedersehen!«

7. Kapitel

Rheinbach, Polligstraße, 10. September, 8 Uhr 40

Seibold kam sich albern vor. Wie ein hinkender Storch. Er ging mit großen Schritten durch seine Wohnung und hob dabei die Knie an. Er kannte diese Übung aus dem Reha-Programm nach seiner Schussverletzung. Sie hatte ihm damals gutgetan. Er fühlte, dass er etwas für seinen Körper und seine Beweglichkeit tun musste, wollte er die Arbeit an diesem Fall vernünftig weiterführen. Er bereute, dass er vor einigen Jahren aus dem Fitnessprogramm, das der ehemalige Gymnasialsportlehrer Fritz Kappel für die älteren Semester Rheinbachs anbot, ausgestiegen war. Die Übungen waren jetzt außerdem eine willkommene Überbrückung der Wartezeit, bis Dr. Schade endlich anrief. Er hatte gerade die x-te Runde um den Wohnzimmertisch gedreht und war zurück auf dem Weg in den Flur, als das Telefon klingelte. In wenigen Schritten hatte er es erreicht.

»Ja ... Seibold hier!«, sagte er ungeduldig.

»Du warst aber schnell am Telefon!«

Mit Enttäuschung vernahm der Kommissar die Stimme von Alfred Winand am anderen Ende der Leitung. »Ach, du ... bist ... es nur, Alfred.«

»Was heißt da ›nur‹? Und warum klingst du so außer Atem?«

Seibold hatte keine Lust, seinem Freund den wahren Grund für seine Atemlosigkeit zu nennen. »Ich komme ... gerade die Treppe ... herunter ...«, log er »und entschuldige das ›nur‹. Aber du ... weißt doch, dass ich ... dringend den Anruf ... von Dr. Schade erwarte.«

»So uninteressant ist das Ergebnis meiner Recherche auch wieder nicht«, tat Alfred Winand beleidigt.

»Schieß los!«, sagte Seibold entschuldigend. »Was hast du denn erfahren?«

»Keiner meiner Nachbarn hat zur fraglichen Zeit irgendeinen Fremden auf meinem Grundstück oder in der Nähe des Hauses gesehen. Aber zwei Leuten, die mit ihren Hunden unterwegs waren, ist aufgefallen, dass auf dem kleinen Wirtschaftsweg hinter meinem Haus längere Zeit ein Auto gestanden hat.«

»Das hört sich interessant an!«, sagte Seibold. »Dort kann man sich deinem Haus mehr oder weniger unbemerkt nähern, oder? Gibt es einen Zaun, der dein Grundstück zum Wirtschaftsweg abschließt?«

»Und ob! Zwei Meter hoch und oben mit Stacheldraht bewehrt.«

Typisch, dachte Seibold, jeder Voreifeler verrammelt sein Grundstück, als wäre es Schloss Windsor.

»Hat der Zaun ein Gartentor?«, hakte er nach.

»Natürlich! Aber es ist immer verschlossen.«

»Schau einmal nach, ob es offen ist, ich warte so lange.«

Seibold hörte, wie Winand den Hörer neben das Telefon legte und sich entfernte. In der Zwischenzeit kam ihm ein weiterer Gedanke. Warum hatten der oder die Täter Professor Lehnert nicht einfach im Gästehaus getötet, sondern, wie es aussah, entführt? Ihm fielen zwei Lösungen ein. Entweder wollte man unter allen Umständen Aufsehen vermeiden oder man hatte Professor Lehnerts Leben geschont, weil er ihnen mit seinem Wissen noch nützlich sein konnte. Der Kommissar grübelte noch, als er hörte, wie Winand den Telefonhörer wieder aufnahm. Dieses Mal war er derjenige, der außer Atem war.

»Walter, ... bist du ... noch ... dran?«

»Wo soll ich denn sonst sein?«, antwortete Seibold ungeduldig.

»Das ... Gartentor ... ist ... tatsächlich offen. Es ... ist ... aufgebrochen!«

»Habe ich es mir doch gedacht! Konnten deine Nachbarn nähere Angaben über das Auto machen?«

»Ja, es soll ein weinroter Citroën gewesen sein.«

»Was?« Seibold konnte nicht glauben, was er da hörte. »Vielleicht mit einem Schweizer Nummernschild?«

»Das weiß ich nicht. Darüber haben sie nichts gesagt. Sie meinten nur, es sei eine große Limousine gewesen. Aber warum fragst du danach?«

Der Kommissar hatte es jetzt eilig. »Das erzähle ich dir nachher, wenn ich bei dir vorbeikomme. Bis dann!«

Der Kommissar wollte gerade auflegen, als Winand noch eine Frage hatte. »Hast du dir die Landkarte einmal angesehen, Walter?«

Oh Gott, dachte Seibold, du hast tatsächlich die Landkarte vergessen. Er hatte sie sogar im Auto liegen lassen. Seine Eitelkeit hinderte ihn daran, sein Missgeschick Winand gegenüber zuzugeben. »Ich habe bisher noch keine Zeit gehabt«, log er, »aber ich werde es noch tun, bevor ich zu dir komme.«

Rheinbach-Wormersdorf, Ruine Tomburg, 9 Uhr 30

Lehrerin Elke Simons saß wie eine Glucke zwischen ihren Zweitklässlern der Grundschule Wormersdorf auf dem kleinen Rastplatz neben dem Burgbrunnen. Nachdem sie die günstige Wetterprognose gehört hatte, hatte sie sich kurzerhand entschlossen, mit ihrer Klasse einen Ausflug auf die nahe gelegene Tomburg zu machen. Wer wusste, ob es in diesem Herbst nochmals einen so schönen und warmen Sonnentag geben würde? Sie hatte sich mit ihren Schülern zunächst die Burgruine angesehen und ihnen einige Fakten über die Geschichte der Burg erzählt. Nun, am Ende ihrer Besichtigungstour, saß man zu einem Picknick zusammen. Von hier aus hatte man einen herrlichen Blick über den herbstlichen Rheinbacher Stadtwald in Richtung Todenfeld. Die Schüler hatten sich auf den kleinen Holzbänken niedergelassen, die kreisförmig auf dem Rastplatz aufgestellt waren, und hörten aufmerksam die Geschichte über die goldene Wiege, die ihnen ihre Lehrerin erzählte. Eine Erzählung, die die Stätte mystisch verklärte und von der schon viele Rheinbacher Schülergenerationen gehört hatten, wenn sie mit ihren Lehrern auf Wandertagen die Tomburg besuchten. Sie handelte von einem Tomburger Grafenpaar, das sich vor vielen Jahrhunderten nichts sehnlicher als ein Kind wünschte. Als ihr Wunsch endlich in Erfüllung ging und es sich sogar um einen Stammhalter handelte, war die Freude so groß, dass der Graf eine goldene Wiege anfertigen ließ. Leider verstarb das Kind schon bald. Der Kummer der Gräfin, die Tag und Nacht neben der leeren Wiege verweilte, war so groß, dass auch sie bald erkrankte und verschied. Daraufhin entschloss sich der untröstliche Schlossherr, die goldene Wiege, die so viel Unglück über die Familie gebracht hatte, in die Tiefe des Brunnens zu werfen. Diese Legende hatte schon oft Schatzsucher von nah und fern angelockt, die Wiege zu suchen, und viele hatten waghalsige Kletterpartien unternommen, um sie auf dem Grund des Brunnens oder in der Nähe der Burgruine zu finden. Bislang ohne jeden Erfolg. Frau Simons wollte die Schüler zum Abschluss ihrer Erzählung einen Blick in den Brunnen werfen lassen. Dieser war im Gegensatz zur Ruine noch gut erhalten und mit einer zwei Meter hohen Mauer aus Bruchsteinen umrandet. Auf einer Seite gab es eine Öffnung, die mit einem stabilen Eisengitter verschlossen war. Von hier aus konnte man durch die Gitterstäbe einen Blick in die Tiefe bis auf den Grund werfen.

Die Lehrerin war aufgestanden und hatte sich neben den Brunnen gestellt. Sie wollte jedes Schulkind einzeln auffordern, einen Blick in die Tiefe zu werfen, um ein Gedränge vor dem Brunnen zu vermeiden. »Maria Zavelberg! Komm du als Erste!«, sagte sie zu einem kleinen Mädchen mit blonden Zöpfen. Die kleine Maria rannte erwartungsvoll los. Sie war zwar schon oft mit ihren Eltern hier gewesen, aber ein Blick in Tiefe des Brunnens war unheimlich und daher immer ein Erlebnis. Sie umfasste mit ihren Händen die Gitterstäbe und zwängte ihren Kopf hindurch. Als sie nach unten schaute, blieben ihre Blicke gebannt auf dem Grund des Brunnens haften. Frau Simons wollte sie gerade auffordern, den Brunnen zu verlassen, um dem nächsten Kind Platz zu machen, als sie Maria Zavelbergs aufgeregte Stimme hörte.

»Frau Simons ... da unten ... liegt jemand!«

Ihre Lehrerin nahm sie zunächst nicht ernst. Zu oft schon hatte ihr die Fantasie der Kinder einen Streich gespielt. Doch da die Kleine wie versteinert am Brunnen stehen blieb und in die Tiefe starrte, schob Frau Simons schließlich das Kind beiseite und schaute nach. Als sie sich mit schreckensbleichem Gesicht zu den Schülern umdrehte, wussten die Kinder, dass Maria Zavelberg recht hatte. »Bleibt ganz ruhig!«, sagte Elke Simons abwesend. »Wir müssen sofort zurück und die Polizei rufen!«

Zur gleichen Zeit, Rheinbach, Polligstraße

Walter Seibold war so in Gedanken versunken, dass ihm noch nicht einmal auffiel, dass er Pantoffeln trug, als er auf die Straße ging, um die Landkarte von Alfred Winand aus dem Auto zu holen. Zu sehr beschäftigte ihn das, was er eben von Winand erfahren hatte. Er war sich jetzt eigentlich sicher, dass der Anruf von Dr. Schade nur noch reine Formsache war. Ihm war klar, dass Professor Lehnert und auch Marion Winand einem Verbrechen zum Opfer gefallen sein mussten. Außerdem war es sehr wahrscheinlich, dass die Täter einen weinroten Citroën BX fuhren und sich zumindest am Abend zuvor noch in der Nähe aufgehalten hatten. Nach Dr. Schades Anruf war es höchste Zeit, Arthur Steinke, seinen Nachfolger bei der Kripo Bonn, über seinen Erkenntnisstand zu informieren.

Wenige Minuten später hatte Seibold die Landkarte auf dem Küchentisch ausgebreitet und beugte sich über sie. Sie hatte einen großen Maßstab und umfasste sowohl die Voreifel als auch große Teile der Nordeifel. Auf den ersten Blick fiel ihm nichts Besonderes auf. Als er seine Lesebrille aufsetzte und näher an die Karte heranging, bemerkte er jedoch, dass manche Orte mit einem Bleistift unterstrichen waren. Und obwohl man offensichtlich versucht hatte, die Markierungen wieder auszuradieren, waren die Spuren noch deutlich zu erkennen. In der Nähe Rheinbachs waren die Ortschaften Loch und Wormersdorf unterstrichen, außerdem die Ruine Tomburg. Als sein Blick weiter südlich auf der Karte wanderte, entdeckte er, dass etwa sechs Kilometer von Wormersdorf entfernt das Dorf Kalenborn und von dort weiter südöstlich, unterhalb der Ahr, der Ort Spessart markiert waren. Es konnte natürlich sein, dass die Markierungen von Alfred Winand vorgenommen worden waren. Vielleicht hatten sie etwas mit seinem Hobby zu tun? Er war schließlich leidenschaftlicher Jäger. Falls sie jedoch von Professor Lehnert stammten, könnten sie für die Ermittlungen von Bedeutung sein.

Seibold faltete die Karte wieder zusammen, als das Telefon schellte. Endlich! Da war der Anruf von Dr. Schade.

Seibold musste seinen Ford Granada an der großen Kreuzung hinter Meckenheim anhalten. Die Ampel war vor seiner Nase auf Rot umgesprungen. Ärgerlich schaute er auf die Uhr. Er wusste noch von seiner Dienstzeit, als er täglich diesen Weg nach Bonn genommen hatte, dass an dieser Kreuzung die Rotphase besonders lang dauerte. Er wollte unbedingt vor zwölf Uhr im Bonner Polizeipräsidium sein, sonst lief er Gefahr, dass seine früheren Kollegen in der Mittagspause waren. Es war jetzt kurz nach elf. Wenn nichts mehr dazwischenkam, würde er es spielend schaffen, beruhigte er sich. Er nutzte die Zeit, um sich noch einmal Dr. Schades Anruf durch den Kopf gehen zu lassen. Der Bonner Archäologe hatte ihm erzählt, dass er seine Kontaktperson in Lima am frühen Morgen erreicht hatte. Dieser kannte jede Ausgrabung in Peru und jeden Grabungsteilnehmer. Aber von einem Professor Lehnert aus Deutschland hatte er noch nie etwas gehört.

Polizeipräsidium Bonn, Friedrich-Ebert-Allee, 11 Uhr 40

Dem pensionierten Kriminalkommissar war irgendwie seltsam zumute, als er den langen, schmalen Flur auf der zweiten Etage seiner früheren Arbeitsstätte nach so vielen Jahren wieder entlangging. Auf den ersten Blick hatte sich im Ersten Hauptkommissariat nicht viel verändert. Seibold überfiel sogar ein wenig Wehmut. Er hatte sich hier damals eigentlich sehr wohlgefühlt. Der Grund, warum er das Präsidium seit seiner Pensionierung nicht mehr aufgesucht hatte, war eindeutig in der Person seines Nachfolgers begründet. Schon in der Zeit, als er Arthur Steinke einarbeiten musste, merkte er schnell, dass die Chemie zwischen ihnen nicht stimmte. Steinke war ein Karrieretyp, der durch gute politische Beziehungen in diese Position befördert worden war. Jürgen Dembrowski hatte Seibold damals richtig leidgetan. Dieser hatte sich solche Hoffnungen gemacht, sein Nachfolger zu werden. Vor allem hatte Seibold die arrogante und rechthaberische Art, wie Steinke als Vorgesetzter mit seinen Mitarbeitern umging, abgestoßen. Die Abneigung schien auf Gegenseitigkeit zu beruhen, denn sein Nachfolger war noch nicht einmal auf seiner Verabschiedung erschienen. Es war ein schönes Fest gewesen, an das sich Seibold gerne erinnerte. Selbst Traudel war mit dabei gewesen. Einige Kollegen hatten sogar Tränen in den Augen gehabt, als er sich von ihnen verabschiedete. Sie schienen genau zu wissen, wen sie jetzt als Nachfolger bekamen.

Seibold verlangsamte seine Schritte und lauschte. Unweigerlich musste er schmunzeln, als er das typische Geräusch der Rohrpostanlage vernahm, wenn eine Rohrpost in einem Geschäftszimmer ankam und in den Auffangbehälter fiel. Wichtige Nachrichten wurden also noch immer auf diese Art und Weise innerhalb des Polizeipräsidiums verschickt. Als er weiterging, fiel ihm auf, dass es ansonsten sehr ruhig in der Abteilung zuging. Nur aus dem Zimmer am Ende des Ganges vernahm er Geräusche. Als er näher kam, konnte er hören, dass jemand telefonierte. Früher war es das Zimmer seiner Sekretärin, Doris Söhnke, gewesen. Vielleicht hatte sie ihr Büro noch immer hier, dachte er, und ging auf das Zimmer zu. Als er in der Tür stand, schaute ihn seine frühere Sekretärin an, als wäre er ein Geist. Sie saß pummelig und mit dicken Pausbacken wie früher hinter ihrer elektrischen Schreibmaschine und schien gerade ein Privatgespräch mit ihrer Mutter zu führen.

»Ma...ma«, stotterte sie, »ich ... ich rufe dich gleich wieder an!«

Sie legte den Telefonhörer auf und erhob sich. »Ich fasse es nicht«, sagte sie und klatschte vor Freude in die Hände. »Herr Seibold! Sie sind es wirklich! Sie glauben gar nicht, wie Sie mir fehlen.« Bei diesen Worten stürzte sie, trotz ihrer Leibesfülle, flink um den Schreibtisch herum und fiel Seibold um den Hals. Dieser war völlig konsterniert. Sein Verhältnis zu seiner Sekretärin war zwar immer freundlich, aber distanziert gewesen. Er nahm an, dass die lange Leidenszeit an der Seite seines Nachfolgers Frau Söhnke zu diesem unerwarteten Gefühlsausbruch veranlasst hatte.

»Lassen Sie sich ansehen!«, sagte sie. »Gut sehen Sie aus. Sie haben abgenommen!«

Seibold schmunzelte und schwieg. Er wusste, dass er gegen den Redeschwall seiner Ex-Sekretärin keine Chance hatte.

»Aber ... aber, sagen Sie! Was führt Sie denn zu uns?« Sie schaute ihn mit großen Augen an.

»Ich wollte zu Herrn Steinke«, entgegnete Seibold.

»Hauptkommissar Steinke ist nicht da.«

Erst jetzt bemerkte Seibold, dass die Sekretärin ganz heiser war. »Mein Gott, wie hören Sie sich denn an?«, fragte er erschrocken. »Sind Sie erkältet?«

»Nein, Herr Seibold. Wir haben gestern den Sechzigsten von meinem Mann gefeiert. Es war wunderschön. Der ganze Schützenverein ist gekommen. Da habe ich wohl ein paar Bierchen zu viel getrunken. Außerdem haben wir sehr viel gesungen!«, gab sie freimütig zu.

Seibold wunderte sich. Er kannte sie schon viele Jahre. Selbst auf Betriebsfeiern war sie ihm als strikte Anti-Alkoholikerin aufgefallen. »Sie sind ja ganz schön verlottert, seitdem ich nicht mehr da bin!«, scherzte er.

»Ja, da haben Sie recht, Herr Seibold. Das ist nur, weil Sie nicht mehr auf mich aufpassen! Mir ist auch ganz elend.«

»Na ja, ab und zu darf man auch einmal über die Stränge schlagen, Frau Söhnke.«

»Danke, dass Sie es mir nachsehen, Herr Hauptkommissar a. D.«, spaßte die Sekretärin.

Beide mussten lachen.

»Ist denn wenigstens Jürgen Dembrowski da?«, kam Seibold wieder zum Grund seines Besuches zurück.

Frau Söhnke schüttelte den Kopf.

»Wo sind die beiden denn?«

»Ja, wissen Sie denn nichts davon?«, wunderte sich die Sekretärin. »Sie ermitteln ganz in Ihrer Nähe. Auf der Tomburg. Da hat man heute Morgen eine Leiche gefunden.«

Seibold war so konsterniert, dass er zunächst kein Wort herausbekam. Er erinnerte sich sofort wieder schmerzhaft an einen Mordfall Ende der Sechzigerjahre, als Traudels Nichte, Ursula, in der Nähe der Tomburg ermordet worden war. »Wissen ... Sie ... Näheres darüber?«, fragte er stockend.

»Ich weiß nur, dass man die Leiche in dem Burgbrunnen gefunden hat.«

»Im Burgbrunnen?«, wiederholte Seibold ungläubig. Er musste die Nachricht erst verdauen. »Vielen Dank, Frau Söhnke«, sagte er dann, als er sich wieder im Griff hatte. »Ich fahre gleich mal rüber. Und ... nehmen Sie Aspirin! Das hat mir auch immer geholfen.«

Rheinbach-Wormersdorf, Ruine Tomburg, 12 Uhr 30

Seibold parkte seinen Ford auf dem Parkplatz unterhalb der Tomburgruine. Als er den Wanderweg, der zum Bergkegel führte, hinaufging, merkte er, dass ihm das Gehen nicht so beschwerlich wie in den letzten Tagen vorkam. Sollten seine

Übungen vom Morgen schon Früchte getragen haben oder bildete er sich das nur ein? Vielleicht war es auch das schöne, sonnige Herbstwetter, das zu seinem Wohlbefinden beitrug.

Als er den bewaldeten Gürtel, der den Tomburghügel umschloss, erreicht hatte, konnte er einige Streifenwagen und den schwarzen Porsche 911 von Steinke erkennen. Auch in der Wahl seines Autos wollte er sich von seinen Kollegen deutlich absetzen. Die Polizisten waren den kleinen Feldweg, der von der Tomberger Straße direkt zur Burgruine führte, hochgefahren, und hatten ihren Wagen auf dem kleinen Rastplatz unterhalb des Bergkegels abgestellt. Als Seibold dort ankam, sah er, dass der Anstieg zur Ruine mit rot-weißen Absperrbändern gesperrt war. Zwei Polizisten der Rheinbacher Polizeiwache standen dort und hielten Schaulustige davon ab, zur Ruine hochzusteigen. Sie kannten Seibold und grüßten ihn freundlich. Nach einem kurzen Gespräch ließen sie ihn bereitwillig passieren. Als er den steilen Serpentinenweg nach oben stieg, musste er schon bald seinem Alter Tribut zollen. Er schüttelte den Kopf, als er schon nach zwei Wegbiegungen anhalten musste, um zu verschnaufen. Wie oft war er diesen Weg mit Traudel und den Kindern hochgestiegen, ohne dass ihm die starke Steigung etwas ausgemacht hatte? Noch zweimal musste der alte Kommissar eine Pause einlegen, bevor er endlich auf der Höhe des Berges ankam. Er war völlig außer Puste und musste zunächst einige Male heftig durchschnaufen, wobei seine lädierten Bronchien einen pfeifenden Ton von sich gaben. Gott sei Dank hatte er heute sein Asthmaspray dabei. Während er einen Blick auf die Burgruine warf, die sich majestätisch vor ihm auftürmte, inhalierte er einen Schub. Gleich fühlte er, dass seine Atemwege freier wurden.

Als er wieder einigermaßen Luft bekam, wandte er sich

nach links. Da der Weg nicht weit unterhalb des Burgbrunnens auf das Bergplateau stieß, hatte Seibold sogleich einen Überblick über das Geschehen. Als Erstes fiel ihm Hauptkommissar Steinke ins Auge, der sich im Gespräch mit zwei Frauen befand. Eine davon kannte Seibold, es war Staatsanwältin Frau Dr. Rohr. Die andere war erheblich jünger als die Staatsanwältin. Sie hatte ihre brünetten Haare zu einem Zopf zusammengebunden und war mit einer blauen Strickweste und einer Jeans gekleidet.

Steinke war wie immer braun gebrannt. Es war kein Geheimnis, dass er regelmäßig Kunde in einem Bonner Sonnenstudio war. Er hatte seine sportliche Figur in eine enge Jeans und ein modisches Jackett gezwängt. Der rote Schal, den er bei jeder Witterung um den Hals geschlungen hatte, verlieh seinem Erscheinungsbild etwas Dandyhaftes. Einige Meter von der Dreiergruppe entfernt kniete ein dürrer, älterer Mann neben einem leblosen Körper, den man auf eine Plane auf dem Boden gelegt hatte. Auch ihn kannte Seibold. Es war Dr. Klaus Wulf aus der Gerichtsmedizin. Mit ihm hatte er jahrelang erfolgreich zusammengearbeitet. Irgendwie hatte ihn der Arzt immer an einen blutleeren Leichenbestatter erinnert, den er irgendwann einmal in einem Western gesehen hatte. Trotz des warmen Herbstwetters trug der Gerichtsmediziner seinen alten, grünen Bundeswehrparka. Typisch Klaus, dachte Seibold. Schon zu seiner Zeit fror der Gerichtsmediziner zu jeder Jahreszeit und hatte immer Angst davor, sich zu erkälten. Seibolds Blick wanderte weiter. Er sah mehrere Spezialisten des Erkennungsdienstes, die in ihren weißen Schutzanzügen ihrer Arbeit nachgingen. Gerade kletterte einer von ihnen aus dem Innern des Brunnens über die Brüstung und zog eine Strickleiter nach oben. Die Ermittlungsarbeiten auf dem Grund des Brunnens schienen anscheinend beendet zu sein.

Seibold entschied, zunächst seinen alten Kollegen aus der Gerichtsmedizin zu begrüßen. Als er jedoch auf dem Weg dorthin war, hatte ihn Steinke aus dem Augenwinkel erspäht. Zunächst stutzte er, dann ließ er die beiden Frauen stehen und schnitt ihm den Weg ab. »Seibold! Sehe ich richtig? Sie hier? Haben Sie heute Morgen eine Wanderung zur Tomburg gemacht? Als Pensionär haben Sie ja jetzt jede Menge Zeit dafür«, fügte er mit einem ironischen Unterton hinzu. Er machte keine Anstalten, seinem Vorgänger die Hand zu reichen.

Seibold war es recht. »Nein, ich bin nicht zufällig hier, Herr Steinke«, antwortete er und öffnete seinen Hemdkragen. Er schwitzte noch immer. »Ich muss Sie dringend sprechen!«

»Mich sprechen?« Steinke tat erstaunt. »Hat es vielleicht etwas mit dem Toten hier zu tun?« Er deutete mit dem Kopf zur Leiche hinüber.

»Nein«, entgegnete Seibold, »es geht um etwas anderes. Im Polizeipräsidium sagte man mir, dass ich Sie hier finden kann.«

»Da haben Sie sich aber keinen guten Zeitpunkt ausgesucht. Sie sehen ja, wir haben hier alle Hände voll zu tun.«

Seibold wollte antworten, wurde aber von Dr. Wulf unterbrochen. Dieser hatte sich erhoben, als er Seibold erkannte. Mit einem breiten Lachen ging der Gerichtsmediziner auf seinen alten Kollegen zu. »Mensch, Walter! Was führt dich denn hierher?« Kräftig schüttelte er die Hand seines früheren Kollegen, ohne dabei seine Einmalhandschuhe auszuziehen.

»Ich muss dringend Hauptkommissar Steinke sprechen, Klaus. Da ihr gerade hier in der Nähe wart, dachte ich ... schaust du einfach mal vorbei.«

Einige Augenblicke musterten sich die alten Kollegen.

»Aber ich dachte, du wärst auch schon längst pensioniert«, sagte Seibold schließlich.

»Nee, nee, zwei Jährchen muss ich noch, Walter.« Dabei

warf er Steinke einen geringschätzigen Blick von der Seite zu, der verriet, dass er es kaum erwarten konnte, mit Steinke nichts mehr zu tun haben zu müssen.

»Vielleicht kann uns der Herr Kommissar a. D. weiterhelfen und uns etwas über die Identität des Toten sagen?«, hörte Seibold jemanden hinter sich sagen.

Als er sich umdrehte, sah er, dass die Staatsanwältin auf ihn zukam. Auch sie schüttelte ihm erfreut die Hand. Über ihre Schulter konnte Seibold erkennen, dass die junge Brünette zwischenzeitlich ihre Personalien in den Notizblock von Jürgen Dembrowski diktierte. Auch Dembrowski hatte ihn gesehen und zwinkerte ihm verschwörerisch zu. Seibold hatte ihn schon einige Jahre nicht mehr gesehen. Sein schon früher schütteres Haar hatte sich zwischenzeitlich fast zu einer Vollglatze gelichtet.

»Schön, Sie mal wiederzusehen!«, sagte Frau Dr. Rohr.

»Nur schade, dass es wieder an der Tomburg ist und wieder mit einer Leiche zu tun hat«, entgegnete Seibold. Er und Frau Dr. Rohr waren sich anlässlich des Mordes an Traudels Nichte vor über zwanzig Jahren hier das erste Mal begegnet. Die blutjunge Staatsanwältin hatte damals gerade erst den Dienst aufgenommen; es war ihr erster Fall. Sie deckte damals Seibolds Ermittlungen, obwohl er in einem sehr engen Verwandtschaftsverhältnis zum Mordopfer stand. Seibold hatte ihr das nie vergessen.

»Schauen Sie sich doch einmal den Toten an!«, bekräftigte Steinke. »Sie kennen doch fast alle Leute hier in der Gegend.«

»Hatte er denn keine Papiere dabei?«, fragte Seibold.

Steinke verneinte. Seibold ging auf den Toten zu. Dr. Wulf begleitete ihn. Man hatte Gesicht und Körper der Leiche mit einer grünen Plane bedeckt. Der Gerichtsmediziner kniete sich hin und schlug sie zurück. Seibold beugte sich über den

Toten. Als er ihn erkannte, war er zunächst starr vor Schreck. Die Umstehenden bemerkten seine Fassungslosigkeit.

»Kennen Sie ihn?«, fragte die Staatsanwältin.

Seibold richtete sich mühsam auf. »Und ... ob«, stammelte er, »es ... ist Oberstleutnant ... Peter von Harnig. Er wohnt in Rheinbach und dient auf der Hardthöhe. Und ...«, Seibold rang nach Luft. Erwartungsvoll sahen ihn die anderen an. »... ich habe ihn gestern Abend noch gesehen.«

»Wo war das?«, wollte Steinke wissen.

»An der Madbachtalsperre. Ich habe dort einen Spaziergang gemacht. Er saß am Ufer und angelte.«

»Um wie viel Uhr war das?«

Seibold musste einen Moment überlegen. »So ... gegen siebzehn Uhr dreißig.«

»Welchen Eindruck machte er auf Sie?«, mischte sich die Staatsanwältin ein.

»Ich habe nicht mit ihm gesprochen. Wir haben uns nur von Weitem gegrüßt. Warum fragen Sie?«

»Weil wir vermuten, dass er Selbstmord begangen hat. Vielleicht hätten Sie uns ja etwas über seine Gemütsverfassung sagen können.«

»Selbstmord?«, wiederholte Seibold und schüttelte den Kopf. »Das kann ich mir eigentlich nicht vorstellen. Ich hatte des Öfteren mit ihm zu tun. Er machte nicht den Eindruck, ein Mensch zu sein, der suizidgefährdet war. Auch gestern hat er mich angelächelt und mir freundlich zugewunken.« Sein Blick wanderte zum Burgbrunnen. »Und ... welch seltsame Methode, sich umzubringen?« Er schaute die Staatsanwältin fragend an. »Warum sollte er hierherfahren und sich in einen Brunnen stürzen?«

»Die Menschen kommen oft auf die eigenartigsten Ideen, aus dem Leben zu scheiden«, sagte Steinke.

»Ich habe bisher immer gedacht, Offiziere bedienen sich in solch einem Fall ihrer Dienstpistole«, unterstützte Dr. Wulf die Bedenken Seibolds.

»Habt ihr übrigens sein Auto gefunden?«, wechselte Seibold das Thema.

»Wir haben an der Tomberger Straße, ganz in der Nähe des Feldweges, der direkt zur Tomburg führt, ein einzelnes Auto hinter einem Pferdeunterstand gefunden«, antwortete Steinke. »Es sah so aus, als hätte man es dort versteckt. Der Erkennungsdienst nimmt es gerade auseinander, weil wir vermuten, dass es dem Toten gehört.«

»Welches Fabrikat?«, fragte Seibold.

»Ein dunkelgrüner Mercedes-Kombi.«

Seibold überlegte kurz. »So gut kenne ich von Harnig zwar nicht, dass ich wüsste, welches Auto er momentan fährt, aber ich meine, so ein Fabrikat gestern auf dem Parkplatz an der Madbachtalsperre gesehen zu haben.«

»Dann liegen wir mit unserer Vermutung wohl richtig. So viel ich weiß, haben unsere Leute auch Angelutensilien auf der Rückbank gefunden«, warf Steinke ein.

Seibold drehte sich zu Dr. Wulf um. »Hast du schon irgendwelche Erkenntnisse?«

»Viel kann ich noch nicht sagen, dafür muss ich ihn mir in der Gerichtsmedizin genauer ansehen. Aber eines steht fest: Es ist im Laufe der letzten Nacht passiert. Außerdem ist er kopfüber in den Brunnen gestürzt, da sich seine Verletzungen hauptsächlich am Kopf sowie im Hals- und Schulterbereich befinden. Ich nehme an, dass der Exitus durch einen Genickbruch eintrat.«

»Kann ich ihn mir noch einmal ansehen?«, fragte Seibold, obwohl ihn schauderte, die übel zugerichtete Leiche ein weiteres Mal ansehen zu müssen.

Dr. Wulf nickte und entfernte das Tuch, das über den Toten gedeckt war. Seibolds Blick fuhr über das zerschmetterte Gesicht des toten Offiziers. Er war froh, dass die Zeit vorbei war, als er solche Anblicke öfter ertragen musste. Obwohl der größte Teil des Kopfes mit Blut verklebt war, konnte man deutlich eine riesige Wunde auf der Stirn des Toten ausmachen. Als Seibold sie näher betrachtete, stutzte er. Vielleicht bildete er es sich auch nur ein, aber die Konturen der Wunde ähnelten Buchstaben. Mit ein wenig Fantasie konnte man ein *R* und ein *B* erkennen. Diese Buchstaben hatte er vor Kurzem doch schon einmal gesehen, und zwar auf der von Professor Lehnert versteckten Diskette. War die Wunde nur zufällig in dieser Form beim harten Aufprall auf die scharfkantigen Bruchsteine entstanden oder war sie ihm durch ein Messer oder einen anderen scharfen Gegenstand beigebracht worden? Seibold wollte Dr. Wulf um seine Meinung fragen, doch dann entschied er sich, diese Erkenntnis zunächst einmal für sich zu behalten. Dazu war später, nach der Obduktion des Toten, immer noch Gelegenheit. Er gab dem Gerichtsmediziner einen Wink, die Leiche wieder zuzudecken.

»Ist Ihnen noch etwas aufgefallen?«, fragte die Staatsanwältin.

»Nein«, log Seibold, »ich wollte ihn nur noch einmal sehen, um Abschied von ihm zu nehmen.«

Inzwischen waren die angeforderten Bestatter eines Beerdigungsunternehmens am Tatort erschienen. Schweigend beobachteten die Umstehenden den Abtransport des Leichnams. Dr. Wulf drückte noch einmal kräftig Seibold die Hand, dann begleitete er die Bestatter nach unten.

»Jetzt können Sie mir sagen, warum Sie mich so dringend sprechen wollten, Herr Seibold.« Hauptkommissar Steinke fand als Erster wieder Worte.

Seibold drehte sich um und sah, dass sich zwischenzeitlich auch Jürgen Dembrowski zu ihnen gesellt hatte. Dieser hatte anscheinend die Befragung der jungen Frau beendet. Aus dem Augenwinkel sah Seibold, dass sie nun ebenfalls, sichtlich mitgenommen, dem Leichenzug den Berg hinunter folgte.

Seibold überging die Frage seines Nachfolgers und wandte sich zunächst an Dembrowski. »Na, du Lockenköpfchen!«, sagte er, auf den spärlichen Haarwuchs Dembrowskis anspielend. »Schön, dich zu sehen.«

Die beiden Kollegen schüttelten einander herzlich die Hände.

»Wer war die junge Schönheit, die du eben vernommen hast?«, wollte Seibold wissen.

»Eine Zeugin. Sie hat die Leiche gefunden. Sie ist Lehrerin und war heute Morgen mit ihrer Schulklasse hier oben.«

»Um Gottes Willen! Haben die Kinder die Leiche unten im Brunnen gesehen?«, fragte Seibold besorgt.

»Nur ein Kind, ein kleines Mädchen, es hat die Leiche entdeckt. Die Lehrerin hat dann dafür gesorgt, dass sich die Kinder vom Brunnen fernhielten.«

Erleichtert nickte Seibold Dembrowski zu. Dann wandte er sich an Steinke. Dessen Gesichtsausdruck verriet, dass er sichtlich verärgert war, dass der alte Kommissar seine Frage einfach übergangen hatte. Seibold war es egal. Er sammelte sich einen Augenblick. Dann begann er von den Geschehnissen der letzten Tage und von seinen Erkenntnissen zu berichten. Auch die Staatsanwältin und Dembrowski lauschten aufmerksam.

»Und darüber informieren Sie mich erst jetzt?« Steinkes näselnde Stimme überschlug sich vor Zorn.

Seibold hatte damit gerechnet und sich vorgenommen, sich nicht provozieren zu lassen. »Erstens«, erwiderte er ruhig,

»war es die Polizei, die die berechtigten Sorgen meines Freundes nicht ernst genommen hat. Darum hat er mich um Hilfe gebeten. Und zweitens wollte ich zuerst ganz sicher sein, dass an der Geschichte was dran ist, bevor ich die Pferde scheu mache.«

»Und dann, meinen Sie, haben Sie das Recht, einfach auf eigene Faust zu ermitteln?«, schnaubte der Leiter der Mordkommission. »Seien Sie froh, wenn ich Ihnen kein Verfahren wegen Amtsanmaßung an den Hals hänge!«

Bevor Seibold etwas entgegnen konnte, ging die Staatsanwältin dazwischen. »Meine Herren, ich bitte Sie! Das führt doch zu nichts. Ich schlage vor, Herr Seibold legt seine Ermittlungsergebnisse schriftlich nieder, und dann gehen wir der Sache nach.« Die Staatanwältin lächelte Seibold beschwichtigend an. »Würden Sie das für uns tun, Herr Hauptkommissar a. D.?«, fragte sie freundlich.

Der musterte seinen Vorgänger mit einem geringschätzigen Blick. Dembrowski schaute peinlich berührt auf den Boden.

Seibold ließ sich Zeit mit seiner Antwort. »In Ordnung«, sagte er schließlich, »spätestens morgen früh haben Sie den Bericht auf Ihrem Schreibtisch.«

»Vielen Dank für Ihre Bemühungen, Herr Seibold. Und«, sie streifte Arthur Steinke mit einem vorwurfsvollen Blick, »wenn wir Ihre Hilfe brauchen, dürfen wir uns nochmals an Sie wenden?«

»Das dürfen Sie!«, erwiderte Seibold und reichte der Staatsanwältin die Hand. »Sie wissen ja, wo Sie mich finden können.« Die nächsten Worte richtete er an Dembrowski. »Auf Wiedersehen, Jürgen. Ich habe mich sehr gefreut, dich wiederzusehen!«

Ohne Steinke auch nur eines Blickes zu würdigen, drehte

er sich um und machte sich auf den Weg. Als er hinter dem Brunnen auf den Fußweg, der von der Tomburg herabführte, einbog, hörte er noch einmal die näselnde Stimme seines Nachfolgers hinter sich herrufen. »Und ab jetzt keine Alleingänge mehr! Haben Sie mich verstanden?«

Seibold gab keine Antwort.

Noch bevor er sein Auto erreichte, hatte er sich entschieden, der Anordnung Steinkes nicht zu folgen. Dabei war es noch nicht einmal die große Abneigung, die er gegenüber seinem Vorgänger empfand. Er war sich sicher, dass es der Aufklärung des Falles dienen würde, wenn er weiter an der Sache dranblieb. Er dachte an den Citroën BX, den er auf dem Weg zur Madbachtalsperre gesehen hatte, nachdem er Peter von Harnig das letzte Mal gesehen hatte, und an die seltsame Wunde am Kopf des Toten. Diese beiden Informationen hatte er eben zurückgehalten, obwohl er wusste, dass er sich strafbar machte. Aber sein kriminalistischer Instinkt, auf den er sich in seiner aktiven Laufbahn stets hatte verlassen können, sagte ihm, dass es ratsam war, so zu handeln.

8. Kapitel

Rheinbach-Loch, 10. September, 14 Uhr 55

Winand und Seibold studierten die Landkarte, die ausgebreitet auf dem Wohnzimmertisch lag.

»Von mir sind die nicht«, sagte Winand, als Seibold ihn auf die Markierungen auf der Karte ansprach. »Die kann nur der Professor gemacht haben. Ich bin mir sicher, dass sie nicht da waren, bevor ich ihm die Karte geliehen habe.«

»Seltsam, warum hat er sich gerade diese Orte angestrichen? In welchem Zusammenhang stehen sie, und was haben sie mit seinen Recherchen hier in der Voreifel zu tun?« Seibold schaute seinen alten Freund erwartungsvoll an. »Hast du mitbekommen, ob er diese Orte einmal aufgesucht hat?«

»Nein, ich sagte dir doch bereits, dass ich von seinen Aktivitäten hier nichts mitbekommen habe.«

Seibold fiel ein, dass er Winand noch gar nicht gefragt hatte, ob Lehnert ein Auto besaß.

»Er hat einen VW-Passat. Mit dem war er sehr pingelig. Jede Woche hat er ihn durch die Waschanlage gefahren und parkte ihn immer um die Ecke auf dem Feldweg. Ich glaube, er hatte Angst, jemand könnte ihm hier auf der Straße eine Beule reinfahren.«

»Ich nehme an, dass sein Auto seit seinem Verschwinden auch nicht mehr dort steht?«, mutmaßte Seibold. Als Winand bejahte, dachte er einen kurzen Moment daran nachzuforschen, ob der Passat am Frankfurter Flughafen geparkt war, doch dann entschied er sich, es zu lassen. Für ihn stand hundertprozentig fest, dass der Professor dort nicht in ein Flugzeug gestiegen war. Er wollte lieber so bald wie möglich die Orte, die auf der Landkarte markiert waren, aufsuchen. Vielleicht konnte er dort etwas finden, was mit Lehnerts Interesse am Nibelungenlied zu tun hatte.

»Walter, was ich dich noch fragen wollte«, Alfred Winand unterbrach Seibolds Gedanken, »hast du dich eigentlich inzwischen mit der Kriminalpolizei in Verbindung gesetzt?«

»Du kannst beruhigt sein, das habe ich.« Seibold hatte Winand allerdings noch nicht von dem Toten auf der Tomburg und seiner dortigen Begegnung mit Steinke erzählt, und so brachte er seinen Freund in knappen Worten auf den Stand der Dinge.

Alfred Winand war sichtlich angeschlagen. Auch er kannte Peter von Harnig, hatte ihn schon oft beim Angeln an der Madbachtalsperre getroffen. »Das ... ist ja ... furchtbar«, stotterte er. Dann blickte er Seibold ängstlich an. »Meinst du ... der Mord steht mit Marions und Lehnerts Verschwinden im Zusammenhang?«

Seibold überlegte, ob er Winand in seine Vermutung einweihen sollte. Dann fiel ihm ein, dass es sehr wahrscheinlich war, dass Steinke in Kürze hier auftauchen würde, um seinen Freund zu befragen. Es bestand die Gefahr, dass Winand ihm davon berichtete, und Seibold wollte sich keinen weiteren Ärger einhandeln. »Das glaube ich nicht«, log er und wechselte das Thema. »Gib mir bitte Namen und Adresse der Leute, die den Citroën hinter deinem Garten gesehen haben. Ich möchte sie gerne persönlich befragen.«

Als Walter Seibold die Treppe vor Winands Haus hinunterging, drehte er sich noch einmal um. »Was ich noch sagen wollte«, verlegen schaute er zu Alfred Winand herüber, der in der Haustür stand, »wenn sich in der nächsten Zeit die Kriminalpolizei bei dir meldet, sag ihnen nicht, dass ich weiterhin in der Sache ermittle.«

Winand sah ihn zunächst verdutzt an, doch fragte er Seibold nicht nach dem Grund. Er schien zufrieden damit zu sein, dass sich neben der Kriminalpolizei auch weiterhin sein alter Freund auf die Suche nach seiner Enkelin und Professor Lehnert machte.

Walter Seibold stand an der Einmündung der Kapellenweges zur Madbachstraße. Missmutig faltete er das Blatt, auf dem ihm Winand Namen und Adresse der Zeugen aufgeschrieben hatte, zusammen. Die Befragung hatte nichts Neues ergeben. Er konnte nicht mehr über den Citroën hinter Alfred Winands Garten erfahren, als er schon wusste. Vor allem hatte niemand die Insassen des Wagens gesehen. Es konnte auch niemand bestätigen, ob der Wagen ein Schweizer Nummernschild hatte.

Er überlegte, ob er nach Hause fahren sollte, um den der Staatsanwältin versprochenen Bericht zu schreiben, doch wollte er nicht mit leeren Händen zurückkehren. Da fiel ihm ein, dass Lehnert auch Loch selbst auf der Karte unterstrichen hatte. Hatte er es getan, weil es sein momentaner Wohnort war oder hatte Loch etwas mit seinen Untersuchungen zu tun? Er machte kehrt und ging die Madbachstraße in Richtung Locher Straße hinunter. Er wollte sich den Ort aus dem Blickwinkel eines Professors für mittelalterliche Geschichte mit dem Fokus Nibelungenlied anschauen. Vielleicht würde er irgendetwas entdecken.

Nach gut einer dreiviertel Stunde war Seibold wieder an seinem Ausgangspunkt angekommen. Er hatte sich jedes Gebäude, jede Straße und jeden Garten in Loch angesehen. Er war sogar in die angrenzende und etwas höher gelegene Ortschaft Queckenberg hinaufgestiegen, aber ihm war beim besten Willen nichts aufgefallen, was einen Geschichtsprofessor interessieren könnte oder in irgendeiner Form etwas mit dem Nibelungenlied zu tun hätte. Als er noch einmal die Madbachstraße hinaufblickte, fiel ihm in einiger Entfernung ein Mann auf, der in seinem Vorgarten beschäftigt war. Beim näheren Hinsehen erkannte er ihn. Es war ein alter Bekannter, der um ein paar Ecken mit Traudel verwandt war. Seibold hatte ihn daher auf einigen Familienfeiern getroffen. Sein Name war Rolf Schnitzler, aber er wurde von allen Bütze Rolf genannt, weil er den zwanghaften Trieb verspürte, alle weiblichen Wesen zu küssen – also auf Voreiflerisch »zu bützen« –, besonders wenn er etwas getrunken hatte. Seibold war ihm das letzte Mal auf Traudels Beerdigung begegnet. Wenn er ihn schon hier sah, konnte er auch ein paar Worte mit ihm wechseln, dachte Seibold und stieg die Straße zu Schnitzlers Haus wieder hinauf.

Seibold staunte nicht schlecht, als er in Schnitzlers Vorgarten blickte. Rolf frönte in den letzten Jahren wohl einem anderen Hobby. Nicht mehr das Küssen von Frauen schien seine Leidenschaft zu entfachen, sondern Gartenzwerge. Sein Vorgarten war eine einzigartige Zwergenidylle. Hinter jedem Gewächs stand ein kleiner Zwerg mit roter Zipfelmütze und lächelte den Betrachter freundlich an. Daneben entdeckte Seibold kleine Windmühlen, Häuschen, die die Form eines Fliegenpilzes hatten, und sogar ein Miniaturschloss, aus dessen Fenster kleine Gartenzwerge hinausblickten. Einige Zwerge standen an einem kleinen künstlichen Bachlauf und angelten, andere saßen auf Holzbänken und rauchten Pfeife.

Bütze Rolf kniete auf dem Boden. Er hatte das Dach eines Pilzhauses geöffnet und reparierte eine Elektroleitung. In der Dunkelheit schien die kleine Traumlandschaft also auch beleuchtet zu sein.

»Sei gegrüßt ... du Vater aller Gartenzwerge!«, sagte Seibold mit leisem Spott in der Stimme.

Rolf Schnitzler fuhr erschrocken hoch. Amüsiert registrierte Seibold, dass Bütze Rolf in den letzten Jahren wahrhaftig zu einem Gartenzwerg mutiert war. Mit seiner kleinen Gestalt, die er in einen blauen Arbeitsanzug gequetscht hatte, den geröteten Pausbacken, dem runden Kugelbäuchlein und seiner Pudelmütze glich er seinen Gartenzwergen aufs Haar. Wie dieses kleine Unikum jemals in den Ruf eines großen Frauenküssers gelangen konnte, war Seibold schleierhaft.

Bütze Rolf brauchte einige Zeit, bis er Seibold erkannte. »Ach, du bist es, Walter«, sagte er schließlich und legte sein Werkzeug zur Seite. »Was machst du denn hier in der Gegend?«

»Ich wollte mir einmal deine weltberühmten Gartenzwerge anschauen«, scherzte Seibold.

»Sind die nicht wunderschön?« Bütze Rolf strahlte vor Stolz.

»Wirklich beeindruckend!«, sagte Seibold und ließ noch einmal anerkennend seine Blicke über den Vorgarten schweifen.

Rolf erhob sich, nahm seine Mütze vom Kopf und strich sich den Schweiß von der Stirn. Selbst am Spätnachmittag war es für September ungewöhnlich warm. Ganz allmählich schien Bütze Rolf zu dämmern, dass Walter Seibolds Bewunderung für sein Hobby nicht ganz ernst gemeint war. »Ich denke, du bist pensioniert«, sagte er daher schroff. »Warum schnüffelst du hier seit Tagen in der Gegend herum?«

Aha, dachte Seibold. Dem Dorf waren seine Nachforschungen also nicht verborgen geblieben. Alles andere hätte ihn auch gewundert. Deshalb war es ihm völlig unverständlich, dass niemand etwas von Professor Lehnerts Aktivitäten hier in Loch mitbekommen haben sollte.

»Ich suche Marion, die Enkelin von Alfred Winand.«

»Ach die, die ist doch bestimmt wieder auf Drogen-Beschaffungstour.« Schnitzlers Worte bestätigten sowohl den schlechten Ruf des Mädchens als auch die Tatsache, dass ihr Verschwinden nicht unbemerkt geblieben war.

»Alfreds Untermieter, ein gewisser Professor Lehnert, ist aber auch seit einiger Zeit verschwunden!«

»Den kenn ich nicht.«

Das konnte und wollte Seibold nicht glauben. Er kramte Lehnerts Buch aus der Tasche. »So sieht er aus.« Der Ex-Kommissar hielt Rolf Schnitzler das Foto des Professors unter die Augen.

»Ach, der ist das?«, wunderte sich Schnitzler. »Der soll Professor sein?«

»Also hast du ihn schon einmal gesehen?«

»Ja, der ging genauso wie du die Straßen auf und ab und schien etwas zu suchen.«

Seibold wurde hellhörig.

»Aber das war ein Idiot, der hat sich über meine Gartenzwerge lustig gemacht.«

Seibold musste schmunzeln. So wie er sich Professor Lehnert vorstellte, wunderte ihn das überhaupt nicht. »Hat er dir erzählt, was er suchte? Oder hat er dich irgendetwas gefragt?«

»Nur ob ich wüsste, ob man drüben auf dem Bauernhof frische Milch kaufen kann.« Bütze Rolf deutete mit dem Finger auf eine kleine Stichstraße, die spitzwinklig von der Madbachstraße den Abhang hinunter in Richtung Locher Straße verlief. »Später hab ich ihn dann dort mit der Bäuerin ein längeres Gespräch führen sehen.«

»Wo war das genau?«

»Dort drüben. Siehst du den Bauernhof dort unten auf der linken Straßenseite, hinter den beiden Klinkerhäusern? Dort wohnt Frau Burchard, die Bäuerin.«

»Kennst du sie näher?«

»Na klar. Die ist in Ordnung!« Die Art und Weise, wie Bütze Rolf das sagte, verriet Seibold, dass er sie bestimmt gerne geküsst hätte.

»Erzähl mir mehr von ihr.«

»Sie kommt nicht von hier. Ihrem Dialekt nach zu urteilen, stammt sie aus der Alpenregion. Entweder aus Österreich oder aus der Schweiz. Genau weiß ich das nicht. Sie eröffnete vor einigen Jahren ein Restaurant unten auf der Abzweigung von der Madbachstraße. Es war bald Anziehungspunkt für viele Gäste aus dem Umland. Selbst hohe Tiere aus Bonn waren dort Stammgäste. Irgendwann ging die Gaststätte aus mysteriösen Gründen in Flammen auf. Anschließend hat Frau Burchard zur Verwunderung aller den Bauernhof übernommen, nachdem die vorherige Besitzerin, Fussels Ännche, ums Leben gekommen war.«

»Ums Leben gekommen?«, stutzte Seibold, »das hört sich so an, als wäre sie keines natürlichen Todes gestorben.«

Bütze Rolf verzog das Gesicht. »Es war ein tragischer Unfall. Sie ist im Stall von ihrem eigenen Stier auf die Hörner genommen worden.«

»Ein ungewöhnlicher Tod!«, entfuhr es Seibold.

»Das kann man wohl sagen. Das Tier war ansonsten völlig unauffällig. Es muss aus irgendeinem unerfindlichen Grund durchgedreht sein. Das erzählte jedenfalls René, der den Unfall miterlebte. Er behauptete, er hätte nicht mehr rechtzeitig eingreifen können.«

»Wer ist René?«

»Der Knecht auf dem Hof. Ännchen hatte ihn eingestellt, nachdem ihr Mann gestorben war. Sie konnte den Hof nicht alleine bewirtschaften, und Kinder waren auch keine da.«

»Und Frau Burchard hat dann den Bauernhof übernommen? Versteht sie denn etwas davon?«

»Und ob. So viel ich weiß, ist sie wohl auf einem Bauernhof groß geworden. Zunächst hat sie den alten Stall abgerissen und einen neuen gebaut. Monatelang hat der Umbau gedauert. Wir haben uns schon alle gefragt, was dort wohl entsteht und wo sie das viele Geld her hat. René hat sie als Knecht übernommen. Man munkelt ...«, Schnitzler schaute sich nach allen Seiten um, um sicherzugehen, dass ihn niemand hörte, »... dass die beiden etwas miteinander haben. Wenn du verstehst, was ich meine.«

Das verstand Seibold nur zu genau. Er hatte genug erfahren. »Pass gut auf deine Zwerge auf!«, schmunzelte er und klopfte Bütze Rolf auf die Schulter. Dann machte er sich auf den Weg. Bevor er in das Sträßchen in Richtung des Bauernhauses einbog, blieb er noch einmal stehen. »Was ich noch fragen wollte: Kann man denn nun bei Frau Burchard frische Milch kaufen?«

Als Bütze Rolf die Frage bejahte, fragte ihn Seibold: »Kannst du mir mal eine Milchkanne leihen?«

Schnitzler schaute ihn verdutzt an. »Aber nur, wenn du sie mir wieder zurückbringst«, grummelte er. Dann ging er kopfschüttelnd ins Haus, um eine Kanne zu holen.

Seibold blieb stehen und massierte sich sein schmerzendes Knie. Besonders wenn er bergab laufen musste, machte es ihm zu schaffen. Die Straße ging hier in einen Hohlweg über. Das Anwesen von Frau Burchard machte, verglichen mit den anderen Bauernhöfen, die Seibold bei seinem Rundgang gesehen hatte, einen außerordentlich gepflegten Eindruck. Das Wohngebäude und die Stallungen waren voneinander getrennt. Außerdem schien die Bäuerin eine ausgesprochene Blumenliebhaberin zu sein, denn sowohl das Wohngebäude als auch der Vorgarten waren eine einzige Blumenpracht. Die üppigen Blumenkästen an Balkon und Fenstern erinnerten Seibold an Häuser, die er in der Schweiz gesehen hatte. Im Vorgarten war ein Holzschild angebracht mit der Aufschrift *Täglich frische Milch*.

Er ging auf das Anwesen zu und öffnete eine kleine Holzpforte. Da er niemanden erblickte, entschied er sich, den Hof etwas näher anzusehen. Zunächst ging er rechts auf den neu erbauten Stall zu.

»He, Sie da! Kann ich Ihnen weiterhelfen?«

Seibold drehte sich um und sah einen rothaarigen, kräftigen Mann in blauer Arbeitskluft, der auf einem kleinen Traktor in einem überdachten Schuppen am hinteren Ende des Stalles saß. Er hatte einen großen Maulschlüssel in der Hand und schien den Trecker zu reparieren.

Seibold hielt die Milchkanne hoch und rief: »Ich hätte gerne frische Milch!«

»Die gibt es eigentlich erst ab achtzehn Uhr. Aber gehen Sie ruhig in den Stall. Die Chefin müsste drinnen sein!«, sagte der Mann und wischte seine ölverschmierten Hände an einem Handtuch ab.

Seibold bedankte sich und ging auf das große Eingangstor, eine Schiebetür, zu. Er schob sie langsam auf. Als er den Stall betrat, kam ihm ein warmer, säuerlicher Geruch entgegen. Er sog ihn tief ein, denn er erinnerte ihn an seine Kindheit in Sachsen. Dort hatte er direkt neben einem Bauernhof gewohnt und sich oft in den Kuhställen herumgetrieben.

Im Stall waren nur wenige Kühe, die meisten Tiere schienen auf den angrenzenden Weiden zu sein. Seibold ging langsam die Stallgasse hinunter. Er wunderte sich über die Größe des Wirtschaftsgebäudes, dessen Länge er auf gut fünfzig Meter schätzte. Als er in der Mitte des Stalles angelangt war, sah er eine Frau, die im hinteren Teil des Stalles mit einer Mistgabel verbrauchtes Stroh und Kuhexkremente in eine Schubkarre warf. Sie wandte ihm den Rücken zu und bemerkte ihn daher nicht. Trotz ihrer Arbeitskleidung – Gummistiefel, grüne Latzhose und blaue Arbeitsschürze – machte sie einen jugendlichen Eindruck. Um ihr volles, noch schwarzes Haar hatte sie ein buntes Kopftuch gebunden.

»Frau Burchard?«, rief Seibold, als er sie fast erreicht hatte.

Erschrocken fuhr die Frau herum.

»Entschuldigen Sie! Ich wollte Sie nicht beängstigen. Aber Sie waren so in Ihre Arbeit vertieft, dass Sie mich nicht gehört haben.«

Seibold blickte in ein hübsches Gesicht, das das wahre Alter der Bäuerin nicht verriet. Er konnte Bütze Rolf verstehen, dass er sie gerne geküsst hätte.

»Seibold ist mein Name, und ich wollte nur etwas frische Milch kaufen.«

Noch immer bekam die Frau kein Wort über die Lippen.

Deshalb fuhr Seibold fort: »Der junge Mann draußen sagte mir, dass ich Sie hier im Stall finden könnte.«

»Ach so, René. Hat er Ihnen nicht gesagt, dass wir erst ab achtzehn Uhr Milch verkaufen?«

»Doch, doch!«, entgegnete Seibold und versuchte, ein freundliches Lächeln aufzusetzen, »aber er meinte, ich sollte Sie einfach fragen.«

»So, hat er das?«

Seibold registrierte erleichtert, dass die Bäuerin allmählich etwas freundlicher dreinblickte.

»Na, dann wollen wir einmal sehen, ob noch etwas Milch da ist.« Frau Buchard stellte die Mistgabel zur Seite und wischte ihre Hände an der Schürze ab. »Woher kennen Sie übrigens meinen Namen?«

Jetzt konnte Seibold deutlich ihren schweizerischen Dialekt heraushören.

»Sie kommen doch nicht von hier, oder?«, setzte sie nach.

Der alte Kommissar war froh, dass sie ihn nicht zu kennen schien. »Da haben Sie recht. Ich bin nur auf Besuch hier und wollte meinen alten Freund Günther Lehnert treffen.«

»Lehnert ... Lehnert?«, überlegte Frau Burchard und bedeutete Seibold, ihr zu folgen. »Wer ist das?«

»Ein pensionierter Geschichtsprofessor, den ich von der Universität Tübingen her kenne«, log Seibold, »er wohnt bei Herrn Winand auf dem Kapellenweg. Er hat mir geschrieben, dass er hier in der Gegend interessante Entdeckungen gemacht hatte.« Seibold holte Professor Lehnerts Buch aus seiner Jackentasche und zeigte ihr sein Bild.

Rasch warf Frau Burchard einen Blick auf die Fotografie. »Ach der, der war vor Kurzem hier.«

Seibold folgte Frau Burchard in eine kleine Kammer, in der sich ein riesiger, silberner Stahlbehälter befand. Durch Rohre, die vom Innern des Stalles unter der Decke her in die Rückwand des Behälters führten, konnte die Milch nach dem Melken direkt in ihn hineingepumpt werden.

»Was wollte er von Ihnen?«, fragte Seibold und reichte ihr seine Milchkanne.

»Genau das Gleiche wie Sie, frische Milch. Doch er hatte gar keine Kanne dabei. Aber«, die nächsten Worte kamen ihr zögerlich über die Lippen, »warum fragen Sie das?«

»Weil er seit Tagen spurlos verschwunden ist.«

»Verschwunden? Wie meinen Sie das?«

»Genau so wie ich es sage. Kein Mensch weiß, wo er ist. Er hat auch seinem Vermieter nicht gesagt, wo er hin ist.«

Die Frau schüttelte den Kopf. Dann hielt sie Seibolds Milchkanne unter einen großen Zapfhahn, der ihn sehr an

Bierzapfanlagen in Kneipen erinnerte. Sie betätigte einen Hebel, und Seibold sah, wie die Milch in die Kanne floss. Als die Kanne gefüllt war, drehte sich Frau Burchard um. »Und Sie meinen, ich kann Ihnen bei der Suche helfen?«

»Ich hoffe es. Ich habe mich eben mit Herrn Schnitzler unterhalten, der oben an der Straßenecke wohnt. Er sagte mir, dass er gesehen hat, wie Sie sich vor einigen Tagen mit Günther Lehnert unterhalten haben.«

Seibold nahm die Milchkanne entgegen und schaute Frau Burchard fragend an. »Vielleicht hat er Ihnen erzählt, wo er hinwollte?«

Die Bäuerin zögerte einen Moment. »Wir haben uns nur über belanglose Dinge unterhalten. Er hatte gemerkt, dass ich Schweizerin bin. Da er seit vielen Jahren seinen Urlaub in meinem Heimatland verbringt, gab es viel zu erzählen. Außerdem wollte er einige Details über meinen neuen Stall wissen. Er schien sich wohl für die Landwirtschaft zu interessieren.«

»Schade«, sagte Seibold und kramte seine Geldbörse aus der Gesäßtasche, »ich hatte so gehofft, Sie könnten mir helfen. Was schulde ich Ihnen?«

»Fünfundsechzig Pfennige«, antwortete die Frau und schaute über Seibolds Schulter in Richtung Ausgangstür. Sie schien irgendetwas gesehen haben. Der alte Kommissar hörte hinter sich ein Geräusch und drehte sich um. René stand im Türrahmen und sah die Bäuerin fragend an. Als sie nicht reagierte, wandte er sich an Seibold. »Sehen Sie, da sind Sie ja doch noch zu Ihrer Milch gekommen.«

»Nur dank der Liebenswürdigkeit Ihrer Chefin«, entgegnete Seibold und überreichte der Bäuerin ein Zwei-Mark-Stück. Bevor sie etwas sagen konnte, kam ihr Seibold zuvor. »Behalten Sie den Rest!« Er lächelte Frau Burchard an. »Der schöne, neue Stall ist doch sicherlich noch nicht abbezahlt, und Sie können das Geld bestimmt gut gebrauchen.«

Als er die Kammer verließ, trat René zur Seite. Im Augenwinkel glaubte Seibold zu erkennen, dass er der Bäuerin einen besorgten Blick zuwarf.

»Dann wünsche ich Ihnen, dass Sie Ihren Professor bald finden, Herr ...? Wie war noch mal Ihr Name?«, rief Frau Burchard hinter ihm her.

»Seibold ... Walter Seibold. Ich bin sicher, dass wir uns mal wiedersehen. Nochmals vielen Dank für die Milch!«

Als der pensionierte Kommissar am Eingangstor angelangt war, drehte er sich noch einmal um und schaute auf die imposante Stallanlage. Seltsam, dachte er, ein Geschichtsprofessor, der sich für Kuhställe interessiert. Professor Lehnert schien außer dem Nibelungenlied noch andere Steckenpferde zu haben.

9. Kapitel

Rolle am Genfer See, Institut Le Rosey,
10. September, 18 Uhr 40

Gunther legte das Buch zur Seite und fuhr sich mit den Händen verzweifelt durch die Haare. Er konnte sich einfach nicht konzentrieren. Gleich würde sein Onkel erscheinen, und er hatte ihm versprochen, den Geschichtsaufsatz über den Untergang der Burgunder bis zur nächsten Unterrichtsstunde gelesen zu haben. Aber es war unmöglich! Immer wieder musste er an Giselle denken. Ihr Verhalten am gestrigen Abend hatte ihn völlig verunsichert. Er hatte so gehofft, dass sie sich über seinen Vertrauensbeweis freuen würde. Stattdessen war sie total aufgelöst gewesen. Bevor sie gegangen war, hatte sie ihm eröffnet, dass sie in den nächsten Tagen etwas Abstand brauchte, um nachzudenken.

Als sie das Zimmer verlassen hatte, war er ans Fenster getreten, um sich wie üblich mit einem letzten Liebesgruß von ihr zu verabschieden. Aber sie hatte das Fenster passiert, ohne sich noch einmal nach ihm umzudrehen. Er redete sich ein, dass sie glaubte, dass man es nicht akzeptieren würde, wenn sie als Bürgerliche mit einem Mann von Adel zusammen war. Er hatte sich daher vorgenommen, dieses Thema heute Abend mit Onkel Hagen zu klären. Er würde ihm klarmachen, dass er nur sie an seiner Seite akzeptieren würde und sonst niemanden. Wenn es sein musste, würde er für sie sogar auf den Thron zu verzichten.

Gunther blickte auf die Uhr. Es war noch etwas Zeit. Ihm blieben noch zwanzig Minuten, bis Hagen von Martigny kommen würde. Er hatte die letzte Nacht kein Auge zugemacht und war hundemüde. Er warf sich auf sein Bett und schlief sofort ein.

Gunther wurde durch ein lautes Pochen an der Tür aus dem Tiefschlaf gerissen. Er brauchte einige Zeit, um einen klaren Gedanken fassen zu können. Als er hastig aufstand, schwindelte ihm, und er musste sich noch einmal auf die Bettkante setzen. Wieder pochte es an der Tür.

»Jaja, ich komm gleich«, sagte er gereizt. Dann schlurfte er zum Waschbecken. Als er im Spiegel sein verschlafenes Gesicht sah, drehte er den Wasserhahn auf und rieb sich mit beiden Händen Wasser durch seine verklebten Augen. Das kühle Nass erfrischte ihn ein wenig. Auf dem Weg zur Zimmertür versuchte er, mit den Händen seine zerzausten Haare in Ordnung zu bringen. Dann öffnete er die Tür. Davor stand Hagen von Martigny und schaute ihn fragend an.

»Tut mir leid, dass du warten musstest, Onkel Hagen«, sagte Gunther und ließ seinen Onkel hinein. »Ich hatte ... mich nur einen ... Moment auf das Bett gelegt. Dabei muss ich wohl eingeschlafen sein.«

»Wahrscheinlich hast du dich beim Fechttraining etwas überanstrengt«, beruhigte ihn Hagen.

»Schon möglich, Fechtmeister La Roche verlangt sehr viel von uns.«

»Das ist auch gut so«, sagte der Kanzler und setzte sich auf den Stuhl neben dem Schreibtisch. Zufrieden registrierte er das aufgeschlagene Geschichtsbuch auf dem Schreibtisch. »Fechten schult gleichermaßen Körper und Geist.« Als er zu Gunther herüberschaute, stellte er verwundert fest, dass sich dieser nicht wie gewohnt neben ihn setzte, sondern in einiger Entfernung auf der Bettkante Platz genommen hatte. Er schaute den jungen Mann erwartungsvoll an.

»Onkel Hagen«, begann Gunther. Man merkte ihm an, dass er nach den richtigen Worten suchte. »Bevor wir mit der Unterrichtsstunde beginnen, möchte ich dringend etwas Wichtiges mit dir besprechen.«

»So?« Hagen von Martigny zog überrascht die Augenbrauen hoch. »Um was geht es denn?«

Nervös rieb Gunther mit beiden Händen über seine Oberschenkel. »Onkel Hagen, ... ich weiß, dass du schon seit einiger Zeit nach einer geeigneten Partnerin für mich Ausschau hältst.« Er wartete, bis Hagen von Martigny seine Worte mit einem Kopfnicken bestätigte. »Du brauchst nicht mehr zu suchen. Ich habe sie gefunden.«

Amüsiert schaute Hagen von Martigny seinen Neffen an. »Wie interessant! Du hast schon jemanden gefunden? Wer ist es denn?«

»Giselle Roduit, die Tochter unseres Internatsleiters. Wir kennen uns schon längere Zeit. Wir lieben uns, und ich möchte mit ihr zusammenbleiben, sie irgendwann heiraten.« Gunther wunderte sich selbst, mit welcher Bestimmtheit er den letzten Satz herausbrachte.

Die Miene seines Onkels wurde stahlhart.

»Ich habe sie übrigens bereits über den Großen Plan informiert und sie auf ihre Aufgabe vorbereitet«, fügte Gunther eilig hinzu, um die Unumstößlichkeit seines Vorhabens zu unterstreichen.

Hagen von Martigny wollte antworten, aber der junge König kam ihm zuvor. »Ich weiß, dass die Tradition vorsieht, dass der König der Burgunder nur Frauen von Stand heiraten darf, aber ich werde vom Kronrat verlangen, in diesem Fall eine Ausnahme zu machen. Ansonsten ...«, Gunther schaute seinen Onkel entschlossen an.

»Ansonsten?«, wiederholte Hagen von Martigny kalt.

»... werde ich auf den Thron verzichten und ... abdanken.«

Aus schmalen Augenschlitzen musterte der Kanzler den jungen König. Dann stand er auf und ging zum Fenster. Mit dem Rücken zu Gunther verharrte er dort einige Zeit unbeweglich. Gunther war ebenfalls aufgestanden und erwartete gespannt die Antwort seines Onkels. Schließlich drehte sich Hagen von Martigny um und blickte seinem Neffen durchdringend in die Augen. Erleichtert registrierte Gunther, dass sich seine ernste Miene in ein Lächeln verwandelte.

»Gunther, glaube mir!«, sagte er sanft. »Vor allen Dingen liegt mir dein persönliches Glück am Herzen. Ich werde alles daran setzen, den Kronrat davon zu überzeugen, in diesem Falle eine Ausnahme zu machen.«

»Ich danke dir, Onkel Hagen!«, sprudelte Gunther erleichtert hervor. Er ging auf Hagen von Martigny zu und fasste seine Hände. »Ich wusste doch, dass du Verständnis für mich haben würdest.« Strahlend sah er seinen Onkel an und entschied sich, die Gunst der Stunde zu nutzen. »Wenn wir schon einmal dabei sind«, fuhr er fort, »da gibt es noch etwas, was ich mit dir klären möchte.«

»Dann lass es heraus«, ermunterte ihn Hagen von Martigny mit einem freundlichen Augenzwinkern und zeigte auf die beiden Stühle am Schreibtisch. »Aber lass uns doch zunächst einmal Platz nehmen.«

Gunther nickte. Er ging zum Schreibtisch und setzte sich rittlings auf einen Stuhl. Nachdenklich legte er sein Kinn auf die Rückenlehne. Er wartete, bis auch Hagen von Martigny Platz genommen hatte.

»Onkel Hagen«, sagte er leise, »da gibt es etwas, was mich verunsichert ... und sogar befremdet.«

Erwartungsvoll schaute ihn Hagen von Martigny an.

»Es ist dein großer Hass, den du gegen die asiatischen Völker hegst.«

Der Kanzler schaute Gunther plötzlich wie versteinert an. »Ist dies verwunderlich? Sie haben das große Unglück über unser Volk gebracht und ...«

»Das ist Geschichte«, fiel ihm Gunther ins Wort, »und vor vielen Jahrhunderten passiert. Man muss auch vergessen und vergeben können. Ich für mein Teil kann diesen Hass nicht mit dir teilen. Ich möchte mit allen Völkern und Staaten gut auskommen, wenn ich meine Aufgabe übernehme.«

Der Kanzler faltete seine sehnigen Hände. »Gunther, glaube mir! Sie werden wieder Unheil über uns bringen«, sagte er bestimmt, aber nicht aggressiv. »Sie haben es immer wieder versucht. Damals, im fünften Jahrhundert, dann später unter Dschingis Khan im dreizehnten Jahrhundert. Und sie werden wiederkommen.«

Verständnislos schüttelte Gunther den Kopf. »Das kann doch nicht dein Ernst sein! Was können uns diese unterentwickelten Steppenvölker denn heutzutage anhaben?«

»Vergiss nicht, dass sie auch China erobert und lange Zeit regiert haben. Ihr Blut hat sich im Laufe der Jahrhunderte mit dem der chinesischen Bevölkerung vermischt, und ihre Gene sind weitergegeben worden.«

Gunther schaute seinen Onkel ungläubig an.

»China hat sich lange von der übrigen Welt abgeschottet«, fuhr der Kanzler fort, »jetzt ist seine Zeit gekommen. Es bedroht uns momentan noch nicht mit Waffengewalt. Es geht einen subtileren Weg. Leider sind unsere Politiker zu blind, dies zu sehen.« Hagen von Martigny stand auf, ging auf Gunther zu und beugte sich zu ihm herab. »Sie sind im Augenblick im Begriff, unsere Wirtschaft zu untergraben«, sagte er eindringlich. »Chinas Geheimdienste sind seit Langem im Rennen um Macht und Marktanteile auf dem Vormarsch. Viele Millionen Agenten verfolgen das ehrgeizige Ziel, dass ihr Vaterland in absehbarer Zeit alle anderen Großmächte wirtschaftlich und militärisch überflügelt. Dann ist Asiens Zeit gekommen, die Weltherrschaft zu übernehmen und die übrigen Kontinente zu unterjochen.«

Hagen von Martigny bemerkte, dass seine Worte Wirkung zeigten und Gunther verunsicherten. Er stand jetzt hinter seinem Neffen. Fest umfassten seine Hände die Schultern des jungen Mannes. »Gunther, es wird deine wichtigste Aufgabe sein, dieser Gefahr entgegenzutreten«, sagte er beschwörend.

Der Burgunderkönig schluckte schwer und schaute seinen Onkel ängstlich an. Das erste Mal hatte er das Gefühl, seiner Aufgabe nicht gewachsen zu sein.

Rheinbach, Polligstraße, 19 Uhr 30

Seibold ging zögernd auf das Klavier zu. Seit Traudels Tod hatte er nicht mehr darauf gespielt. Er setzte sich auf den kleinen Drehstuhl. Unschlüssig ließ er den Blick durch das Zimmer gleiten. An Tante Lisas alter Standuhr blieb er hängen. Ihr monotones Ticken beruhigte seine angespannten Nerven. Die letzten beiden Tage hatten ihn doch sehr angestrengt.

Er war gerade von Rheinbachs Polizeiwache zurückgekehrt. Da er kein Faxgerät besaß, war ihm die Idee gekommen, seinen Ermittlungsbericht dort abzugeben. Raaf hatte ihn dann weitergeleitet. Besorgt hatte Seibold festgestellt, dass ihm das Abfassen des Schriftstückes große Schwierigkeiten bereitete. Früher war es für ihn reine Routine gewesen. Er musste sich eingestehen, dass er auch seinen trägen Geist wieder trainieren musste.

Auf dem Nachhauseweg hatte er sich überlegt, dass Klavierspielen ihm in dieser Hinsicht gute Dienste leisten könnte. Bisher hatte er es gemieden. Die Erinnerung an Traudel war einfach zu schmerzhaft gewesen.

Seibold drehte sich wieder zum Klavier und öffnete den Deckel. Fast ehrfurchtsvoll blickte er auf die Tasten. Dann fuhr er sanft mit dem Handrücken über sie. Die Töne, die das Instrument dabei von sich gab, machten ihm Mut. Er hob den Kopf und blickte auf die Partituren, die seit ewigen Zeiten oben auf dem Klavier gestapelt lagen. Er holte sie herunter und blätterte sie durch. Früher hatte sich Traudel immer ein Stück ausgesucht, wenn sie gemeinsam den Abend im Wohnzimmer verbrachten. Seibold entschied sich schließlich, ihr Lieblingsstück zu spielen. Es war das Klavierquartett in Es-Dur von Schubert, dessen Partitur ihm Maria vor vielen Jahren zu seinem einundfünfzigsten Geburtstag geschenkt hatte. Nachdem er sie gefunden hatte, breitete er sie auf der Notenablage aus. Dann nahm er seine Brille aus der Hemdtasche und setzte sie auf. Angestrengt blickte er auf die Partitur und machte Fingerübungen, um seine steifen Finger zu lockern. Vor Aufregung zitterten seine Hände ein wenig, als er die Tasten berührte. Während der erste Akkord durch das Wohnzimmer vibrierte, schloss er seine Augen. Plötzlich hielt er inne. In die ausklingenden Töne des Instruments meinte er die Türklingel gehört zu haben. Er wartete und horchte in die Stille. Da klingelte es wieder. Er hatte sich also nicht verhört.

»Nein, nicht jetzt«, sagte er enttäuscht. »Nicht in diesem Augenblick.« Aber es half nichts, er musste zur Tür gehen. Es war mit Sicherheit Elisabeth, seine Schwägerin von nebenan. Er hatte sie vorhin auf der Straße getroffen, und sie hatte ihm freudig erzählt, noch Döppekuchen vom Mittag übrig zu haben, von dem sie ihm etwas vorbeibringen wollte. Obwohl er gar keinen Hunger verspürte, brachte er es nicht übers Herz, ihr Angebot abzuschlagen. Er wusste, dass es Elisabeth guttat, wenn sie sich um ihn kümmern konnte. Auch sie lebte seit dem Tod ihres Mannes und ihrer einzigen Tochter alleine.

Während er zur Haustür schlurfte, zog er sich die heruntergelassenen Hosenträger über seine Schultern. »Das ging aber schnell, Elisabeth!«, sagte er, als er die Haustür öffnete, »ich dachte ...«. Abrupt hörte er auf zu sprechen. Es war nicht seine Schwägerin, die vor ihm stand. Stattdessen blickte er in das ausgezehrte Gesicht eines älteren Mannes, unter dessen breitkrempigem Hut strähniges, schwarzes Haar zum Vorschein kam. Seibold musterte den Mann, dessen hagere Gestalt in einem mausgrauen Mantel steckte, der seine besten Jahre lange hinter sich hatte.

»Ja bitte … was wünschen Sie?«, fragte der alte Kommissar stockend.

Der Mann antwortete nicht. Stattdessen suchte er Seibolds Blick. Unsicher schaute dieser zurück.

»Guten Abend, Walter. Erkennst du mich nicht mehr?«, fragte der Mann unvermittelt.

Seibold stutzte. Dann zuckte er zusammen. Er wollte etwas entgegnen, aber er bekam keinen Ton heraus. Er ging einen Schritt zurück und schlug instinktiv die Tür zu. Wie in Trance blieb er zunächst direkt hinter der Tür stehen. Dann setzte er sich rückwärts in Bewegung. Seine Hände suchten nach dem Stuhl, der neben der Telefonablage stand. Als er ihn gefunden hatte, ließ er sich darauffallen. Wie versteinert blieb er sitzen und starrte auf die Haustür. Kurz darauf ertönte die Türklingel ein weiteres Mal. Seibold regte sich nicht. Ängstlich wartete er darauf, dass der Mann etwas sagte, aber er blieb stumm. Nach einiger Zeit hörte er schlurfende Schritte, die sich langsam von der Haustür entfernten.

Seibold erwachte aus seiner Lethargie. Er sprang auf und humpelte zu dem kleinen Flurfenster neben der Tür. Als er die Gardine zur Seite schob, sah er, wie sich der Besucher mit hängenden Schultern zum Hoftor bewegte. Bevor er es öffnete, drehte er sich noch einmal um und warf einen langen Blick auf das Wohngebäude und den Hof mit den angrenzenden Gebäuden. Seibold riss den Kopf zurück und ließ die Gardine zurückgleiten. Er wollte nicht, dass der Mann ihn sah. Schemenhaft erkannte er durch die Gardine, wie die Gestalt schließlich durch das Tor verschwand. Er konnte nicht fassen, was er da eben gesehen hatte. Aber er war sich sicher. Der unerwartete Besucher war Toni Vornhagen. Ein mehrfacher Mörder, mit dem vor vielen Jahren alles in Rheinbach für ihn begonnen hatte und der versucht hatte, auch ihn umzubringen.

Saint-Maurice in der Schweiz, Thronsaal Abteikirche, 20 Uhr 30

Geräuschvoll schloss Hagen von Martigny die Tür des Thronsaales. Erleichtert atmete er durch und streckte seinen Körper, indem er sich auf die Zehenspitzen stellte und seine Arme über dem Kopf verschränkte. Die letzten Stunden waren anstrengend gewesen. Soeben hatte er das letzte Mitglied des Kronrates hinausgeleitet und war froh, jetzt alleine zu sein. Nachdenklich ging er in der Mitte des Saales auf und ab. Er wusste, dass die Zeit drängte. Zu viele unvorhergesehene Ereignisse drohten jetzt, das Projekt scheitern zu lassen. Mit großer Willenskraft schaute er noch einmal auf den Stammbaum der Burgunder an der Wand. Dann schüttelte er trotzig den Kopf. Nein, jetzt so kurz vor dem Ziel durfte einfach nichts mehr schiefgehen. Der alarmierende Anruf aus Deutschland und Gunthers Enthüllungen hatten ihn veranlasst, die wichtigsten Vasallen des Kronrates zusammenzurufen, um das weitere Vorgehen zu besprechen. Auch sie waren seiner Meinung, dass man den jungen Burgunderkönig wegen seiner augenblicklichen emotionalen Krise besser außen vor lassen sollte. Nach der erfolgreichen Durchsetzung des Großen Plans würde man ihn wieder mit ins Boot nehmen. Hagen von Martigny war sich sicher, dass sein Einfluss auf den jungen König so groß war, dass er ihn davon überzeugen konnte, warum er so handeln musste. Vor einer halben Stunde hatte er Guillaume nach Rheinbach geschickt. Er konnte sich darauf verlassen, dass er seine Sache dort gut erledigte. Das Problem mit dem kleinen Flittchen würde er selber in die Hand nehmen. Auf Bertrand, den er ursprünglich dafür vorgesehen hatte, war leider kein Verlass mehr. Guillaume hatte ihm erzählt, dass sein Kollege begonnen hatte, ihre Aktionen zu hinterfragen, besonders, wenn er den Verdacht hatte, dass sie nicht ausdrücklich vom Burgunderkönig abgesegnet waren.

Das Klingeln des Handys in seiner Tasche riss den Kanzler aus seinen Gedanken. Als er hörte, wer am Ende der Leitung war, zog er erstaunt die Augenbrauen hoch. So schnell hatte er den Rückruf nicht erwartet. »Hallo, Herr Casper, gut, dass Sie umgehend zurückrufen. Wir müssen früher losschlagen. Die Dinge entwickeln sich hier so ungünstig, dass wir keine Zeit zu verlieren haben.«

Am anderen Ende der Leitung fragte Willibert Casper offenbar nach dem Zeitplan, denn der Kanzler antwortete: »Ich denke, innerhalb der nächsten beiden Tage. Kriegen Sie das hin?«

Caspers Antwort schien ihm nicht zu gefallen. »Die Kerle sollen sich ja nicht so anstellen!«, bellte er wütend in den Hörer, »erinnern Sie sie daran, dass ich ihre unverschämte

Forderung akzeptiert habe. Dafür kann man sich auch einmal sputen.« Casper schien etwas erwidern zu wollen, doch der Kanzler ließ ihn nicht zu Wort kommen. »Sie werden in den nächsten beiden Tagen von mir persönlich unterrichtet, wann es losgeht. Und damit basta. Ich zähle auf Sie.«

Hagen von Martigny drückte die rote Off-Taste und verstaute sein Handy in der Rocktasche. Er holte noch einmal tief Luft. Dann machte er sich auf den Weg. Es würde eine lange Nacht werden. Er musste alle Kontaktstellen in Europa darüber informieren, dass die »Operation Burgunderreich« früher als geplant begann, und dann würde er sich in aller Frühe auf den Weg in das Berner Oberland machen.

Rheinbach, Polligstraße, 21 Uhr

Nach der Begegnung mit Toni Vornhagen an der Haustür hatte sich Seibold zunächst gedankenverloren auf das Wohnzimmersofa zurückgezogen. Er war nicht mehr in der Lage, sich wieder an das Klavier zu setzen.

»Warum ist er gekommen? Was wollte er?«, hatte er sich immer wieder gefragt. Sein erster Gedanke war, dass sich der ehemalige Rheinbacher Polizeichef an ihm rächen wollte, schließlich hatte er genügend Gründe, Seibold zu hassen. Traudel, die er hatte heiraten wollen, hatte sich für Seibold entschieden. Und er, Seibold, war letztendlich auch der Grund, warum Vornhagen für viele Jahre hinter Gittern verschwinden musste. Einen Moment hatte er mit dem Gedanken gespielt, Raaf anzurufen und um Polizeischutz zu bitten. Aber dann sagte er sich, dass Vornhagen eben nicht den Eindruck gemacht hatte, ihm etwas antun zu wollen. Nach reiflicher Überlegung hatte er sich entschieden, den Schuhkarton mit den Briefen, die Vornhagen aus dem Gefängnis an ihn und Traudel geschrieben hatte, aus der untersten Schublade des Wohnzimmerschrankes zu holen. Er wusste, dass Traudel sie dort aufbewahrt hatte. Anschließend hatte er eine Flasche Schnaps aus der Glasvitrine genommen und sich mit ihr in die Küche verzogen. Er wollte in der Nähe von Traudels Foto sein, wenn er die Briefe las.

Seibold starrte auf die Flasche, die vor ihm auf dem Küchentisch stand. Er hatte schon lange keinen Schnaps mehr getrunken. Aber heute Abend war ihm danach. Er wusste um die Gefahr, nicht mehr klar denken zu können, wenn er weitertrank. Aber es war ihm egal. Wieder füllte er sein Glas. Dann holte er den ersten Brief aus dem Schuhkarton. Er hatte sich jahrelang geweigert, auch nur einen Blick hineinzuwerfen. Traudel hatte es akzeptiert. »Das musst du mit dir selber ausmachen«, hatte sie gesagt. So war sie eben, dachte Seibold. Sie war auch bereit, einem solchen Menschen zu vergeben. Nur ein einziges Mal hatte sie versucht, ein Gespräch mit ihm darüber zu führen. Dabei gab sie ihm zu verstehen, dass es ihr christlicher Glaube gebot, jedem Menschen, auch wenn er noch so gefehlt hatte, zu verzeihen. Gerade er als Polizist musste wissen, dass die Resozialisierung im Strafvollzug das Ziel hatte, auch den schlimmsten Verbrechern die Chance zur Läuterung zu geben und ihnen nach Verbüßung der Strafe die Möglichkeit zu geben, wieder in die Gemeinschaft eingegliedert zu werden. Doch dann hatte Seibold wieder das hassverzerrte Gesicht Toni Vornhagens vor Augen, als er ihn töten wollte. »Nein!«, hatte er energisch den Kopf geschüttelt. »Das kann ich nicht! Ich will mit diesem Scheusal nie wieder etwas zu tun haben!« Anschließend hatten sie nie mehr ein Wort über diese Angelegenheit verloren.

Seibold schaute das Foto seiner verstorbenen Frau an, als er den ersten Brief auseinanderfaltete. Er war datiert auf den 14.

Oktober 1953. Während er die nachfolgenden Schreiben las, fiel ihm auf, dass sich Vornhagens Handschrift von Brief zu Brief veränderte. War der Schriftzug zunächst unruhig und hektisch, so wurde das Schriftbild von Mal zu Mal sauberer und ausgeglichener. In den ersten Briefen brachte er immer wieder zum Ausdruck, wie sehr er seine Taten verurteilte und bereute. Außerdem schrieb er, dass er durch die Hilfe des Gefängnispfarrers Trost im Glauben gefunden hatte. Immer wieder flehte er Traudel und ihn an, ihm zu verzeihen. In den nachfolgenden Briefen erzählte er mehr und mehr über sein Leben hinter den Gefängnismauern. Er hatte Trost darin gefunden, dass man ihm die Aufgabe übertragen hatte, für die Gefängniskapelle verantwortlich zu sein. Außerdem hatte er ein Fernstudium in Katholischer Theologie und Geschichte begonnen. Vornhagen erkundigte sich auch immer wieder rührend nach ihren Kindern. Aufgrund seiner Nachfragen konnte Seibold erkennen, dass Traudel ihm zurückgeschrieben haben musste. Als er ein Gefühl der Eifersucht verspürte, führte er wieder das Schnapsglas zum Mund und leerte es in einem Zug. Dann begann er, den letzten Brief zu lesen. Vornhagen hatte ihn wenige Tage vor seiner Entlassung geschrieben. In ihm bedankte er sich ausdrücklich bei Traudel, dass sie ihn in all den schweren Jahren nicht im Stich gelassen hatte. Nur das hätte ihm die Kraft gegeben, das Leben hinter Gittern auszuhalten. Gott würde sie dafür belohnen, so seine Überzeugung. Dabei sprach er die Hoffnung aus, dass auch ihr Mann irgendwann einmal bereit sei, ihm zu vergeben. Am Ende des Briefes berichtete er, dass man ihm in einer Kleinstadt in der Nähe von Ulm eine Stelle als Küster angeboten habe. Ein Geistlicher, mit dem er seit langer Zeit korrespondiere, habe ihm die Stelle vermittelt.

Nachdenklich faltete Seibold den Brief zusammen und

steckte ihn in den Umschlag. Dann legte er ihn zu den anderen in den Schuhkarton. Er spürte, dass der Alkohol langsam Wirkung zeigte. Als er auf die Schnapsflasche schaute, sah er, dass sie nur noch zu einem Drittel gefüllt war. Trotzdem schüttete er noch einmal nach und trank aus. Plötzlich überfiel ihn eine bleierne Schwere, und er spürte, dass er auf der Stelle ins Bett musste. Als er aufstand, schwindelte ihn. Mit schwankenden Schritten ging er auf die Küchentür zu. Als er sie erreicht hatte, musste er sich am Türrahmen festhalten. Noch einmal drehte er sich um und schaute auf Traudels Foto. Dann schloss er die Augen. Wieder erschien ihm der hasserfüllte Blick Toni Vornhagens, als sich dieser mit erhobenem Schürhaken über ihn beugte, um ihn umzubringen. »Nein!«, schrie er heiser auf, »das kannst du nicht von mir verlangen.« Er bemerkte, dass er noch immer das Schnapsglas in der Hand hielt. Schwerfällig hob er seinen Arm und schleuderte es gegen den Schuhkarton mit den Briefen Vornhagens. Es prallte ab und zersplitterte an der Wand. Dann drehte er sich um und wankte die Treppe zum Schlafzimmer hoch.

10. Kapitel

Bergmassiv Les Diablerets in der Schweiz,
11. September, 10 Uhr 30

Giselle ließ sich völlig erschöpft und schwer nach Atem ringend auf den Rücken fallen. Sie war so erschöpft, dass sie sich noch nicht einmal die Zeit nahm, ihren Rucksack abzunehmen. Die vom Tau benetzte Almwiese kühlte angenehm ihren erhitzten Körper. Einige Zeit blieb sie regungslos liegen und ließ ihre Blicke über das imposante Bergmassiv gleiten. Als sie sich erholt hatte, drehte sie ihren Kopf und blinzelte gegen die tief stehende Morgensonne. Zirka zweihundert Höhenmeter über ihr konnte sie die Almhütte erkennen, die sich wie ein Adlerhorst in den Col du Sanetsch schmiegte. Diese Hütte wollte sie mit ihrer Klasse bis zum Mittag erreichen. Ihre Sportlehrerin hatte sie schon mehrere Male ermahnt, nicht so weit vorauszuklettern und sich nicht so zu verausgaben. Aber Giselle hörte nicht auf sie. Immer wieder trieb sie sich zur äußersten körperlichen Anstrengung an, um sich abzulenken und ihre innere Unruhe zu vertreiben. Sobald sie rastete, wurde sie jedoch von den düsteren Gedanken wieder eingeholt. Schließlich musste sie sich eingestehen, dass man vor Problemen nicht so einfach weglaufen konnte. Als sie am gestrigen Morgen aufwachte, hatte sie zunächst geglaubt, sie hätte einen Albtraum gehabt. Zu unwirklich erschien ihr das, was ihr Gunther am Vorabend offenbart hatte. Sie glaubte bislang, dass es solche Geschichten nur in Verschwörungsthrillern im Kino und in Romanen gab. Doch dann wurde ihr schmerzhaft klar, dass es Wirklichkeit war. Zuerst wollte sie zur Polizei gehen oder zumindest ihrem Vater davon berichten. Aber dann verwarf sie den Gedanken. Sie brachte es nicht übers Herz, Gunther so in den Rücken zu fallen. So kam ihr die zweitägige Klassenwanderung in das Bergmassiv von Les Diablerets östlich vom Genfer See gerade recht. Sie brauchte Zeit, um in der Abgeschiedenheit der Bergwelt über alles nachzudenken. Dann wollte sie entscheiden, wie sie vorgehen würde. Immer wieder gingen ihr die möglichen Auswirkungen dieses wahnwitzigen Plans durch den Kopf. Je mehr sie darüber nachdachte, umso klarer wurde ihr, dass dieses Vorhaben die Beziehung zwischen Gunther und ihr zerstören würde.

Noch einmal ließ sie ihre Blicke über den Col du Sanetsch gleiten. Der grandiose Blick schien ihr Mut und Energie zu geben. Sie richtete sich entschlossen auf. Sie wusste jetzt, was sie zu tun hatte. Sie würde alles daransetzen, Gunther davon zu überzeugen, dass es noch nicht zu spät war, die Sache aufzuhalten. Sie musste ihm klarmachen, dass dieses Vorhaben ihn ins Verderben führen würde und dass er im Grunde nur eine Marionette skrupelloser Machenschaften war. Einerseits tat er ihr ein wenig leid. Er hatte es gut gemeint, und sie hatte ihn so behandelt. Sie konnte nachfühlen, in welcher Verzweiflung er sich befand. Fast zwei Tage hatte er nichts mehr von ihr gehört. Es war an der Zeit, ihn anzurufen, um ihm mitzuteilen, dass sie sich gleich nach ihrer Rückkehr treffen mussten. Als sie den Rucksack vom Rücken nahm, um ihr Handy hervorzuholen, sah sie ihre Lehrerin mit den ersten Schülern den Weg, der sich in Serpentinen den Berg hochschlängelte, emporsteigen. Sie musste sich also beeilen, wenn sie das Gespräch mit Gunther ungestört führen wollte. Sie suchte im Rucksack nach ihrem Handy, doch sie konnte es nicht finden. Immer wieder suchten ihre Hände den Boden des Rucksackes ab. Schließlich durchkramte sie auch die Nebentaschen. Aber vergebens. Verzweifelt schüttelte sie den Kopf. Sie wusste genau, dass sie es heute Morgen, als sie von der Berghütte aufgebrochen waren, noch im Rucksack gesehen hatte. Seitdem hatte sie es nicht mehr in den Händen gehabt. Schließlich fiel ihr nur eine Erklärung ein. Das Handy musste ihr auf dem Rastplatz beim Auspacken des Picknicks aus dem Rucksack gefallen sein. Eine andere Möglichkeit gab es nicht. Sie musste zurückkehren, um es zu holen. Wie sie Madame Berger kannte, würde es keine leichte Aufgabe sein, sie davon zu überzeugen.

Giselle trieb ihre Mitschülerin zu immer größerer Eile an. Sie hatten den Tsanfleuron in weniger als einer halben Stunde durchquert, bevor sie sich vom Poteu des Etales an den Abstieg zum Godey machten. Von Weitem schon konnte sie den Rastplatz, an dem sie heute Morgen eine Pause eingelegt und gefrühstückt hatten, sehen. Wie erwartet hatte es einige Überredungskünste gekostet, bevor ihre Sportlehrerin ihr erlaubt hatte, den Weg noch einmal zurückzugehen. Der Rückweg war die schwierigste Kletterpassage auf ihrer gesamten Bergtour und erforderte Trittsicherheit und alpine Erfahrung. Aus diesem Grunde hatten einige Mitschüler, die unter Höhenangst litten, an diesem Schulausflug nicht teilnehmen dürfen. Nur weil Madame Berger davon überzeugt war, dass sie eine geübte Kletterin war, ließ sie sich schließlich überreden. Aber sie bestand darauf, dass sie jemand begleitete. Ihre Freundin, Agnes Hutter, bot sich gottlob ohne zu zögern an. Bevor sie losgingen, wurde vereinbart, dass sich die beiden Nachzüglerinnen am Mittag in der Hütte am Col du Sanetsch wieder der Gruppe anschließen sollten.

Giselle und Agnes mussten jetzt nur noch ein kleines

Geröllfeld passieren und einen Pfad am Berghang entlanggehen, dann hatten sie ihr Ziel erreicht. An dieser Stelle wurde der Hang so steil, dass sich der Pfad zusehends verengte. Zur Talseite hin erstreckte sich ein Abgrund von mehreren hundert Metern. Deshalb verlangsamten sie ihre Schritte und setzten konzentriert einen Fuß vor den anderen. Auf der Höhe einiger Rostblättriger Alpenrosen, die mit ihrem immergrünen, buschigen Wuchs die Felswand zu ihrer Linken bedeckten, blieb Giselle stehen. Es war zu verlockend, an dieser Stelle einen Blick den Abgrund hinunter in die Tiefe zu werfen. Auch Agnes war hinter ihr stehen geblieben und schaute hinab. In diesem Moment spürte Giselle einen Stoß im Rücken, der so heftig war, dass er ihr die Luft nahm. Sie strauchelte und fiel vornüber. Verzweifelt versuchte sie, vor dem Abgrund zum Stehen zu kommen, doch es war zu spät: Sie konnte sich nicht mehr halten und stürzte kopfüber in die Tiefe. Ihr letzter Gedanke war, was sie ihrer Freundin nur angetan haben mochte, dass diese sie in den Tod stürzte. Doch dann hörte sie Agnes über sich schrill aufschreien und sah, wie auch sie den Hang hinabstürzte.

Rheinbach, Polligstraße, 11 Uhr 30

Seibold sah in den Spiegel. Mit säuerlicher Miene wandte er sich ab. Auch die halbstündige Dusche hatte die Spuren der letzten Nacht nicht beseitigen können. Mühsam hatte er sich gestern Abend ins Schlafzimmer geschleppt und sich auf das Bett geworfen. Er war noch nicht einmal in der Lage gewesen, sich seinen Schlafanzug anzuziehen. Das Klingeln seiner Schwägerin, die ihm das Essen hatte bringen wollen, hatte er nicht mehr gehört. Anschließend war er sofort in einen komaähnlichen Tiefschlaf gefallen. Rasende Kopfschmerzen und große Übelkeit ließen ihn nach kurzer Zeit wieder aufwachen. Er hatte es gerade noch bis zur Toilette geschafft, bevor er sich übergeben musste. Anschließend dämmerte er im Halbschlaf vor sich hin. Dabei wurde er von Albträumen gequält, in denen Toni Vornhagen und Traudel die Hauptrolle spielten. Erst gegen Morgen fiel er in einen Schlaf, der ihn ein wenig erholte. Gegen zehn Uhr dreißig war er aufgewacht. Zunächst glaubte er, den ganzen Tag im Bett verbringen zu müssen, doch dann zwang er sich aufzustehen. Zu viel hatte er sich an diesem Tag vorgenommen. Vor allem wollte er heute den Orten einen Besuch abstatten, die Professor Lehnert auf der Landkarte markiert hatte.

Als er sich die Treppe zum Flur hinuntergequält hatte, ging die Türglocke. Er blieb wie erstarrt stehen. Sein erster Gedanke war, dass Vornhagen zurückgekehrt war. Doch durch das kleine Fenster neben der Haustür erkannte er, dass es Manfred Raaf war, der vor der Tür stand. Als er den großen Briefumschlag in Raafs Hand sah, wusste er, warum er gekommen war. Das musste der Obduktionsbericht Peter von Harnigs sein, den Seibold von Dr. Wulf erbeten hatte. Seibold entschied sich, Raaf die Tür nicht zu öffnen. In diesem Zustand wollte er seinem früheren Kollegen nicht gegenübertreten. Raaf hätte zudem sicher lästige Fragen gestellt, und Seibold wusste, dass er ihn so schnell nicht wieder losgeworden wäre. Schließlich war der eine echte Quasselstrippe. Stattdessen setzte sich Seibold auf die Treppenstufen und wartete, bis Raaf den Bericht in den Briefkasten warf und ging. Dann entschied er sich, unter die Dusche zu gehen, bevor er den Obduktionsbericht aus dem Briefkasten holte. In früheren Zeiten hatte das seinen Kater immer etwas lindern können.

Nach der Dusche nahm Seibold mit zittrigen Händen den

Elektrorasierer von der Ablage, legte ihn jedoch sofort wieder zurück. Er sah ein, dass es besser war, zunächst eine Tasse Kaffee zu trinken, bevor er sich rasierte. Später würde er es erneut versuchen. Noch einmal wusch er sich das Gesicht mit kaltem Wasser. Er schnürte sich seinen Bademantel enger und ging durch den Flur zum Briefkasten, um den Obduktionsbericht zu holen. Als er die Küche betrat, trat er knirschend auf die Splitter des Schnapsglases, das er gestern Abend gegen den Karton geschleudert hatte. Er entschied sich, sie erst später aufzusammeln. Er schleppte sich zum Schrank, um Kaffee aufzubrühen. Dabei vermied er es, die Fotografie von Traudel anzuschauen. Er schämte sich. Während der Kaffee durchlief, setzte er sich an den Küchentisch, um den Bericht zu lesen. Als er die erste Zeile lesen wollte, fluchte er leise vor sich hin. Er hatte die Lesebrille in der Brusttasche seines Hemdes im Schlafzimmer vergessen. Mühsam stand er auf und machte sich auf den Weg. Als er zurückkehrte, war wenigstens der Kaffee fertig.

Er überflog das Schreiben und versuchte dabei, einige Schlucke hinunterzubekommen. Während er seinen Kopf mit der linken Hand abstützte, massierte er mit seinen Fingern der Rechten die schmerzenden Schläfen. Er hoffte, das heftige Pochen in seinem Kopf damit etwas zu beruhigen. Die ersten Abschnitte des Berichtes ließ er aus, da sie lediglich eine Aufzählung der Verletzungen beinhalteten, die sich von Harnig durch den Sturz in den Brunnen zugezogen hatte. Was er am Ende des Berichtes las, machte ihn ein wenig munter. Denn es bestätigte, was er vermutet hatte. Auch Dr. Wulf war der Meinung, dass die Wunden auf der Stirn von Harnigs nicht auf den Sturz zurückzuführen waren. Sie waren ihm durch einen spitzen Gegenstand, wahrscheinlich ein Messer, beigebracht worden. Dass die Schnitte die Buchstaben *RB* bedeuten konnten, hatte der Gerichtsmediziner freilich nicht erkannt.

Bergmassiv Les Diablerets in der Schweiz, 12 Uhr 30

Roger Andermatt kannte jeden Winkel des Bergmassivs schon seit seiner Kindheit. Er liebte die Berge und war ein leidenschaftlicher Sportkletterer. So oft es sein Beruf als Polizist zuließ, war er in den Bergen unterwegs. Es gab keinen Steilhang, den er nicht schon mindestens ein halbes Dutzend Mal erklettert hatte. Heute hatte er sich den Hang unterhalb des Poteu des Etales vorgenommen. Er war der steilste und höchste im Massiv und erforderte ein hohes Maß an alpinem Können. Schon einigen Alpinisten war er zum Verhängnis geworden. Roger Andermatt war um sechs Uhr morgens vom Nachtdienst nach Hause gekommen und hatte sich zunächst einige Stunden ins Bett gelegt. Gegen zehn Uhr war er schon wieder auf den Beinen. Er wollte unbedingt seinen freien Tag und das herrliche Herbstwetter nutzen. Nachdem er seinen Rucksack gepackt hatte, suchte er sich seine Bergsteigerausrüstung zusammen und überprüfte sie. Gegen zehn Uhr dreißig machte er sich auf den Weg. Er musste zunächst einen zwei Stunden langen Fußmarsch zurücklegen, um an den Fuß des Steilhangs zu gelangen. Doch es war ihm recht. Durch die Bewegung und die kühle Bergluft konnte er den strapaziösen Nachtdienst abschütteln, und von Schritt zu Schritt spürte er, wie sein Kopf klarer wurde.

Als er endlich sein Ziel erreicht hatte, fühlte er sich erholt und gestärkt. Der schwierige Anstieg konnte beginnen. Ungefähr einhundert Meter vor der gewaltigen Steilwand blieb er stehen und ließ das imposante Bergpanorama auf sich wirken. Noch einmal sog er die würzige Luft ein und strebte mit eiligen Schritten der Stelle am Fuße des Berghanges zu, an dem er seine Kletterpartie beginnen wollte. Plötzlich hielt er inne. Da lag irgendetwas auf einem der großen Geröllbrocken am Fuße des Hanges. Zunächst ärgerte er sich, weil er glaubte, Touristen hätten wieder einmal ihren Müll in der Natur liegen lassen. Aber als er näher kam, konnte er die Konturen immer deutlicher erkennen. Allmählich stieg eine böse Ahnung in ihm auf. Als er zu laufen begann, wurde seine Vermutung immer mehr zur Gewissheit. Mit rasendem Puls blieb er vor dem Felsbrocken stehen. Roger Andermatt starrte in die glasigen Augen eines jungen Mädchens, das mit verrenkten Gliedern auf einer Seite des Felsens mit dem Oberkörper rücklings überhing. Ihre Arme baumelten leblos in der Luft. Als Polizist und Bergsteiger hatte er schon einiges gesehen, doch dieser Anblick ließ ihn erschaudern. Erst ganz allmählich war er in der Lage, sich zu bewegen und die Unfallstelle näher zu untersuchen. Dabei ließ er die Tote nicht aus den Augen. Als er den Felsen fast umrundet hatte, spürte er, dass er mit seinem Fuß gegen etwas gestoßen war. Er sah nach unten und prallte zurück. Fassungslos fiel sein Blick auf einen weiteren leblosen Körper. Es war ebenfalls ein junges Mädchen, das mit zerschmettertem Körper auf dem felsigen Untergrund lag und dessen Gesicht bis zur Unkenntlichkeit entstellt war. Während er hektisch den Notruf der Bergwacht in sein Handy eintippte, fluchte er laut vor sich hin. Bei allem Mitgefühl, das er den jungen Bergsteigerinnen entgegenbrachte – welch ein bodenloser Leichtsinn! Wie hatten sie sich in ihrer Unerfahrenheit an so einen gefährlichen Aufstieg wagen können?

Rheinbach, Waldkapelle, 16 Uhr 30

Walter Seibold war auf seinem Rückweg aus der Eifel an der

Waldkapelle vorbeigekommen und hatte sich entschieden, ihr einen Besuch abzustatten. Nachdem er sich vergewissert hatte, dass sich niemand darin aufhielt, betrat er die Kapelle und zog sich auf die hintere Bank zurück. Hier hatte er in den letzten Monaten schon oft gesessen. Es war einer der Orte, wo er sich seiner verstorbenen Frau ganz nahe fühlte. Auf ihren ausgedehnten Spaziergängen im Rheinbacher Stadtwald waren sie immer wieder hier eingekehrt. Traudel hatte gebetet und am Ende ihres Aufenthaltes Kerzen für ihre beiden Kinder und ihren Enkel aufgestellt. Sie glaubte fest daran, dass diese fromme Geste sie vor jeglichem Unheil beschützte. Seibold brauchte jetzt die Ruhe der Kapelle und die Nähe zu seiner Frau. Die Begegnung mit Toni Vornhagen am gestrigen Abend hatte ihm doch arg zugesetzt. Würde er wieder versuchen, sich mit ihm in Verbindung zu setzen? Wenn ja, wie sollte er sich verhalten?

Auf der Fahrt in die Eifel hatte sich Seibold von seinem Kater erholt, und nun suchte er die Stille, um seine Gedanken zu ordnen. Er spürte, dass die Ermittlungen nun in die entscheidende Phase kommen würden, und es durfte nicht sein, dass das plötzliche Erscheinen Toni Vornhagens ihn aus der Bahn warf. Plötzlich hörte er Schritte und Stimmen vor der Kapelle. »Nein! Nicht jetzt!«, sagte er sich. Er konnte jetzt keine Besucher gebrauchen, die ihn störten. Er atmete auf, als sich die Stimmen wieder entfernten. Offenbar waren es nur Wanderer gewesen, deren Route an der Kapelle vorbeiführte.

Erleichtert lehnte er sich zurück und schloss die Augen. Er ließ die eben zurückgelegte Erkundungsfahrt zu den Orten, die Professor Lehnert auf Alfred Winands Landkarte markiert hatte, noch einmal vor seinem inneren Auge vorbeiziehen. Er kam zu dem Resultat, dass sie ihn im Großen und Ganzen nicht weitergebracht hatte, außer, dass er von den

Dorfbewohnern erfahren hatte, dass auch der Professor diese Ortschaften besucht hatte. Sie hatten sich an einen komischen Kauz erinnert, der vor einigen Tagen hier aufgetaucht war, und als Seibold ihnen das Bild von Lehnert zeigte, erkannten sie ihn wieder. Aber niemand konnte Angaben machen, warum er dort gewesen war oder wonach er suchte. Nur in dem Ort Kalenborn erfuhr er etwas Konkreteres. Dort hatte Lehnert den Ortsvorsteher aufgesucht und ihn gefragt, ob es in der Nähe des Ortes eine Quelle gab. Der Ortsvorsteher hatte ihm berichtet, dass die Swist in der Nähe von Kalenborn entsprang, ein Bach, der dem Gebiet nordöstlich von Rheinbach den Namen Swisttal gegeben hatte. Lehnert schien sehr zufrieden und hatte sich freudig bedankt. Aber weder der Ortsvorsteher noch die anderen Dorfbewohner konnten Seibold sagen, ob Lehnert die Quelle auch aufgesucht hatte. Anschließend ließ sich Seibold vom Ortsvorsteher den Weg zur Quelle erklären und war hingefahren. Über eine halbe Stunde hatte er die Quelle und die Umgebung intensiv untersucht. Aber er konnte nichts Auffälliges entdecken. Er musste sich frustriert eingestehen, dass es unmöglich war, etwas zu finden, wenn er keine Anhaltspunkte hatte, wonach er suchen sollte, außer, dass die Angelegenheit irgendetwas mit dem Nibelungenlied zu tun hatte. Aber es musste etwas geben, sonst hätte der Professor die Orte nicht markiert und ihnen einen Besuch abgestattet! Wo konnte er nur den Schlüssel finden?

Nervös rutschte der alte Kommissar auf der Kirchenbank hin und her. Er musste etwas Wichtiges übersehen haben! Frustriert schüttelte er den Kopf. Da er hier nicht weiterkam, wandte er sich gedanklich dem nächsten Punkt zu. Es stand für ihn fest, dass der Tod Oberstleutnant von Harnigs etwas mit dem Verschwinden von Marion und dem Professor zu tun haben musste. Die blutige Markierung der Buchstaben *RB* auf seiner Stirn bezeugte dies eindeutig. Aber wo war die Verbindung zwischen den beiden Verbrechen? Vielleicht konnte Helen von Harnig ihm einen Hinweis geben. Auch wenn es ihm schwerfiel, die Witwe so kurz nach dem Tode ihres Mannes aufzusuchen – er wusste, dass er nicht daran vorbeikam.

Als Seibold seinen Ford Granada auf die Kreuzung der Straße Rheinbach – Merzbach zusteuerte, fiel sein Blick nach links auf das alte Waldhotel. Wehmut überkam ihn, als er das alte Gebäude sah, das in den letzten Jahren als Wohnheim für Schüler der Rheinbacher Glasfachschule diente. Welch schöne Zeiten hatte er mit Traudel in ihren Anfangszeiten dort verlebt. Wie oft waren sie dort tanzen gewesen? Er musste schmunzeln, als er daran dachte, dass Traudel ganz versessen darauf gewesen war, dort »Russenei« zu essen, ein Gericht, das heute auf fast keiner Speisekarte mehr zu finden war. Aber ihm kamen auch dunkle Gedanken, wenn er sich daran erinnerte, dass sich gleich hinter dem alten Gebäude der Steinbruch befand, in dem Toni Vornhagen am Ende des Krieges seine ersten Morde begangen hatte. Als er nach rechts in Richtung Rheinbach fuhr, musste er sich wieder an seinen Vorsatz erinnern, Vornhagen aus seinen Gedanken zu streichen, um sich ganz auf die Ermittlungen konzentrieren zu können.

Am Ortseingang Rheinbachs bog er nach links in den Burgacker in Richtung Freizeitpark ab. Als er die gepflegten Häuser sah, die diese Straße säumten, fiel ihm auf, wie sehr sich die kleine Voreifelstadt in den letzten Jahren verändert hatte. Als er Anfang der Fünfzigerjahre nach Rheinbach kam, hatte sich die Bebauung noch sehr um den mittelalterlichen Stadtkern konzentriert. In den letzten drei Jahrzehnten war die Stadt jedoch enorm gewachsen. Nicht zuletzt war die Nähe der Bundeshauptstadt Bonn ein Grund dafür gewesen. Viele Mitarbeiter der Ministerien hatten Rheinbach als ihre Schlaf- und Wohnstadt auserwählt, darunter auch viele Angehörige des Verteidigungsministeriums auf der Hardthöhe in Bonn-Duisdorf. Jetzt nach der Wende machten sich die Stadtväter und Gewerbetreibenden in Rheinbach Sorgen, dass die Kleinstadt mit dem geplanten Umzug der Ministerien in die neue Hauptstadt Berlin ausbluten könnte. Seibold war gespannt, wie die Verantwortlichen dieses Problem bewältigen würden.

Am Ende des Burgackers bog er in die Schubertstraße ein. Er wusste, dass sich von Harnigs Bungalow bald hinter der Kreuzung auf der linken Seite der Straße befand. Das Haus war ihm im Gedächtnis geblieben, da er hier mit Traudel vor einigen Jahren auf einem Sommerfest eingeladen gewesen war, das im Garten des an den Freizeitpark angrenzenden Grundstücks stattfand. Seine Stellung in der Rheinbacher Gesellschaft als Leiter der Bonner Mordkommission hatte ihm wohl zu dieser Einladung verholfen. Als er das Tempo verlangsamte, um auf dem geräumigen Garagenbereich vor dem Haus zu parken, sah er aus dem Augenwinkel Helen von Harnig, die sich an der Haustür von jemandem verabschiedete. Seibold hielt den Wagen an. Er wollte warten, bis der Besucher das Grundstück verlassen hatte. Als dieser den Gehweg zur Straße hinunterkam, erkannte Seibold ihn. Es war der Inhaber des örtlichen Bestattungsunternehmens, der sicher die Beerdigungsvorbereitungen mit der Witwe besprochen hatte. Erst als der Bestatter in sein Auto eingestiegen und fortgefahren war, lenkte Seibold seinen Wagen auf den Parkplatz. Als er ausstieg, sah er, dass Frau von Harnig noch immer an der Haustür stand und ihn beobachtete. Seibold war ziemlich mulmig zumute. Schon zu seiner Dienstzeit war es ihm schwergefallen, Angehörige kurz nach dem Ableben ihrer Verwandten aufsuchen zu müssen. Er hatte gehofft, das nach seiner Pensionierung nie wieder tun zu müssen. Als Helen von Harnig ihn erkannte, rang sie sich sogar zu einem kleinen Lächeln durch. Etwas verlegen ging Seibold auf die gepflegte Mittfünfzigerin zu. Noch bevor er sie erreicht hatte, streckte er ihr seine Hand entgegen.

»Frau von Harnig«, sagte er pietätvoll. »Ich bin gekommen, um Ihnen mein aufrichtiges Beileid auszusprechen.«

Seibold wunderte sich, wie gefasst die attraktive Witwe war. Nur ihre Augen verrieten, was sie durchmachte. Er schüttelte ihre Hand.

»Vielen Dank, Herr Seibold. Das ist sehr aufmerksam von Ihnen«, antwortete sie mit brüchiger Stimme. Als sie sich einen kurzen Moment in die Augen blickten, bemerkte der Ex-Kommissar, dass ihr Tränen in die Augen stiegen. Er überlegte kurz, ob er sie in den Arm nehmen sollte. Doch dann hielt ihn die distanzierte Beziehung, die er bislang zu ihr hatte, davon ab.

Die Offizierswitwe hatte sich schnell wieder gefangen. »Wollen Sie nicht einen Moment eintreten, Herr Seibold?«, fragte sie und deutete auf die offene Haustür.

Seibold nickte und ging hinein. Nachdem er einen kleinen Flur durchschritten hatte, kam er in ein helles, geräumiges Wohnzimmer, das geschmackvoll eingerichtet war. Er blieb hinter einer dunkelroten Ledergarnitur stehen und warf einen Blick auf den offenen Kamin auf der gegenüberliegenden Seite des Raumes. Auf dem Kaminsims stand ein Hochzeitsfoto des Offiziersehepaares. Peter von Harnig trug Uniform.

Die Witwe schloss die Tür zum Flur und bat Seibold, Platz zu nehmen. »Kann ich Ihnen etwas anbieten?«, fragte sie, während sie den Wohnzimmertisch aufräumte, auf dem noch die Unterlagen der Begräbnisvorbereitung lagen.

Wiederum bewunderte Seibold ihre Haltung. Von Harnig und seine Frau stammten aus Ostpreußen. Seibold musste daran denken, dass sie mit dem tragischen Tod ihres Mannes so gefasst umging, wie es einer preußischen Offiziersgattin anstand und wie es ihr Mann von ihr erwartet hätte. Dankend lehnte Seibold das Angebot ab.

Er wartete, bis die Witwe Platz genommen hatte, dann sagte er: »Es ist so entsetzlich, was Ihrem Mann passiert ist. Ich kann es noch immer nicht fassen!«

Frau von Harnig nickte und kämpfte wieder einen Moment mit den Tränen.

»Das Schlimmste ist«, sagte sie mit stockender Stimme, »ich habe niemanden, mit dem ich meine Trauer teilen kann.«

Seibold nickte. Er erinnerte sich daran, dass das Ehepaar kinderlos geblieben war und keine Verwandten hatte.

»Daher freue ich mich sehr, dass Sie mich besuchen.«

Einen Moment lang saßen sie sich schweigend gegenüber. Schließlich schaute die Witwe auf und suchte Seibolds Blick. »Ich muss Ihnen etwas sagen.« Ihr Tonfall veränderte sich. »Mit dem Tod meines Mannes stimmt etwas nicht. Es gibt niemanden, der ihn besser kannte als ich. Er hätte sich nie das Leben genommen. Schon gar nicht auf diese Art und Weise.«

Seibold stellte erleichtert fest, dass das Gespräch in die richtige Richtung lief. »Frau von Harnig«, antwortete er ruhig, »ich möchte ganz offen zu Ihnen sein. Ich bin nicht nur hier, um Ihnen mein Beileid auszudrücken, sondern weil ich ebenfalls der Meinung bin, dass bei dem Tod Ihres Mannes irgendetwas nicht mit rechten Dingen zugegangen ist.«

Erstaunt blickte ihn die Witwe an. »Sie meinen doch wohl nicht, dass ihn jemand getötet hat?«

»Genau das meine ich!«

»Aber Ihre Kollegen, die heute Morgen bei mir waren,

waren da ganz anderer Meinung. Sie waren davon überzeugt, dass er sich umgebracht hat. Besonders Hauptkommissar ...«, sie suchte nach dem Namen. »Steinke«, half ihr Seibold weiter. »Ja, Hauptkommissar Steinke ließ keinen Einwand von mir gelten.« Ihr Gesichtsausdruck verfinsterte sich. »Er machte sowieso einen sehr unsympathischen Eindruck auf mich.« Seibold wollte dies nicht kommentieren und zuckte nur mit den Schultern.

»Aber sagen Sie, was haben Sie eigentlich mit dem Fall zu tun? Ich denke, Sie sind pensioniert.«

Seibold richtete sich auf. »Frau von Harnig, ich bin gestern ebenfalls an der Tomburg gewesen. Das war nicht zufällig. Ich helfe einem Freund bei der Suche nach seiner Enkelin, die seit einigen Tagen spurlos verschwunden ist, und ich glaube, dass der Tod Ihres Mannes damit in Verbindung steht.«

Helen von Harnig blickte ihn entgeistert an. »Und warum hat Ihr Freund Sie aufgesucht und ist nicht zur Polizei gegangen?«

»Das hat er getan. Doch sie nahmen seine Befürchtungen nicht ernst. Da hat er sich an mich gewandt.«

»Und warum nehmen Sie an, dass der Tod meines Mannes etwas mit dem Verschwinden dieses Mädchens zu tun hat?«

»Ich glaube, dass ihr etwas zugestoßen ist, und ich bin mir sicher, dass die Leute, die dafür verantwortlich sind, auch Ihren Mann getötet haben!«

»Und warum sagen Sie das nicht Ihren ehemaligen Kollegen?«, sagte sie fassungslos.

Die nächsten Worte fielen Seibold schwer, doch er musste lügen. »Weil sie meinen Thesen keinen Glauben schenken. Darum stelle ich meine eigenen Ermittlungen an.«

»Aber warum, um alles in der Welt, haben diese Leute meinen Mann getötet, und was hat das mit dem verschwundenen Mädchen zu tun?«

»Das weiß ich eben noch nicht. Ich bin auf der Suche nach den Zusammenhängen. Ich erhoffe mir, dass Sie mir dabei helfen können.« Seibold sah Helen von Harnig eindringlich an. »Vertrauen Sie mir! Ich verspreche Ihnen, alles zu tun, um die Umstände, die zum Tod Ihres Mannes führten, aufzuklären. Bitte verlangen Sie auch nicht, dass ich Ihnen jetzt schon Details über meine Ermittlungen erzähle. Ich möchte nur, dass Sie mir einige Fragen beantworten.«

Die Offizierswitwe überlegte nicht lange. »Fragen Sie nur! Ich versuche Ihnen so gut es geht zu helfen!«

Seibold stand auf. Das Sitzen auf der niedrigen Garnitur bereitete ihm allmählich Schmerzen. Er ging einige Schritte vor dem offenen Kamin auf und ab. Schließlich blieb er stehen. »Sagen Sie mir bitte, ob Ihnen in der letzten Zeit etwas an Ihrem Mann aufgefallen ist. Wie war sein Gemütszustand? Hatte er vielleicht Sorgen?«

»Das haben mich Ihre Kollegen auch gefragt. Bis vor einer Woche machte er einen regelrecht euphorischen Eindruck auf mich. Ich glaube, es hatte vor allem etwas mit der politischen Großwetterlage nach dem Fall des Eisernen Vorhangs zu tun. Immer wieder sagte er, wie gut es für Deutschland und Europa sei, dass unser Vaterland wiedervereint und der Kalte Krieg beendet sei. Schon bald würde es große Veränderungen geben, und wir alle würden in absehbarer Zeit einer goldenen Zukunft entgegensehen.«

»Und was passierte dann?«, wollte Seibold wissen.

»In den letzten Tagen wurde er auf einmal sehr still und nachdenklich. Irgendetwas schien ihn zu bedrücken. Mehrere Male habe ich ihn gefragt, was mit ihm los ist. Aber er wich mir aus und antwortete, es wäre alles in Ordnung. Trotzdem spürte ich, dass er sich große Sorgen machte. Wir haben nie Geheimnisse voreinander gehabt. Darum irritierte mich sein Verhalten sehr.«

»Hatten Sie den Eindruck, dass es etwas mit seinem Beruf zu tun haben könnte?«

»Das ist möglich, denn wenn es etwas Privates gewesen wäre, hätte er sicherlich mit mir darüber gesprochen.«

»Erzählen Sie mir, wie er sich am Tage seines Todes verhielt. Ist Ihnen da etwas aufgefallen?«

Die Offizierswitwe dachte einen Moment nach. »Er kam wie immer gegen siebzehn Uhr vom Dienst. Dann packte er sofort seine Angelsachen und wollte noch nicht einmal zu Abend essen. Er sagte mir, er brauche dringend etwas Ruhe und Abgeschiedenheit.«

Seibold merkte, dass sie bei den nächsten Worten mit den Tränen kämpfte. »Danach habe ich ihn nicht mehr gesehen.«

Er ließ ihr einen Moment Zeit. »Können Sie mir den Namen und die Adresse seines Vorgesetzten sagen?«

Frau von Harnig nickte. »Sein Name ist Herrenreiter. Oberst Herrenreiter.«

»Wohnt er in Rheinbach?«

»Nein, in Meckenheim-Merl. Seine genaue Adresse habe ich nicht, aber ich kann Ihnen seine Telefonnummer geben.« Sie wollte aufstehen, um nach der Telefonnummer zu schauen, doch plötzlich hielt sie inne. »Da fällt mir ein, vor einigen Tagen bekam ich mit, dass er sich heftig mit Herrenreiter am Telefon stritt! Mein Mann dachte, ich wäre im Garten und würde es nicht hören.«

»Wann war das genau?«

Helen von Harnig schloss die Augen und dachte nach. »Ich glaube, nein, ich weiß es! Es war vor genau drei Tagen!«

»Haben Sie mitbekommen, worum es ging?«

»Nein, leider nicht. Mir fiel nur auf, dass er anschließend sehr beunruhigt war.«

»Woher wussten Sie, dass er mit Herrenreiter telefonierte?«

»Ich hörte, wie er ›Herr Oberst‹ sagte.« Sie stand auf und ging zu einem kleinen Telefonschränkchen, auf dem ein in Leder gebundenes Adressbuch lag. Nach kurzem Suchen hatte sie die Telefonnummer gefunden. Seibold notierte sie sich.

Als er sich an der Haustür von ihr verabschiedete, schüttelte er ihr noch einmal tröstend die Hand. »Bleiben Sie weiterhin so tapfer!«

»Ich versuche es!«, entgegnete sie und schlug die Augen nieder.

Bevor der alte Kommissar die Treppe hinunterstieg, drehte er sich noch einmal um. »Haben Sie übrigens das, was Sie mir eben erzählt haben, auch meinen früheren Kollegen gesagt?«

»Das habe ich, Herr Seibold. Nur das Telefongespräch mit Oberst Herrenreiter habe ich nicht erwähnt. Das ist mir eben erst wieder eingefallen. Aber Hauptkommissar Steinke wertete die Niedergeschlagenheit meines Mannes sowieso nur als Indiz, dass er Selbstmord begangen hat.« Sie schüttelte verständnislos den Kopf. »Er fragte allen Ernstes, ob er in der Vergangenheit unter Depressionen gelitten hat oder vielleicht anderweitig ernsthaft erkrankt war.«

»Es ist anzunehmen, dass Hauptkommissar Steinke Sie noch einmal aufsuchen wird«, entgegnete Seibold mitfühlend. »Sagen Sie ihm bitte nicht, dass ich hier war.« Dabei setzte er einen vielsagenden Blick auf, den Frau von Harnig richtig deutete. Als der Kommissar a. D. den Gehweg zum Auto hinunterschritt, wusste er, dass er sich auf die Offizierswitwe verlassen konnte.

11. Kapitel

Rheinbach, Polligstraße, 11. September, 19 Uhr 20

Walter Seibold hatte einen solchen Hunger, dass er sich noch nicht einmal die Mühe machte, die Reste des Döppekuchens seiner Schwägerin aufzuwärmen, bevor er ihn aß. Es ist schon seltsam, wie schnell sich ein Mensch wieder regenerieren kann, dachte er. Noch am Morgen war ihm schon beim Anblick des Gerichtes speiübel geworden.

Während er die letzten Bisse herunterschlang, flog sein Blick noch einmal über die Unterlagen des Falles, die er auf dem Küchentisch ausgebreitet und eben noch einmal studiert hatte. Auf einem Blatt Papier hatte er alle Fakten und Personen, die mit dem Fall zu tun hatten, aufgeschrieben. Wo gab es Zusammenhänge? Was hatten sie mit dem Nibelungenlied zu tun? Was war das Motiv für die Verbrechen? Was hatte er übersehen? Worum ging es bei dem Streit zwischen den beiden Offizieren auf der Hardthöhe?

Auch der Anruf bei Oberst Herrenreiter sofort nach seiner Rückkehr von Frau von Harnig war nicht erfolgreich gewesen. Höflich aber bestimmt hatte Herrenreiter ihm zu verstehen gegeben, dass er ihm keine Auskünfte über seinen verstorbenen Arbeitskollegen geben konnte, auch wenn es sich bei Seibold um einen ehemaligen Kriminalkommissar handelte. Auch Seibolds Frage, womit von Harnig in letzter Zeit dienstlich zu tun gehabt hatte, wurde sofort mit dem Verweis auf Dienstgeheimnisse abgewehrt.

Als Seibold aufstand, um den leeren Teller in die Spüle zu stellen, blies ein heftiger Windstoß durch das geöffnete

Küchenfenster. Über Tag war es zwar noch immer sehr warm, aber der kühle Abendwind erinnerte ihn daran, dass es langsam Herbst wurde. Seibold fröstelte. Er ging zum Fenster und schloss es. Dann holte er eine Flasche Mineralwasser aus dem Kühlschrank und setzte sich wieder an den Tisch. Er war so durstig, dass er sich kein Glas holte, sondern die Flasche gleich an den Mund setzte. Als er sie auf den Tisch stellte, bemerkte er, dass der Wind die Seiten in Professor Lehnerts Buch umgeschlagen hatte. So fiel sein Blick noch einmal auf das Bild Hagen von Tronjes, der den Nibelungenschatz in den Rhein schleuderte. Während er sich nachdenklich das Kinn rieb, betrachtete er das Bild noch einmal eingehend. War hier doch das Motiv zu suchen? Er dachte daran, dass Reichtum und Macht schon immer der häufigste Grund für Verbrechen gewesen waren. Sollte es wirklich um den Nibelungenhort gehen? Aber was hatte der hier in der Voreifel zu suchen? Er schüttelte den Kopf. Zu absurd schien ihm dieser Gedanke.

Das Klingeln des Telefons riss ihn aus seinen Überlegungen. Seibold schaute auf die Uhr. Es war sicherlich Johanna. Meistens rief sie um diese Uhrzeit an, nachdem sie den Kleinen ins Bett gebracht hatte. Er hatte ihren Anruf schon gestern erwartet. In freudiger Erwartung machte er sich auf den Weg in den Flur. Als er den Telefonhörer abnahm, bemerkte er sogleich an den Nebengeräuschen am anderen Ende der Leitung, dass der Anruf aus einer Telefonzelle kam. Ehe sich Seibold melden konnte, hörte er eine aufgeregte Stimme: »Hallo Walter, bist du es?«

Seibold brauchte einen Moment, um den Anrufer zu erkennen. Es war Jürgen Dembrowski. »Ja, ich bin's«, antwortete er irritiert.

»Walter, ich muss dich dringend sprechen!«

Seibold wunderte sich, wie nervös die Stimme seines sonst

so ruhigen Ex-Arbeitskollegen klang.

»Was ist denn los, Jürgen?«

»Irgendetwas stimmt mit dem Fall des toten Bundeswehroffiziers nicht.«

»Wie kommst du darauf?«

»Ich glaube …«, Dembrowski zögerte, »… da steckt etwas Großes dahinter. Steinke blockt die Ermittlungen völlig ab. Als ich ihn mit diesem Vorwurf konfrontierte, sagte er mir, man hätte ihm den Fall aus den Händen genommen. Der BND und das BKA würden die Sache jetzt weiterverfolgen. Dann habe ich zufällig etwas später ein Telefongespräch mitbekommen. Ich habe leider nicht genau mitbekommen, worum es ging. Aber«, Jürgen Dembrowski betonte die nächsten Worte, »ich habe genau gehört, dass dein Name mehrfach fiel.«

»Warum rufst du aus einer Telefonzelle an?«

»Ich nehme an, Steinke hat bemerkt, dass ich sein Gespräch mitbekommen habe. Außerdem muss er herausbekommen haben, dass ich hinter seinem Rücken recherchiert habe. Als ich nach Hause kam, fiel mir sofort auf, dass jemand in meiner Wohnung gewesen sein muss. Ich hatte eine gewisse Vorahnung und habe meine Telefonanlage untersucht.« Dembrowski stockte einen Moment. »Sie war verwanzt!«

Seibold war so überrascht, dass ihm die Worte fehlten.

»Walter, bist du noch da?«, fragte Dembrowski aufgeregt.

»Ja … ja, ich höre!«

»Wir müssen uns sofort irgendwo treffen! Ich habe gestern an der Tomburg gleich bemerkt, dass du mehr über die Sache weißt, als du preisgegeben hast. Wir sollten zusammenarbeiten.«

Seibold überlegte kurz. »Ist in Ordnung«, sagte er entschlossen. »Wo sollen wir uns treffen?«

»Was hältst du von dem Parkplatz unterhalb der Tomburg? Das ist auf dem halben Wege.«

»Geht klar«, antwortete Seibold und schaute auf seine Armbanduhr. »Sagen wir … in einer halben Stunde?«

»Das müsste ich schaffen. Ich fahre sofort los. Bis gleich!«

Als Seibold den Hörer auflegte, blieb er noch einen Moment nachdenklich stehen. Er musste zuerst verdauen, was er soeben gehört hatte. Erst jetzt fiel ihm auf, in welcher Panik sich Dembrowski befinden musste, wenn er sich noch nicht einmal traute, ihn zu Hause aufzusuchen. Eines stand auf jeden Fall fest: Seine Ahnung, dass er in einen Fall hineingeraten war, der alles, was er in seiner aktiven Dienstzeit erlebt hatte, weit übertraf, schien sich zu bestätigen. Noch einmal schaute er auf seine Uhr. Auch er musste sich langsam auf den Weg machen, wollte er pünktlich an der Tomburg sein. Er suchte nach seinem Autoschlüssel, bis ihm einfiel, dass er ihn auf den Küchentisch gelegt hatte. Als er ihn nahm, fiel ihm noch einmal das aufgeschlagene Buch mit dem Bild Hagen von Tronjes ins Auge. Einen Moment blieb er stehen. Gab es einen Zusammenhang zwischen der Geschichte der Nibelungen und diesem Fall? Seibold schüttelte den Kopf. Nein, das konnte einfach nicht sein!

Rheinbach, Polligstraße, 21 Uhr

Seibold parkte den Granada vor seinem Haus. Wie betäubt blieb er zunächst im Auto sitzen. Auf der Straße war niemand zu sehen. Trotz der noch bestehenden Sommerzeit war es jetzt gegen neun Uhr abends schon stockdunkel. Erst vor wenigen Wochen hatten die Anwohner um diese Uhrzeit vor ihren Häusern noch ein Schwätzchen gehalten. Doch jetzt war niemand zu sehen. Was war bloß los mit ihm? Die Ruhe und Beschaulichkeit der Polligstraße, die er sonst so liebte, wirkten auf einmal bedrohlich auf ihn. Er musste sich eingestehen, dass er sich in seinem Leben noch nie so hilflos gefühlt hatte.

Fast eine dreiviertel Stunde hatte er an der Tomburg auf Jürgen Dembrowski gewartet. Aber er war nicht gekommen. Zunächst hatte er sich eingeredet, dass ihn vielleicht etwas ganz Banales aufgehalten haben könnte. Vielleicht ein Verkehrsunfall. Doch dann wurde ihm klar, dass alles dafür sprach, dass man seinen alten Kollegen daran gehindert hatte, ihn zu treffen. Als ihm dann einfiel, dass Steinke in dem Telefongespräch seinen Namen erwähnt hatte, bekam er es mit der Angst zu tun. Vielleicht war man ihm auch schon auf den Fersen? An wen sollte er sich jetzt wenden? Er wusste nicht, wem im Polizeiapparat er überhaupt noch trauen konnte. Dann entschied er sich, zunächst nach Hause zu fahren, um die Sache noch einmal in Ruhe zu überdenken. Vielleicht hatte Dembrowski doch eine Erklärung für sein Fernbleiben und rief ihn noch einmal an.

Unsicher stieg er aus dem Wagen und schaute sich nach allen Seiten um. Irgendwie hatte er das Gefühl, dass ihn jemand beobachtete. Zunächst wollte er das Tor öffnen, um das Auto auf den Hof zu fahren. Dann entschied er sich, ihn besser über Nacht draußen stehen zu lassen. Vorsichtig ging Seibold auf das Hoftor zu und drückte den Türgriff nach unten. Wieso war es offen? Erleichtert fiel ihm ein, dass er es vorhin vor lauter Eile nicht zugeschlossen hatte. Er schlug das Tor hinter sich zu und suchte rechts an der Mauer nach dem Schalter, um die Hofbeleuchtung anzuschalten. Plötzlich verharrte er, weil er glaubte, hinter sich ein Geräusch gehört zu haben. Dann bemerkte er aus dem rechten Augenwinkel einen Schatten. Bevor er sich umdrehen konnte, wurde sein rechter Arm ergriffen und schmerzhaft auf den Rücken gedreht. Ihm kam nur noch in den Sinn, dass der Angreifer sein Handwerk verstand. Er hatte den Polizeigriff angewendet, den er selber in seiner aktiven Zeit so oft ausgeübt hatte. Wenn dieser unerwartet kam, machte er einen Menschen völlig hilflos. Dann wurde er mit dem Kopf voraus mit großer Wucht gegen die Hofwand geschleudert. Alles um ihn herum wurde schwarz.

Seibold wachte auf. Nur langsam löste sich der Schleier vor seinen Augen. Er verspürte ein dumpfes Pochen in seinem Kopf, begleitet von rasenden Kopfschmerzen. Zunächst sah er nur Konturen der Gestalt, die sich über ihn beugte. Dann wurde sie immer deutlicher. Oh Gott! Alles wiederholt sich!, dachte er mit Schrecken, als er Toni Vornhagen erkannte. Ihm fielen sofort wieder die Geschehnisse von vor vierzig Jahren ein. Vornhagens Reue in den Briefen war also doch nur Theater gewesen! Sein einziges Bestreben in den letzten Jahrzehnten hatte nur darin bestanden, sich an ihm zu rächen!

Toni Vornhagen legte ihm ein feuchtes Tuch auf die Stirn. Die Kühle tat Seibold gut. »Das wird eine ganz schöne Beule geben, Walter«, sagte er. »Die Blutung habe ich, Gott sei Dank, sehr schnell zum Stillstand gebracht. Trotzdem rate ich dir, dich im Krankenhaus einmal gründlich untersuchen zu lassen. Ich nehme an, du hast eine Gehirnerschütterung.« Ein leichtes Lächeln huschte über sein Gesicht.

Ein Blick in Vornhagens Augen beruhigte Seibold ein wenig. Damals waren sie kalt und hasserfüllt gewesen. »Mir ist übrigens aufgefallen, dass du ganz schön greise geworden bist.«

Als er das sagte, bemerkte Seibold, dass Vornhagen noch nicht ergraut war, er trug noch immer sein volles schwarzes Haar.

»Ich glaube, jetzt sind wir quitt, Walter«, fuhr Vornhagen

fort, »ich habe einmal versucht dich umzubringen. Dafür habe ich dir zweimal das Leben gerettet. Kannst du dich noch erinnern? Einmal vor vielen Jahren auf dem Aussichtsturm am Beuelskopf ... und dann heute.« Vornhagen merkte, dass Seibold nicht gleich verstand, was er meinte. Er griff nach hinten und hielt ihm einen Gegenstand vor die Augen. Der alte Kommissar brauchte einen Moment, um zu begreifen, um was es sich handelte. Es war eine Drahtschlinge, an deren Enden sich Holzgriffe befanden. Eine weit verbreitete Mordwaffe von Profikillern, die ihre Tat möglichst geräuschlos ausführen wollten. »Ich hab es gottlob rechtzeitig verhindern können, dass er sie dir um den Hals gelegt hat.«

Allmählich dämmerte es Seibold, was sich abgespielt hatte. Einen Moment überlegte er, ob er sich bedanken sollte, doch dann ließ er es. Unter heftigen Schmerzen hob er den Kopf, um zu sehen, wo er sich befand. Er war in seinem Wohnzimmer. Vornhagen hatte ihn auf die Couch gelegt. »Wo ... ist der … Kerl … jetzt?«, presste er hervor. Jedes Wort bereitete ihm Mühe.

»Ich konnte ihn leider nur daran hindern, dich zu töten«, antwortete Vornhagen, »er konnte fliehen. Es war ein kräftiger Bursche. Ehrlich gesagt war ich froh, dass er Fersengeld gab und nicht auch noch versuchte, mich anzugreifen«, wieder huschte ein Lächeln über sein Gesicht, »für so was bin ich zu alt!«

Seibold registrierte, dass Vornhagen mit dieser Bemerkung übertrieb. So weit er beurteilen konnte, war er für sein Alter noch immer sehr drahtig. Er musste sich in den letzten Jahren fit gehalten haben.

»Hast … du ihn … erkannt?«

Vornhagen schüttelte langsam den Kopf. »Es war zu dunkel. Alles ging so schnell. Außerdem trug er eine schwarze

Mütze, die er sich tief in das Gesicht gezogen hatte.«

Seibold richtete sich mühevoll auf. Das dumpfe Hämmern in seinem Kopf wurde stärker. Bevor er sich wieder zurückfallen ließ, schob ihm Vornhagen ein Kissen in den Nacken. Jetzt lag er wesentlich bequemer. In seinen Gefühlen hin und her gerissen, überlegte er verzweifelt, wie er sich jetzt Vornhagen gegenüber verhalten sollte. Einen Moment dachte er daran, sich zu bedanken und ihm dann zu sagen, dass er sich zum Teufel scheren solle. Doch schließlich hielt ihn seine momentane Hilflosigkeit davon ab. Er brauchte eine Weile, sich zu überwinden. Dann sagte er: »Erzähl mir, was passiert ist!«

Vornhagen lehnte sich bequem in den Sessel, bevor er antwortete. Man merkte ihm die Erleichterung an, dass Seibold bereit war, ein Gespräch mit ihm zu führen. »Ich wollte dich heute Abend noch einmal aufsuchen, um mit dir zu reden. Als ich die Polligstraße hinunterging, sah ich, dass jemand in deinen Hof ging. Gleich darauf fuhrst du mit deinem Auto vor. Ich versteckte mich und wartete ab. Nachdem du durch die Hoftür verschwunden warst, schlich ich dir nach. Glücklicherweise keinen Augenblick zu spät. Den Rest kennst du ja!«

Vornhagen befeuchtete noch einmal das Tuch in einer kleinen Wasserschüssel, die auf dem Wohnzimmertisch stand, und legte es Seibold wieder auf die Stirn. Dann fuhr er mit ruhiger Stimme fort: »Einen Augenblick habe ich überlegt, Manfred Raaf anzurufen, doch dann habe ich es gelassen. Ich war mir nicht sicher, wie er auf meinen Anruf reagieren würde.«

Seibold nickte. Er konnte Vornhagen verstehen. Auch Manfred Raaf war ein Zeitzeuge seiner dunklen Vergangenheit.

Sie saßen in der Küche. Seibold hatte sich so weit erholt, dass er das Gespräch am Küchentisch weiterführen wollte. Ein großes Pflaster zierte seine Stirn. Als er mit wackeligen Beinen eine Sprudelflasche aus dem Kühlschrank holte und auf den Tisch stellte, bot er Toni Vornhagen auch ein Glas an. Als dieser den ersten Schluck zu sich nahm, schüttelte Seibold ungläubig den Kopf. Vornhagen schaute ihn fragend an. Zu unwirklich kam Seibold die Situation vor. Genau so hatten sie in dieser Küche im Februar des Jahres 1953 zusammengesessen und auf Traudel gewartet, die sich für den Karnevalsball im *Hotel Streng's Stuben* fertiggemacht hatte. An diesem Abend hatte Seibolds Beziehung mit Traudel begonnen, die Vornhagen zu seiner Frau hatte machen wollen.

Vornhagen entdeckte ihr Foto auf der Anrichte. Er stand auf und nahm es in die Hand. »Ich bin schon oft an Traudels Grab gewesen, seitdem ich wieder hier bin. Ich habe dich dort sitzen sehen. Doch ich hatte noch keinen Mut, dich anzusprechen.«

Seibold schwieg.

»Walter, ich habe sie geliebt. Ich werde es ihr nie vergessen, dass sie mich im Knast nicht hängen gelassen hat.«

Wieder blieb Seibold stumm. Doch dann brach es aus ihm hervor: »Was willst du von mir?«

Als Vornhagen nicht gleich antwortete, fuhr er fort. »Glaubst du wirklich, ich könnte das alles vergessen, was du damals getan hast? Glaubst du wirklich, ich könnte dir verzeihen?«

»Dafür habe ich lange Zeit zu recht gebüßt und gelitten«, entgegnete Vornhagen ruhig. »Kannst du dir im Entferntesten vorstellen, wie schwer es ist, mit so einer Schuld zu leben? Immer wieder habe ich mich gefragt, wie man zu so einem Monstrum werden kann. Vergeblich habe ich versucht mir einzureden, dass ich einer der vielen Verblendeten und Opfer des Nationalsozialismus war. Dass man mich schon als Kind in der SS-Brutstätte Vogelsang in der Eifel einer Gehirnwäsche unterzogen hat und ich so zu einem willigen Werkzeug wurde. Aber auch das konnte mir nicht helfen. Mit der Zeit wurde mir klar, dass ich einfach wieder hierhin zurückkehren musste, um endlich Ruhe zu finden.«

Er setzte sich wieder an den Tisch und suchte Seibolds Blick. Dieser senkte den Kopf. »Du könntest mir dabei helfen, wenn du dich dazu durchringen könntest, mir zu vergeben.«

Als Seibold nicht antwortete, sagte er: »Vielleicht brauchst du noch ein wenig Zeit.«

Doch der alte Kommissar saß weiterhin schweigend und in sich gekehrt da. Vornhagen hielt es daher für angebracht, das Thema zu wechseln. »Warum wollte der Kerl dich umbringen?«

Seibold hob langsam den Kopf und schaute Toni Vornhagen durchdringend an. Er war unschlüssig, ob er ihn in diese Sache einweihen sollte. Schließlich bewog ihn sein Gefühl der Hilflosigkeit dazu, Vornhagen alles zu erzählen. Bevor er zu sprechen begann, nahm er noch einen kräftigen Schluck Mineralwasser.

Ruhig und mit verschränkten Armen hatte Vornhagen Seibolds Schilderung der Ereignisse der letzten Tage verfolgt. Nur ab und zu unterbrach er den Ex-Kommissar mit einer kurzen Zwischenfrage. Schließlich schaute er Seibold fragend an. »Und du glaubst wirklich, dass da etwas Großes dahinterstecken könnte?«

»Ich befürchte es. Alle Anzeichen sprechen dafür.«

Vornhagen schüttelte den Kopf und sagte: »Die Geschichte kommt mir zu unwirklich vor, um daran zu glauben.«

»Ich kann mir aber erst sicher sein und etwas unternehmen, wenn ich weiß, worum es geht«, entgegnete Seibold. »Ich habe viele Puzzleteile. Aber mir fehlt der Schlüssel, um sie zu einem Ganzen zusammenzusetzen.«

»Ich habe mich in meiner Zeit im Knast auch sehr mit den

Themen Geschichte und Literatur befasst«, sagte Vornhagen. »Zufälligerweise habe ich mich in diesem Zusammenhang auch für die Erforschung des Nibelungenliedes interessiert. Was hältst du davon, wenn ich mir zu Hause deine Unterlagen einmal in Ruhe ansehe? Vielleicht fällt mir etwas auf.«

Walter Seibold war aufgestanden. Wie immer, wenn es ihm schwerfiel, eine Entscheidung zu treffen, ging er einige Schritte auf und ab. Er wusste, dass er eine weitere Beziehung zwischen ihm und Vornhagen schlussendlich legitimierte, wenn er ihm erlaubte, ihm zu helfen. Schließlich blieb er stehen. »In Ordnung«, sagte er und blickte auf die Uhr. »Aber könntest du das noch bis morgen früh schaffen? Wir haben keine Zeit zu verlieren.«

Als Seibold die Haustür öffnete, um Vornhagen hinauszulassen, fragte er: »Wo wohnst du jetzt eigentlich?«

»Ich habe mir ein kleines Appartment in Ramershoven genommen. Ich hielt es für besser, nicht in Rheinbach zu wohnen.«

Das konnte Seibold nachvollziehen. Noch zu viele alte Rheinbacher kannten ihn und wussten, was sich im Februar des Jahres 1953 ereignet hatte. Plötzlich schloss Seibold die Haustür wieder. Ihm war etwas Wichtiges eingefallen. »Hast du übrigens einen Computer?«, fragte er.

Vornhagen bejahte.

»Warte einen Augenblick!« Seibold verschwand im Wohnzimmer. Kurz darauf kehrte er mit einem braunen Briefumschlag in der Hand zurück. »Hier ist eine Diskette drin, könntest du dir die auch einmal ansehen?«

Vornhagen nickte.

»Ach ja, du brauchst auch das Passwort, sonst kommst du nicht rein. Es heißt Regnum Burgundiae.«

»Wie bitte?«, fragte Vornhagen ungläubig.

»Warte, ich schreibe es dir auf.« Seibold ging zur Kommode, auf der das Telefon stand. Dort lagen Kugelschreiber und Notizblock. Er schrieb das Passwort auf und überreichte es Vornhagen. Schweigend nahm dieser das Notizblatt und verstaute es in dem Briefumschlag.

»Schlaf gut, Walter!«, sagte er und sah Seibold sorgenvoll an. »Und pass gut auf dich auf!« Dann drehte er sich um und verschwand in der Dunkelheit.

»Ich muss dich ja wohl nicht bis zur Hoftür begleiten«, rief ihm Seibold hinterher, »ich nehme an, du kennst dich noch aus!« Er konnte sich diese Bemerkung einfach nicht verkneifen.

Seibold kam aus dem Bad. Er hatte überprüft, ob das Pflaster auf seiner Stirn noch richtig saß. Die Kopfschmerzen hatten nachgelassen. Da er auch keine Übelkeit verspürte, hatte er sich entschlossen, nicht auf Vornhagens Rat zu hören, sich im Rheinbacher Krankenhaus gründlich untersuchen zu lassen. Er wollte zunächst einmal die Nacht abwarten, um zu schauen, wie es ihm morgen früh ging.

Als er die Küche betrat, verspürte er sogar ein wenig Appetit, schließlich hatte er den ganzen Tag außer dem kalten Döppekuchen noch nichts gegessen. Er öffnete die Tür des Kühlschranks. Es wird Zeit, dass ich Elisabeth Bescheid sage, dachte er, denn der Kühlschrank war so gut wie leer. Seine Schwägerin brachte ihm immer etwas mit, wenn sie einkaufen ging. Glücklicherweise fand er im Vorratsschrank noch eine Dose Fisch.

Als er sich an den Tisch setzte, um sie zu öffnen, klingelte das Telefon. Er schaute auf die Uhr. Es war kurz vor dreiundzwanzig Uhr. Wer konnte ihn um diese Zeit noch anrufen? Da fiel ihm ein, dass es vielleicht Dembrowski sein könnte. Hastig stand er auf und stürzte ans Telefon. Als er den Hörer abhob, wurde sogleich aufgelegt. Daraufhin versuchte er noch einmal, Dembrowski zu Hause zu erreichen. Aber niemand meldete sich.

Nachdenklich ging er in die Küche zurück. Ihm wurde noch einmal klar, in welcher Gefahr er sich befand. Er hatte schon verdrängt, dass man vor nicht mal zwei Stunden versucht hatte, ihn umzubringen. Nur einem Zufall war es zu verdanken, dass er noch lebte. Er glaubte zwar nicht daran, dass der Angreifer ihn diese Nacht noch einmal aufsuchen würde, doch sicherheitshalber nahm er sich vor, die Polizeiwache anzurufen, bevor er zu Bett ging. Er würde sie bitten, Kontrollfahrten in der Polligstraße durchzuführen. Eine Begründung hatte er schnell zur Hand. Er würde ihnen sagen, dass er gesehen hätte, dass sich verdächtige Gestalten auf der Straße herumtrieben. In der letzten Zeit hatte es einige Einbrüche in Rheinbach gegeben. Die Polizisten kannten ihn und würden seine Befürchtungen ernst nehmen.

Jetzt, alleine in seiner Küche, kam es ihm einen Moment lang vor, als würde er aus einem Traum erwachen, so unwirklich erschienen ihm die Vorkommnisse der letzten Stunden, besonders, wenn er an seine Begegnung mit Vornhagen dachte. Wenn man ihm vor einigen Tagen erzählt hätte, dass er in Kürze mit Toni gemeinsam Ermittlungen in einem Kriminalfall durchführen würde, hätte er ihn für verrückt erklärt. Plötzlich überfiel ihn eine bleierne Müdigkeit, und es wurde ihm bewusst, dass er in der letzten Nacht kaum geschlafen hatte. In der Gewissheit, dass der nächste Tag sehr anstrengend werden würde, schleppte er sich die Treppe hinauf ins Schlafzimmer.

Bevor er die Rollläden herunterließ, warf er noch einen Blick auf die Polligstraße. Zufrieden stellte er fest, dass ein Polizeiauto langsam die Straße hinunterfuhr. Beruhigt schlief er ein.

Zur gleichen Zeit, Martigny in der Schweiz,
Chalet Saint Sigismond, 23 Uhr 20

Hagen von Martigny hatte sich auf die Terrasse gesetzt. Er genoss die Ruhe und den Schatten des angrenzenden Bergpanoramas, den der Mond auf die Wiese des benachbarten Parks warf. Nur ab und zu waren die entfernten Motorengeräusche von Autos zu hören, die zu dieser späten Stunde noch die E27 befuhren. Obwohl es empfindlich kalt war, brauchte er nach dem anstrengenden Tag die kühle Luft, um seinen Kopf freizubekommen. Er wollte noch einmal alles überdenken, bevor er zu Bett ging. Er musste sich sicher sein, dass er nichts vergessen hatte. Der kleinste Fehler konnte verheerende Folgen haben. Er hatte seine Haushälterin angewiesen, ihm noch einen Imbiss zuzubereiten und eine Strickjacke mitzubringen.

Er atmete tief ein und verschränkte die Arme hinter seinem Kopf. Morgen war der Tag, auf den er so viele Jahre hingearbeitet hatte. Er musste daran denken, wie viele Reisen er unternommen hatte, wie viele Kontakte er geknüpft hatte und wie viele Widerstände er in den letzten Jahrzehnten hatte brechen müssen, damit der Große Plan endlich Wirklichkeit werden konnte. Die letzten Vorbereitungen für seine Durchführung waren bis in den späten Abend hinein reibungslos verlaufen. Nur die Sache in Rheinbach bereitete ihm ein wenig Sorge. Seine Gewährsmänner hatten ihm jedoch versichert, dass sie alles im Griff hatten. Sie würden dafür sorgen, dass der alte Kommissar der Sache nicht gefährlich werden konnte.

Hagen von Martigny nahm sich vor, die Sache persönlich in die Hand zu nehmen, wenn er morgen nach Rheinbach fuhr. Von dort würde er auch die »Operation Burgunderreich« koordinieren und leiten. Guillaume wusste Bescheid. Er würde ihn gegen sieben Uhr morgens abholen. Bertrand sollte währenddessen weiterhin Gunther unter Beobachtung halten. Der Kanzler war sich sicher, dass der junge Burgunderkönig ihm nicht gefährlich werden konnte. Der Tod seiner Freundin würde ihn für einige Zeit paralysieren.

In diesem Moment öffnete sich die Terrassentür. Hagen von Martigny war gezwungen, seine Überlegungen für einen Augenblick zu unterbrechen, denn Madame Evreux kam aus dem Chalet und stellte ihm den gewünschten Imbiss auf den Tisch. Ein Tablett, auf dem sich kleine Brothäppchen und ein Glas Rotwein befanden. Der Blick auf die Kanapees steigerte seinen Appetit. Immer wieder war er verblüfft, wie geschmackvoll seine Haushälterin selbst solch kleine Speisen herrichten konnte.

Sie überreichte ihm die Strickjacke. »Haben Sie sonst noch einen Wunsch, Monsieur?«, fragte sie höflich.

»Nein, vielen Dank. Sie können zu Bett gehen. Wecken Sie mich bitte morgen gegen sechs Uhr. Das Frühstück werde ich gegen halb sieben einnehmen.«

Als die Haushälterin die Terrassentür erreicht hatte, rief ihr der Kanzler noch hinterher: »Ach, Madame! Bevor ich es vergesse – ich werde morgen nach Deutschland fahren und wohl erst übermorgen wieder zurückkehren. Nur damit Sie Bescheid wissen.«

»Sehr wohl!«, antwortete sie und war nach einer kurzen Verbeugung im Haus verschwunden.

Hagen von Martigny legte sich die Strickjacke um die Schultern und nahm das Glas Wein in die Hand. Genussvoll schwenkte er den Rotwein durch das bauchige Glas. Dann roch er daran. Der blumige Geruch des Spätburgunders aktivierte seine Sinne. Er dachte noch einmal an die letzten Stunden, die er mit dem Kronrat verbracht hatte. Die lästige Frage der Mitglieder, warum der König in einer so entscheidenden Phase der Sitzung fernblieb, hatte er mit einer plötzlichen Unpässlichkeit Gunthers begründet. Er beruhigte die Gemüter mit dem Hinweis, er habe am gestrigen Abend noch einmal alles bis ins Detail mit Gunther abgesprochen.

Dann ging Hagen von Martigny in Gedanken noch einmal alle Maßnahmen durch, die er ergriffen hatte. Zum Schluss war er zufrieden, denn er hatte nichts vergessen. Er hatte in den letzten Monaten das Netzwerk in Europa so perfektioniert, dass am morgigen Tag ein Rädchen in das andere greifen würde. Die Koordination aller Aktionen war abgeschlossen. Jede maßgebliche Einsatzstelle war unterrichtet und bereit, morgen zuzuschlagen. Nach menschlichem Ermessen konnte nichts mehr schiefgehen. Ehe er das erste Kanapee nahm, dachte er noch einmal an das Telefonat mit Casper, das er eben erst geführt hatte. Auch dieser hatte ihm versichert, dass in Sibirien alles bereit war. Man wartete nur auf seinen Einsatzbefehl am morgigen Tag.

12. Kapitel

Rolle am Genfer See, Institut Le Rosey, 12. September, 7 Uhr

Die schreckliche Nachricht hatte sich am gestrigen Abend wie ein Lauffeuer durch das Internat verbreitet. Giselle, die Tochter des Internatsleiters, war mit einer Freundin auf der Bergtour im Massiv Les Diablerets ums Leben gekommen. Die Kunde traf Gunther völlig unvorbereitet und wie ein Keulenschlag während des Abendessens. Im ersten Moment glaubte er, keine Luft mehr zu bekommen. Einer Ohnmacht nahe, schleppte er sich auf sein Zimmer. Dort warf er sich auf sein Bett und weinte hemmungslos. Immer wieder stellte er sich die Frage, warum Gott ihm solche Pein zufügte. Warum ließ er es zu, dass ihm alle Menschen, die er liebte, genommen wurden? Zuerst seine Familie. Und jetzt Giselle. Vor allem brachte es ihn fast um den Verstand, dass Giselle in Disharmonie von ihm gegangen war und dass er keine Möglichkeit gehabt hatte, vor ihrem Tode noch einmal mit ihr zu sprechen.

Gegen vier Uhr am Morgen war er schließlich erschöpft in einen unruhigen Schlaf gefallen. Um sieben Uhr wachte er auf und sah sich wieder mit dem Unfassbaren konfrontiert. Nun stellte er sich die Frage, wie es zu Giselles Tod hatte kommen können. Beim Abendessen hatte man gemutmaßt, dass es sich um einen Unfall gehandelt hatte. Wie konnte das geschehen? Er kannte die Route, für eine erfahrene Bergwanderin, wie Giselle es war, war sie ohne Probleme zu bewältigen. Wie konnte man dort zu Tode stürzen? Wer hatte die Verantwortung für die Gruppe? Viele Fragen, auf die er unbedingt eine Antwort haben musste. Schließlich entschied er sich, zu ihrem Vater zu gehen. Er musste wissen, wie es passiert war. Außerdem verspürte er das Bedürfnis, Monsieur Roduit endlich über sein Verhältnis zu Giselle in Kenntnis zu setzen. Ihm zu sagen, dass er sie geliebt hatte. Er brauchte jetzt jemanden, mit dem er über sie sprechen und um sie trauern konnte.

Als der Wecker schellte, sprang er aus dem Bett. Er musste sich nicht anziehen, da er in seiner Kleidung geschlafen hatte. Ohne Morgentoilette machte er sich auf den Weg.

Giselles Vater wohnte unter der Woche im Südflügel des Internats. Auf dem Weg dorthin begegnete Gunther einigen Schülern, die zum Waschraum gingen. Als er vor der Wohnungstür des Internatsleiters stand, machte er sich Gedanken, ob es nicht pietätlos war, einen trauernden Vater um diese Uhrzeit aufzusuchen. Dann redete er sich ein, dass ihn seine Liebe zu Giselle dazu berechtigte.

Energisch betätigte er die Klingel. Nach einiger Zeit erkannte er durch die Verglasung der Türe, dass sich eine Frau dem Eingang näherte. Er fragte sich, wer sie war, denn er wusste, dass Giselles Mutter vor vier Jahren an Krebs gestorben war. Bis zuletzt hatte Giselle sehr darunter gelitten. Dass sie beide die letzten Jahre ohne Mutter hatten aufwachsen müssen, war auch ein Grund gewesen, der sie zusammengeschweißt hatte.

Die Tür öffnete sich. Eine ältere, übergewichtige Frau in einer weißen Schürze schaute ihn misstrauisch an. Sie schien wohl die Haushälterin zu sein.

»Was wünschen Sie?«, fragte sie unfreundlich.

»Ich hätte gerne Monsieur Roduit gesprochen.«

»Was? Um diese Uhrzeit? Wissen Sie denn nicht, dass die

Tochter von Monsieur gestern tödlich verunglückt ist?«

»Verzeihen Sie, Madame«, Gunther bemühte sich freundlich zu klingen, »genau aus diesem Grunde bin ich hier.« Die nächsten Worte sprach er mit Nachdruck: »Ich muss Monsieur Roduit unbedingt wegen Giselle sprechen!«

»Monsieur will aber nicht gestört werden. Bitte verstehen Sie das. Außerdem«, sie stockte einen Moment, und Gunther sah ihrem Gesichtsausdruck an, dass sie log, »schläft er noch.« Mit diesen Worten wollte die Haushälterin die Tür schließen, doch es gelang Gunther, einen Fuß zwischen Tür und Rahmen zu setzen.

»Was erlauben Sie sich!«, rief die Frau erschrocken, »ich rufe die ...«. Weiter kam sie nicht. Gunther stieß die Tür auf und schob die Frau einfach beiseite.

Ohne ein weiteres Wort ging er durch die Diele und durchsuchte das Haus, während die Haushälterin schimpfend hinter ihm herlief. Die erste Tür, die er öffnete, führte ihn in die Küche. Als er die nächste öffnete, wusste er, dass er richtig war. Er befand sich in einem abgedunkelten Raum, der allem Anschein nach das Wohnzimmer war. Ihm direkt gegenüber, unter einem Frauenportrait, das wohl Giselles Mutter darstellte, saß Alphonse Roduit in einem großen Ohrensessel. Gunther erschrak, als er ihn sah. Giselles Vater hatte sich eine Decke umgeschlagen. Seine gekrümmte Haltung und sein fahles Gesicht ließen ihn um Jahre gealtert erscheinen. Neben dem Sessel befand sich ein kleiner Rauchtisch, auf dem zwei Flaschen Wein standen. Das Gerücht, dass der Internatsleiter Probleme mit dem Alkohol hatte, seitdem seine Frau gestorben war, schien zu stimmen. Mit hängendem Kopf döste er vor sich hin. Erst als die Haushälterin polternd in das Zimmer trat, hob er schwerfällig den Kopf. »Madame Schubert, was ... was ist los«, stotterte er.

»Entschuldigen Sie, aber dieser unverschämte ...«.

Gunther schnitt ihr das Wort ab: »Monsieur Roduit, ich kann Ihnen mein Eindringen erklären. Ich muss Sie dringend sprechen!«

Jetzt erst hatte der Internatsleiter mitbekommen, dass noch jemand im Zimmer war. Mit rot unterlaufenen Augen blinzelte er den jungen Burgunderkönig an. Er brauchte einige Zeit, um ihn zu erkennen. »König Gunther?«, fragte er sichtlich erstaunt. Die Art und Weise wie er sprach, verriet, dass der Alkohol seine Zunge lähmte. »Wissen Sie denn nicht, dass meine Tochter tot ist?«

Gunther fiel auf, dass der Internatsleiter den unterwürfigen Tonfall, mit dem er sonst mit ihm sprach, vermied. Ihm war es recht.

»Gerade darüber möchte ich mit Ihnen reden«, entgegnete er und ging einige Schritte auf Roduit zu. »Ich muss wissen, was mit ihr geschehen ist!«

»Warum? Was ... hatten Sie... mit Giselle zu tun?« Als der Internatsleiter den Namen seiner Tochter nannte, kämpfte er mit den Tränen.

Gunther wartete daher mit seiner Antwort. Dann sagte er ruhig und betont: »Giselle ... und ich ... waren ein Paar. Wir ... haben uns ... geliebt!« Bei den folgenden Worten hatte auch er Tränen in den Augen. »Ich ... wollte sie in nicht zu ferner Zukunft zu ... meiner Frau machen!«

Eine unheilvolle Stille erfüllte auf einmal den Raum. Alphonse Roduit schien einen Moment wie versteinert. Dann erhob er sich schwerfällig und schaute Gunther mit vor Entsetzen geweiteten Augen an. Langsam öffnete er den Mund. »Was ... was ... wollten Sie?« Seine Reaktion irritierte Gunther so sehr, dass er nicht antwortete.

»Wusste Hagen von Martigny davon?«, schrie ihn der

Internatsleiter plötzlich mit sich überschlagender Stimme an.

Verstört nickte Gunther mit dem Kopf. »Ich ... ich habe es ihm vorgestern gesagt.«

Einen kurzen Moment blieb Alphonse Roduit stehen. Dann fasste er sich an die Brust und fiel in den Sessel zurück. »Oh Gott, er ... er hat sie ... sie umgebracht!«, stammelte er.

Gunther glaubte, sich verhört zu haben. »Meinen Sie ... Onkel ... Onkel ... Hagen?«, stotterte er schließlich wie betäubt.

»Ja ... Ihren Onkel, Hagen von Martigny!«, wiederholte Roduit und krümmte sich vor Schmerzen, »er ... hat auch ... Ihre Familie ... umgebracht!«

In diesem Moment wollte sich Madame Schubert an Gunther vorbeidrängen. »Sehen Sie nicht, dass er einen Herzanfall hat?«, kreischte sie.

Gunther ging einen Schritt nach vorne und versperrte ihr den Weg. Wie in Trance packte er Giselles Vater an der Schulter und schüttelte ihn. »Was sagen Sie da?«, schrie er ihn an. »Was hat er getan?«

Der Internatsleiter schien das Bewusstsein zu verlieren. Er verdrehte die Augen. Gunther wollte schon von ihm ablassen, als er jedoch bemerkte, dass Monsieur Roduit noch etwas sagen wollte. Er ging ganz nah mit seinem rechten Ohr an seine Lippen heran. »Sagen Sie es! Sagen Sie es!«, flüsterte er flehend.

»Fragen Sie ... Ihre Leibwächter, sie ... wissen alles ... und observieren ... Sie ... auf Schritt ... und ...«. Seine Worte gingen in ein unverständliches Röcheln über.

Gunther ließ ihn los. Einen Moment noch blieb er wie versteinert stehen. Dann sagte er: »Schnell, Madame Schubert! Rufen Sie einen Arzt!«

Völlig geistesabwesend hatte der junge Burgunderkönig noch abgewartet, bis der Notarzt den Internatsleiter versorgt hatte. Nachdem man Giselles Vater in das Spital gebracht hatte, rannte er zunächst kopflos durch das Internatsgebäude. Er übersah sogar die Klassenkameraden, die auf dem Weg zum Unterricht waren und ihn besorgt fragten, was mit ihm los war.

Schließlich war er an seinem Zimmer angelangt. Er setzte sich wie versteinert auf sein Bett. Diesmal weinte er nicht. Er hatte keine Tränen mehr. Die Trauer um Giselle verwandelte sich allmählich in ohnmächtige Wut. Zunächst wollte er Hagen von Martigny sofort anrufen und ihn mit den ungeheuerlichen Vorwürfen konfrontieren. Doch dann entschied er sich, die Sache durchdachter anzugehen. Er brauchte mehr Informationen und wollte absolute Sicherheit haben, bevor er seinem Onkel entgegentrat. Dazu musste er Guillaume und Bertrand einem Verhör unterziehen.

Entschlossen erhob er sich von seinem Bett und ging zum Waschbecken. Als er sich das Gesicht abgewaschen hatte und in den Spiegel schaute, sah er, dass eine Veränderung in ihm vorgegangen war. Das Jungenhafte war aus seinem Gesicht gewichen. Er blickte in die Augen eines Mannes, dessen stahlharter Blick verriet, dass er zu allem entschlossen war. Plötzlich erfasste eine sonderbare Ruhe von ihm Besitz. Bevor er die nächsten Schritte unternahm, wollte er zunächst eine Dusche nehmen.

Nachdem der junge Burgunder die Duschkabine verlassen hatte, klopfte es an der Tür. Es war Yves Dalcon, der Klassensprecher seiner Schulklasse, der beauftragt worden war, Gunther zu fragen, warum er nicht zum Unterricht kam. Alle machten sich Sorgen um ihn. Ruhig antwortete Gunther, dass alles in Ordnung sei, und bat Yves, dem Klassenlehrer auszurichten, dass er wegen einer dringenden privaten Angelegenheit heute nicht am Unterricht teilnehmen konnte. Als sein Schulkamerad gegangen war, kleidete sich Gunther an und ging zu seinem Spind, in dem sich sein Degen befand. Er wickelte die Waffe in ein Betttuch ein und verließ das Zimmer.

Auf dem Weg durch den historischen Stadtkern von Rolle legte sich Gunther einen Plan zurecht, wie und wo er seine Leibwächter am besten treffen konnte. Ihm fiel das Château de Rolle, ein kleines Schloss aus dem 13. Jahrhundert ein, das sich direkt am Ufer des Genfer Sees befand. Dort hatte sich der junge Burgunderkönig oft mit Giselle getroffen. Wenn es stimmte, dass er von seinen Leibwächtern Tag und Nacht observiert wurde, würden sie ihm sicherlich dorthin folgen.

Als er das Château erreichte, ging er um das dreiflügelige Gebäude herum und gelangte schließlich an die Seeseite. Dort wurde das Schloss von zwei viereckigen Türmen flankiert. Dort wo der Westturm auf die Schlossmauer traf, war eine Nische entstanden, in der eine Bank stand. Ein großer Zierstrauch versperrte den Blick zur Uferpromenade, sodass man an diesem Ort weitgehend ungestört sitzen konnte. Dies hatte Gunther bei seinen Rendezvous mit Giselle oft genug genutzt.

Zufrieden registrierte er, dass sich um diese Uhrzeit noch niemand hierhin verirrt hatte, und setzte sich auf die Bank. Konzentriert horchte er in die Stille. Nur das Plätschern des Wassers, das unablässig gegen die Ufermauer schlug, drang an seine Ohren.

Es dauerte nicht lange, und er hörte, dass sich jemand näherte. Zweifelsfrei konnte er Schritte auf den Kieselsteinen des Gehwegs ausmachen. Gunther stand auf und schlich gebückt um das Gebüsch herum. Von der anderen Seite konnte er unbemerkt beobachten, wer sich der Nische näherte. Es war Bertrand. Er schien alleine zu sein. Am Ende des Westturmes verließ der Leibwächter den Gehweg und schlich an die Mauer. Von dort schaute er vorsichtig um die Ecke des Turmes. Als er sah, dass niemand auf der Bank saß, ging er weiter. Gunther befand sich jetzt in seinem Rücken. Vorsichtig wickelte er den Degen aus dem Tuch und bewegte sich langsam von hinten auf Bertrand zu. Dieser schien zu spüren, dass ihn jemand verfolgte, und wurde langsamer. Er wollte sich umdrehen. Doch Gunther machte blitzschnell einen Schritt nach vorne und setzte die Degenspitze an seinen Nacken. Bertrand blieb wie erstarrt stehen. Langsam hob er die Arme, um seinem Angreifer zu zeigen, dass er sich nicht wehren würde.

»Dreh dich ganz langsam um, Bertrand!«, sagte Gunther drohend.

Der Leibwächter folgte seiner Anweisung. Als er den Burgunderkönig erkannte, wich die Angst aus seinem Gesicht. Ungläubig schaute er Gunther an. »Aber ... aber, Majestät! Was ... was machen Sie da?«

Gunther zielte jetzt mit seinem Degen auf seine Brust »Verschränke deine Arme hinter dem Kopf.« Der Ton in seiner Stimme machte Bertrand klar, dass er es ernst meinte. »Wo ist Guillaume?«, zischte ihn Gunther an.

»Aber was ist denn nur ...?« Weiter kam der Leibwächter nicht.

Der junge Mann drückte die Degenspitze noch fester auf seine Brust. »Ich bin hier derjenige, der Fragen stellt!«, fuhr ihn Gunther an. »Noch einmal! Wo ist Guillaume?«

Mit einem unterwürfigen Kopfnicken signalisierte Bertrand, dass er verstanden hatte. »Er ... er ist mit Ihrem Onkel nach Deutschland gefahren.«

»Was machen sie dort? Und warum weiß ich davon nichts?«

Angstvoll zuckte der Leibwächter mit den Schultern. »Ich ... ich weiß es nicht genau. Aber ... aber ich glaube, sie wollen von dort die ›Operation Burgunderreich‹ durchführen!«

Gunther war über diese Aussage so überrascht, dass er den Degen einen Moment sinken ließ. Dann funkelte er Bertrand mit bösen Augen an.

»Aber ich ... ich dachte, Sie wissen davon«, legte der Leibwächter nach.

»Von nichts weiß ich«, brüllte ihn Gunther wie von Sinnen an, »und ich denke, dass es Zeit wird, dass mich jemand darüber informiert, was hier eigentlich gespielt wird!«

Zitternd schloss Bertrand die Augen. Einen Moment war Gunther unschlüssig, wie er sich verhalten sollte. Er hatte bemerkt, dass sich Spaziergänger von der Uferpromenade her dem Schloss näherten. Langsam senkte er den Degen. Da er sich sicher war, dass Bertrand von nun an ein hilfloser Spielball in seinen Händen war, befahl er streng: »Setz dich dort auf die Bank! Ich habe mit dir zu reden!«

Erleichtert atmete der Leibwächter auf. »Sehr wohl, Majestät!«, keuchte er und ging mit wackeligen Beinen auf die Bank zu.

Die Spaziergänger hatten jetzt die Rückseite des Châteaus erreicht. Enttäuscht stellten sie fest, dass die Bank besetzt war. Gunther versteckte seinen Degen hinter seinem Rücken und grüßte freundlich. Daraufhin setzten sie ihren Weg fort.

Bertrand hatte sich zwischenzeitlich auf die Bank gesetzt und betastete vorsichtig seine schmerzende Brust. Breitbeinig baute sich der junge Burgunderkönig vor ihm auf und stützte sich auf den Griff seiner Waffe. Mit stechendem Blick fixierte er seinen Leibwächter. »Ist es wahr, dass ihr mich schon seit Wochen observiert?«

Bertrand nickte. »Aber Hagen von Martigny sagte, es sei nur zu Ihrem Besten und zu Ihrem Schutz!«, sagte er entschuldigend.

»Habt ihr den Kanzler auch von meinem Verhältnis mit Giselle in Kenntnis gesetzt?«

Wiederum bejahte der Leibwächter.

»Wer hat sie getötet?« Gunthers harter Tonfall ließ den Leibwächter zusammenzucken.

»Es war Ihr Onkel!«, beeilte er sich zu sagen, »er hatte eigentlich mir den Auftrag gegeben. Aber ich habe mich geweigert!« Er hoffte, Gunther mit dieser Aussage gnädig zu stimmen. Hoffnungsvoll blickte er ihn an. »Das müssen Sie mir glauben, Majestät!«

Gunther antwortete nicht. Wie versteinert blickte er auf den Boden. Bis jetzt hatte er insgeheim noch immer gehofft, dass sich die schwere Anschuldigung von Giselles Vater als Irrtum oder Missverständnis erweisen würde. Mit leeren Augen setzte er sich neben Bertrand auf die Bank. »Ist er auch für den Tod meiner Eltern und meiner Schwester verantwortlich?«, flüsterte er apathisch.

»Ich weiß nichts Genaues, Majestät. Zu dieser Zeit war ich noch nicht in burgundischen Diensten. Aber Guillaume hat mir gegenüber Andeutungen gemacht, dass Ihr Onkel daran beteiligt war. Er sagte, es wäre aus Gründen der Staatsraison vonnöten gewesen.« Mitleidig schaute er Gunther an. »Sie müssen mir auf jeden Fall glauben, dass ich immer der Meinung war, dass Sie über alle Aktionen, die Hagen von Martigny geplant hatte, im Bilde waren, Majestät.«

»Das habe ich auch gedacht!«, antwortete Gunther bitter. Es raubte ihm fast den Verstand, dass sein Onkel ihn so hintergangen hatte. Er musste sich eingestehen, dass er in dem Großen Plan der Burgunder Hagen von Martigny nur als Marionette gedient hatte. Da es dem Kanzler verwehrt gewesen war, in der direkten Erbfolge den Königstitel einzunehmen, hatte er sich seiner bedient.

Allmählich überwand Gunther seine Apathie und überlegte, wie er vorgehen sollte. »Gibt es noch irgendetwas, von dem ich nichts weiß?«, sagte er nun wieder gefasst.

Bertrand überlegte. Er wusste nicht, welche Informationen Hagen von Martigny dem Burgunderkönig preisgegeben hatte und welche nicht. Plötzlich zuckte er zusammen. »Wissen Sie von der Bombe, Majestät?«, fragte er erschrocken.

»Was für eine Bombe?« Gunther fuhr hoch.

»Auch darüber habe ich nur am Rande etwas mitbekommen. Sie soll irgendwo in Sibirien hochgehen und der Startschuss für die Durchführung der ›Operation Burgunderreich‹ sein.«

»Oh Gott!« Gunther starrte Bertrand fassungslos an. Er wusste jetzt, warum das Fähnchen in der ehemaligen Sowjetunion auf der Landkarte im Sitzungssaal des Kronrates angeheftet war. Er konnte sich auch denken, gegen wen sich die Bombe richtete. »Schnell«, sagte er, »hol den Wagen! Wir müssen sofort nach Deutschland!«

13. Kapitel

Rheinbach, Polligstraße, 12. September, 11 Uhr 30

Seibold riss die Augen auf und fuhr hoch. Es war kein Traum. Die Türglocke schellte wirklich. Sein verwirrter Blick ging zur Uhr auf der Nachttischkommode. Das durfte nicht wahr sein! Er hatte den Wecker nicht gehört. Es war schon fast Mittag. Ungläubig schaute er noch einmal auf die Uhr. Als die Türglocke wieder läutete, sprang er aus dem Bett und zog sich hastig den Morgenmantel über. Dann schlüpfte er in seine Hausschuhe und humpelte die Treppe hinunter. Durch das Seitenfenster konnte er erkennen, dass es Toni Vornhagen war. Zunächst erschrak er. Dann fielen ihm nach und nach wieder die Vorkommnisse des letzten Abends ein. Er öffnete die Tür so weit, dass er seinen Kopf durch den Türspalt schieben konnte.

»Gott sei Dank«, sagte Vornhagen, als er ihn sah. »Ich dachte, dir wäre etwas zugestoßen.« Er schien sichtlich erleichtert.

Seibold war noch zu verschlafen, um zu antworten.

»Hast du so lange geschlafen? Weißt du, dass wir schon halb zwölf haben?«

»Komm rein!«, sagte Seibold und öffnete die Tür. Er bedeutete ihm in die Küche zu folgen. Auf dem Weg dorthin sagte er. »So etwas ist mir im ganzen Leben noch nicht passiert! Ich habe tatsächlich den Wecker überhört!«

Als sie am Tisch Platz nahmen, rieb sich der Ex-Kommissar den Schlaf aus den Augen und streckte seine Glieder. »Ich habe in der vorletzten Nacht kaum geschlafen«, versuchte er sein Missgeschick zu entschuldigen, »und ... gestern war ein harter Tag für mich.«

»Und außerdem sind wir ja auch nicht mehr die Jüngsten.«

Seibold überlegte einen Moment, ob er darauf antworten sollte. Schließlich sagte er: »Du hast recht. Zu unserer Zeit wäre mir das nicht passiert.«

Wieder kam ihm in den Sinn, wie unwirklich die Situation war. Er sprach mit Vornhagen tatsächlich wie zu einem alten Freund.

Vornhagens Gesichtszüge wurden ernst. »Walter«, sagte er und legte die Unterlagen, die er gestern Abend mitgenommen hatte, auf den Tisch, »ich habe ein paar interessante Entdeckungen gemacht.«

Erstaunt sah ihn Seibold an. Obwohl er es kaum erwarten konnte, was ihm Vornhagen zu erzählen hatte, sagte er: »Sei mir nicht böse, aber ich muss mich zuerst einmal frisch machen und mich anziehen. Außerdem will ich noch einmal bei Dembrowski anrufen. Ich mache mir große Sorgen um ihn. Du kannst ja in der Zwischenzeit schon einen Kaffee kochen. Ich zeige dir, wo alles steht.«

Vornhagen war es recht. Er stand auf und folgte seinem ehemaligen Freund zur Kaffeemaschine.

Als Seibold erfrischt in die Küche zurückkehrte, war der Kaffee bereits fertig. Trotzdem machte Seibold ein betrübtes Gesicht. Wie er befürchtet hatte, konnte er Dembrowski zu Hause nicht erreichen. Auch ein Telefonat mit dem Ersten Kommissariat war erfolglos geblieben. Die Telefonistin hatte ihm gesagt, dass sein alter Kollege heute nicht zum Dienst erschienen war und sich auch nicht gemeldet hatte.

Vornhagen hatte zwischenzeitlich Tassen und Besteck auf den Tisch gestellt. Als Seibold sich setzte, schenkte er den Kaffee ein.

»Danke«, murmelte Seibold. Der Kaffeeduft belebte ihn ein wenig.

»Noch immer keine Nachricht von Dembrowski?«, fragte Vornhagen bedrückt.

Seibold schüttelte den Kopf. Einen Augenblick saßen sich die Männer schweigend gegenüber.

»Was ist übrigens mit deinem Bein passiert?«, wollte Vornhagen wissen. Er hatte Seibold schon gestern diese Frage stellen wollen, aber die sich überschlagenden Ereignisse hatten ihn davon abgehalten.

»Eine verirrte Pistolenkugel«, antwortete Seibold kurz.

Vornhagen brauchte keine weiteren Fragen zu stellen. Dafür war er zu lange Soldat und Polizist gewesen.

Während Seibold zur Milchdose griff, sagte er: »Schieß los! Was hast du entdeckt?«

Vornhagen nahm den Briefumschlag und holte die Diskette heraus. Er hielt sie Seibold vor die Augen. »Ich glaube, auf dieser Diskette befindet sich der Schlüssel zu der ganzen Angelegenheit.«

Erwartungsvoll sah ihn Seibold an.

»Hast du dir einmal die Seite achtundvierzig genau angesehen?«, fragte Vornhagen.

Langsam schüttelte Seibold den Kopf. Wie hatte ihm das nur passieren können? Er hatte sich nur die ersten drei oder vier Seiten des Nibelungentextes auf der Diskette angeschaut. In der Erwartung, dass sich auf den weiteren Seiten nichts anderes als die vollständige Abschrift des Heldenepos' befand, hatte er nicht weitergelesen. Kleinlaut fragte er: »Was hast du denn dort gefunden?«

»Professor Lehnert hat auf dieser Seite und auch auf den nachfolgenden gewisse Textpassagen markiert und Kommentare dazu verfasst.«

»Und? Was für welche?«

»Es sind vor allem solche, die im direkten Zusammenhang zu den Markierungen in der Landkarte von Alfred Winand stehen.« Vornhagen rückte näher an Seibold heran. »Um das alles zu verstehen, musst du wissen, dass schon seit geraumer Zeit viele Historiker vermuten, dass sich die Geschichte des Nibelungenliedes nicht in Worms abgespielt hat. Einige gehen davon aus, dass auch die historischen Burgunder nie in Worms gewesen sind. Auf jeden Fall gibt es in dieser Stadt keinen einzigen Beweis dafür. Weder archäologisch noch schriftlich. Für mich steht fest: Professor Lehnert war sich sicher, dass die Ereignisse der Nibelungengeschichte hier in der Voreifel stattgefunden haben.«

Vornhagen blickte in das ungläubige Gesicht Seibolds. Er machte eine Pause und trank einen Schluck Kaffee. Dann redete er weiter: »Das bedeutet auch, dass er hier irgendwo den Nibelungenhort vermutet.«

»Kannst du das beweisen?«, fragte Seibold voller Spannung.

»Ich denke ja. Zunächst einmal sind sich heute nach der Quellenlage viele Historiker sicher, dass sich der Volksstamm der Burgunder, oder zumindest Teile davon, am Anfang des fünften Jahrhunderts unter ihrem König Gundicharius irgendwo linksrheinisch in der damaligen römischen Provinz Germania II aufhielten. Professor Lehnert fand heraus, dass sie hier in der Gegend siedelten. Dieser Gundicharius kann nur der Gunther der Nibelungensage sein. Der römische Geschichtsschreiber Prosper von Aquitanien erzählt in seiner *Gallischen Chronik*, dass die Burgunder im Jahre 436 hier von den Hunnen vernichtend geschlagen wurden. Das ist der berühmt-berüchtigte Burgunderuntergang, von dem das Nibelungenlied erzählt. Der römische Heermeister Aëtius, der in diesem Drama eine undurchsichtige

Rolle spielte, siedelte die Reste des Stammes in der Sapaudia, das ist die Gegend südöstlich des Genfer Sees, an. Dort gründeten sie ein neues Reich. Des Weiteren ist es heute unumstritten, dass der Verfasser des Nibelungenliedes auch Gestalten, Ortsnamen und Geschehnisse der älteren germanischen Sagen Edda und Thidrekssaga in sein Werk übernommen hat. Auch das muss bei der Suche nach dem historischen Burgunderreich und dem Wahrheitsgehalt der Nibelungensage beachtet werden.«

»Und das hast du alles in dieser Nacht recherchiert?«, hakte Seibold ungläubig nach.

»Nein. Vieles davon wusste ich bereits. Ich hatte dir doch erzählt, dass das Mittelalter und besonders die Erforschung des Nibelungenliedes eines meiner Steckenpferde während meiner Zeit im Knast waren.«

Vornhagen schlug die Landkarte auf. Daneben legte er ein Blatt Papier, auf dem er die markierten Textstellen des Nibelungenliedes und Lehnerts Kommentare notiert hatte, und fuhr fort: »Von dieser Prämisse ausgehend, hat der Professor hier in der Gegend Orte gesucht, die im Nibelungenlied genannt werden oder die andere Parallelen zu der Heldensage haben.«

»Und«, Seibold konnte es kaum erwarten, »hat er sie gefunden?«

Vornhagen rührte langsam in seinem Kaffee. Es machte ihm anscheinend Spaß, Seibold ein wenig auf die Folter zu spannen. »Das hat er!«, sagte er schließlich. »Schon in dem Ortsnamen Rheinbach sieht er eine Verbindung zum Nibelungenlied. Er glaubt, dass dieser herzlich wenig mit dem Fluss Rhein zu tun hat. Rheinbach hieß früher Reginbach, und Regin war der Ziehvater Siegfrieds im Nibelungenlied. Wormersdorf ist nach Lehnerts Meinung das Worms der

Heldensage. Wenn man die Endung -dorf wegnimmt, die lediglich auf die Besiedlung hinweist, bleibt unbestritten Worms übrig. Weiterhin begründet er diese These, indem er Erkenntnisse Professor Mürkens, eines Erforschers rheinischer Ortsnamen, aufführt. Nach diesem leitet sich der Name Wormersdorf aus dem althochdeutschen *Wurmhari* ab, was so viel wie Drachenkämpfer heißt. Du siehst, eine weitere Parallele zum Siegfried des Nibelungenliedes. Lehnert glaubt weiterhin, dass die Tomburg die Stammburg der Burgunder unter ihrem König Gundicharius war.«

Vornhagen drehte die Landkarte zu Seibold herüber und zeigte mit dem Finger auf den markierten Ort Kalenborn. »Kalenborn heißt im Rheinischen nichts weiter als Kalter Brunnen oder Kalte Quelle und ist nur sechs Kilometer von Wormersdorf entfernt. Hier vermutet Lehnert die Quelle, an der Siegfried ermordet wurde. Schon bei den Kelten war diese Quelle heilig. Der Professor glaubt, dass dieser mystische Ort geradezu prädestiniert ist, um Siegfried dort aus höheren, staatspolitischen Gründen zu ermorden.«

Vornhagens Finger wanderte weiter südöstlich auf der Landkarte und blieb hinter dem Flüsschen Ahr stehen. »Sieh nur«, sagte er. »An dieser Stelle ist der kleine Ort Spessart markiert. Hier könnte sich nach Lehnerts Ansicht der im Nibelungenlied erwähnte Jagdausflug zugetragen haben. Spessart liegt mitten in einem großen Waldgebiet und ist nur fünfzehn Kilometer Luftlinie von Wormersdorf entfernt.«

Seibold schien nicht überzeugt.

»Ich sehe, du glaubst, dass diese Parallelen nur Zufall sind«, sagte Vornhagen. »Man mag an *einen* Zufall glauben. Aber hier treten vergleichsweise zu viele auf.«

»Gesetzt den Fall, das stimmt alles, was Lehnert dort herausgefunden hat – wo ist das Motiv für die Verbrechen? Und

... wo ist der Burgunderhort?«

Vornhagen schaute Seibold lächelnd an. »Du warst eigentlich schon ganz in seiner Nähe.« Wieder ließ er Seibold ein wenig zappeln. Schließlich sagte er mit einem triumphierenden Tonfall in der Stimme: »Er befindet sich in Loch!«

»Wie kommst du darauf?«

»Auch dafür gibt es nach Ansicht Lehnerts einen Hinweis im Nibelungenlied.« Wieder deutete Vornhagen mit dem Finger auf die entsprechende Notiz auf seinem Blatt. Er drehte das Schriftstück so, dass Seibold mitlesen konnte. »Sieh her! An einer Stelle heißt es: *Hagen sancte den Hort ze Loche.*«

»Aber in den Rhein!«, unterbrach ihn Seibold aufbrausend.

»Das ist die landläufige Meinung«, konterte Vornhagen kühl, »und ich bin sicher, dass der Verfasser das so bezweckt hat. Er wollte von dem eigentlichen Versteck ablenken.«

Seibold schien noch immer nicht überzeugt.

»Gehen wir doch die Sache einmal logisch an«, fuhr Vornhagen fort. »Wer ist schon so verrückt, ein Vermögen dieser Dimension dort zu verstecken, wo es fast unmöglich ist, es zu bergen? Da gibt es doch wohl bessere Verstecke! Zum Beispiel«, auffordernd schaute er Seibold an, »unter der Erde ... in einer Höhle. In allen Handschriften der Edda und der Thidrekssaga, die das In-Sicherheit-Bringen des Schatzes durch Hagen ebenfalls beschreiben und die als Vorläufer des Nibelungenliedes gelten, ist vom Rheingold keine Rede. Dafür gibt es dort zahlreiche Hinweise, dass Hagen den Hort unterirdisch versteckt hat.«

»Und wo sollte das in Loch sein?«, fragte Seibold ironisch.

Wieder ließ sich Vornhagen Zeit und nippte an seinem Kaffee, bevor er antwortete. »Du hast mir doch erzählt, dass Professor Lehnert einem Bauernhof in Loch einen Besuch abgestattet hat. Weißt du, wie der Hohlweg heißt, an dem er liegt?«

Seibold wusste es nicht. Erneut musste er sich eingestehen, dass er bei den Nachforschungen in Loch etwas Wichtiges übersehen hatte. »*Alte Höhle*«, entgegnete Vornhagen bedeutungsvoll. »Ich habe heute Morgen schon beim Landesvermessungsamt in Bonn-Bad Godesberg angerufen. Dort gab man mir den Hinweis, dass der Weg falsch beschildert ist. Er müsste eigentlich *An den Höhlen* heißen.«

»Und wo sollen dort in Loch auf einmal Höhlen herkommen?«

Vornhagen quittierte Seibolds Einwand mit einem Lächeln. »Auch diese Frage ist leicht zu beantworten. Es ist bekannt, dass in der Umgebung von Loch seit jeher Erz abgebaut wurde. Die Förderstellen sind heute noch zu besichtigen. Außerdem weiß man, dass die Kelten in antiker Zeit Erze in der Umgebung der Eifel abgebaut haben. So kann man sich leicht vorstellen, dass sich in den Hügeln hinter der Straße Alte Höhle frühere Erzabbaustätten befinden, deren Stollen im fünften Jahrhundert noch zu erkennen und zu begehen waren.«

Seibold konnte nicht umhin, Vornhagens hervorragende Ermittlungsarbeit zu bewundern. »Und du glaubst, dass Professor Lehnert mit jemandem aneinandergeraten ist, der ebenfalls auf das Versteck des Nibelungenhortes gestoßen ist?«

Vornhagen wiegte nachdenklich den Kopf hin und her. »Ich gehe sogar noch weiter. Ich glaube, dass Hagen den Schatz, bevor die Burgunder in die Gegend des Genfer Sees umgesiedelt wurden, dort versteckte und ...«.

»… dass die Nachfahren des Germanengeschlechts dieses Geheimnis bis heute hüten und jeden aus dem Weg räumen, der ihrem Geheimnis auf die Spur kommt«, vollendete Seibold Vornhagens Gedankengang.

»So ist es. Es wurde von Generation zu Generation tradiert.«

»Daher der Citroën mit dem Schweizer Kennzeichen«, folgerte Seibold.

»Außerdem wird es kein Zufall sein, dass die Besitzerin des Bauernhauses Schweizerin ist«, gab Vornhagen zu bedenken.

Nickend stimmte Seibold zu. Plötzlich zog er die Augenbrauen hoch. »Eine Sache macht mir allerdings Sorgen. Ich habe dir erzählt, dass mein Nachfolger die Ermittlungen abblockt und ein Telefonat geführt hat, in dem auch mein Name fiel. Er scheint also auch in diese Sache involviert zu sein. Außerdem meinte Jürgen Dembrowski, dass auch der BND und das BKA in der Sache drinstecken. Und«, Seibold wurde blass, »ich vermute, auch Angehörige der Bundeswehr.«

Beide dachten an die Ermordung von Oberstleutnant von Harnig.

»Warum wurde von Harnig getötet?«, fragte Vornhagen. Er war aufgestanden und ging nervös auf und ab. Als er stehen blieb, sah er Seibold sorgenvoll an. »Da fällt mir ein: Es ist gut möglich, dass die Nachfahren der Burgunder für den Tod des Offiziers verantwortlich sind. Ich bin davon überzeugt, dass die außergewöhnliche Art der Ermordung Peter von Harnigs kein Zufall war. Es ist historisch erwiesen, dass die Burgunder Verräter hinrichteten, indem sie sie in einen Brunnen warfen.«

Plötzlich fasste sich Seibold an den Kopf. »Da fällt mir eine Bemerkung von Frau von Harnig ein, die in diesem Zusammenhang vielleicht von Bedeutung ist. Sie sagte, ihr Mann habe von großen Veränderungen gesprochen, die bevorstehen würden. Außerdem erzählte sie, dass er in den letzten Tagen vor seinem Tod sehr besorgt war und sich mit seinem Vorgesetzten am Telefon gestritten hatte. Vielleicht wollte er bei irgendeiner Sache aussteigen.« Er schluckte schwer. »Toni, ich befürchte, hier geht es nicht nur um das Motiv Habgier und den Besitz von Gold und Edelsteinen. Wir sind da in eine Sache reingeraten, die unser Denkvermögen übersteigt!«

Beide sahen sich angsterfüllt an.

Seibold erhob sich nervös von seinem Stuhl und schaute auf die Küchenuhr. Sie hatten keine Zeit mehr zu verlieren. Schon mehr als eine dreiviertel Stunde hatten sie überlegt, wie sie vorgehen sollten. Vor allem wussten sie nicht, an wen sie sich mit ihrem Wissen wenden konnten. Welcher Sicherheitsbehörde konnten sie überhaupt noch trauen? Je länger sie diskutierten, desto mehr mussten sie sich eingestehen, dass ihr Misstrauen fast schon paranoide Züge hatte. Man war sich noch nicht einmal sicher, ob man Raaf in die Sache mit einbeziehen konnte. Schließlich kamen sie zu dem Ergebnis, dass alles, was sie bisher zusammengetragen hatten, trotz aller eindeutigen Indizien rein spekulativ war. Endgültige Sicherheit konnten sie nur dann bekommen, wenn sie die Existenz des Nibelungenhortes in Loch eindeutig beweisen konnten. Sie mussten sich also auf die Suche nach ihm machen. Beide waren sich schnell darüber einig, dass sie zunächst die Stallungen von Frau Burchard untersuchen sollten. Es konnte kein Zufall sein, dass sich Professor Lehnert gerade für sie interessiert hatte.

Als sie schon an der Haustür standen, fiel Vornhagen ein, dass er sich sicher war, dass das Haus weiterhin unter Beobachtung stand. Bevor er gekommen war, war ihm ein verdächtiges Fahrzeug aufgefallen, das etwas oberhalb von Seibolds Haus auf der Polligstraße parkte und in dem zwei Männer saßen. Die Gefahr war also groß, dass man sie verfolgen würde. Wie konnte man ihnen entkommen? Für ein Abschütteln ihrer Verfolger wie in amerikanischen Actionfilmen fühlten sie sich zu alt. Schließlich kam Seibold der Einfall, wiederum seine guten Beziehungen zu der Rheinbacher Polizeiwache zu nutzen. Er ging zum Telefon und wählte ihre Nummer.

Landstraße L492 vor Todenfeld, 14 Uhr 05

Seibold schaute in den Rückspiegel. Ein schelmisches Lächeln huschte über sein Gesicht. Sein Hilfegesuch an die Rheinbacher Polizei hatte Früchte getragen. Wie verabredet hatte der Streifenwagen kurz vor Todenfeld ihre Verfolger überholt und mit einer Verkehrskelle dazu gezwungen, rechts in einen Feldweg abzubiegen und anzuhalten. Man hatte vereinbart, dass die anschließende allgemeine Verkehrskontrolle so lange dauern würde, bis Seibold und Vornhagen über alle Berge waren. Glücklicherweise hatten sich die beiden Streifenpolizisten nicht danach erkundigt, warum sie das Auto aus dem Verkehr ziehen sollten. Seibold war, nicht zuletzt wegen der alten Freundschaft zu Raaf, in der Polizeiwache sehr angesehen. Außerdem wurde nicht lange nach dem Grund gefragt, wenn man einem alten Kollegen einen Gefallen tun konnte.

Noch einmal schauten sich Seibold und Vornhagen um. Sie wollten sehen, wie sich ihre Verfolger verhielten. Als sie sahen, dass sie die Kontrolle widerstandslos über sich ergehen ließen, bogen sie zufrieden vor dem Ortseingang Todenfeld rechts ab. Kurz darauf überquerten sie die Kreuzung Vier Winde, um über Sürst-Hardt nach Loch zu fahren.

Rheinbach-Loch, 14 Uhr 15

Unterwegs legten sich die früheren Polizisten einen Schlachtplan zurecht, wie sie sich dem Bauernhof unbemerkt nähern konnten. Sie entschieden sich, den Wagen gleich hinter der großen Kreuzung am unteren Ende der Madbachstraße abzustellen.

Vornhagen stieg aus und ging die Straße hoch. Da er den Bewohnern des Bauernhofes nicht bekannt war, konnte zunächst er die Lage inspizieren, ohne dass man Verdacht schöpfte. Nach ungefähr fünfzig Metern bog er in den Weg Alte Höhle ein und verschwand aus Seibolds Gesichtsfeld. Der Ex-Kommissar blieb im Auto sitzen und wartete ungeduldig auf Vornhagens Rückkehr. Ihm gefiel gar nicht, dass zwischenzeitlich einige Dorfbewohner an dem Wagen vorbeikamen und einen neugierigen Blick hineinwarfen. Er wollte unter keinen Umständen auffallen.

Endlich tauchte Vornhagen wieder auf. An seinem Gesichtsausdruck erkannte Seibold, dass das Ergebnis seiner Inspektion nicht positiv ausfiel. Er öffnete die Tür und ließ sich auf den Beifahrersitz fallen. »Verdammter Mist!«, fluchte er. »Sowohl Frau Burchard als auch der Knecht werkeln im Vorgarten herum. Es sieht fast so aus, als hätten sie uns erwartet und würden ihren Grund und Boden bewachen.«

»Vielleicht ist es ja auch so.«

»Du meinst wirklich, dass sie mit uns rechnen?«

Seibold zuckte mit den Achseln. »Ich halte in dieser Sache gar nichts mehr für unmöglich.« Er startete den Wagen.

»Was hast du vor?«, wollte Vornhagen wissen.

»Ich glaube, es ist besser, wenn wir erst einmal von hier verschwinden.« Der Ex-Kommissar wendete den Wagen. Bevor sie wieder die Kreuzung an der Locher Straße erreichten, bemerkte Seibold, dass links von der Madbachstraße eine kleine Straße abging. Er bog in sie hinein. Nach wenigen Metern sahen sie die verkohlten Überreste des ehemaligen Restaurants von Frau Burchard, von dem Alfred Winand erzählt hatte. Sie fuhren daran vorbei und hielten schließlich an einer Pferdekoppel. Hinter der Koppel verlief ein kleiner Feldweg durch das hügelige Gelände. Die Männer erkannten freudig, dass dieser an der Rückseite des Bauerngehöftes der Schweizerin vorbeiführte. Sie konnten sich den Stallungen also von hinten nähern, zumal ihnen hohes Buschwerk, das entlang des Feldweges verlief, Deckung bot. Als die beiden Männer sahen, dass sich niemand im hinteren Bereich des Anwesens aufhielt, machten sie sich auf den Weg.

Nach zirka zweihundert Metern befanden sie sich auf der Höhe des Hofes und blickten auf die Rückseite des Stalles. Die beiden Ex-Polizisten warfen sich einen aufmunternden Blick zu. Sie mussten nur noch einen Stacheldrahtzaun überwinden, um zu den Stallungen zu gelangen. Vornhagen trat mit dem linken Fuß auf den unteren Draht und zog mit der rechten Hand den oberen nach oben. Stöhnend zwängte sich Seibold durch die entstandene Lücke. Vornhagen folgte ihm. Auf der anderen Seite des Zauns schauten sich die beiden Männer in alle Richtungen um. Sie wollten sichergehen, dass niemand sie beobachtete. Dann lief Vornhagen gebückt zum Stall und versteckte sich an seiner Hinterfront. Seibold folgte ihm, so schnell es sein kaputtes Knie zuließ. Von hier aus konnte man in einen kleinen Schuppen sehen, der sich zur Rechten des Stalles befand. Seibold hatte ihn als Erster bemerkt. Er tippte Vornhagen an die Schulter und nickte in Richtung des Unterstandes. Sorgenvoll zog Vornhagen die Augenbrauen hoch, als er sah, was sich darin befand. Es war der Citroën BX mit Schweizer Kennzeichen. Sie mussten also damit rechnen, dass sich neben Frau Burchard und René weitere Personen auf dem Gelände aufhielten. Außerdem war jetzt zweifelsfrei bewiesen, dass die Benutzer dieses Fahrzeuges mit Frau Burchard in Kontakt standen.

Langsam schlichen sie an die rechte Ecke der Hinterfront. Von dort konnten sie einen Blick auf das Bauernhaus und den Vorgarten werfen. Sie sahen, dass sich die Bäuerin und René noch immer vor dem Haus aufhielten. Damit stand fest, dass die Ex-Polizisten nicht von dieser Seite den Stall betreten konnten, ohne Gefahr zu laufen, von den beiden gesehen zu werden. Ihre einzige Hoffnung blieb, auf der anderen Seite des Stalles einen Eingang zu finden. Vorsichtig schlichen sie an der Hinterwand entlang und bogen um die entgegengesetzte Ecke. Glücklicherweise verhinderte hier eine hohe Buchenhecke, dass man diese Seite von den Nachbargrundstücken und von dem Weg Alte Höhle einsehen konnte.

Nach wenigen Schritten stießen sie auf eine in Beton eingefasste große Flügeltür aus Eisen, die gleich neben dem Stall in den Boden eingelassen war. Seibold hatte solche Eingänge schon des Öfteren an landwirtschaftlichen Gebäuden gesehen. Man benutzte sie, um große Mengen Lagergut in den Keller transportieren zu können. Die beiden Flügel der Eisentür wurden mit einem stabilen Eisenschloss zusammengehalten. Den beiden Männern war sofort klar, dass man diese Tür nur mithilfe von Spezialwerkzeug öffnen konnte.

Vornhagen versuchte, einen Blick durch den Schlitz, der sich zwischen den beiden Flügeltüren auftat, zu werfen. »Ich meine, eine Betontreppe zu erkennen, die nach unten führt«, sagte er.

Seibold zuckte resigniert mit den Schultern. Sie mussten sich damit abfinden, dass sie von hier aus nicht in die Räume unterhalb des Stalles gelangen konnten. Er hob den Kopf und schaute an der Stallmauer entlang. »Dort hinten ist noch ein Eingang«, flüsterte er und deutete mit dem Finger auf eine Schiebetür, die in das Innere des Kuhstalles führte.

Wenige Augenblicke später hatten sie die Stelle erreicht. Die Tür war so weit geöffnet, dass Seibold einen Blick hineinwerfen konnte. Dieses Mal standen alle Kühe in ihren Unterständen. Sonst konnte er niemanden im Stall entdecken. Er machte Vornhagen ein Zeichen, ihm zu folgen. Nachdem er die Tür etwas weiter aufgeschoben hatte, zwängten sie sich hindurch und standen gleich darauf im Mittelgang. Seibold blieb stehen und sah sich um. Er entschied sich, an das hintere Ende des Stalles zu gehen, in die Milchkammer. Auf dem Weg dorthin mussten sie an der offenen Schiebetür vorbei, die sich auf der anderen Seite des Stalles befand. Durch diese konnte man vom Vorgarten in das Innere des Stalles blicken. Langsam tasteten sie sich vorwärts. Als sie auf Höhe der Tür waren, spähten sie vorsichtig nach draußen. Erleichtert sahen sie, dass Frau Burchard und René ihnen den Rücken zugewandt hatten. So schnell und lautlos wie möglich passierten sie die geöffnete Schiebetür und hatten gleich darauf den Milchabfüllraum erreicht. Nachdem sie sich vergewissert hatten, dass sich niemand darin aufhielt, traten sie ein.

Seibold untersuchte den Raum und stellte zufrieden fest, dass er sich nicht geirrt hatte. Hinter der Abfüllmaschine hatte er bei seinem ersten Besuch eine Stahltür gesehen. Schon damals hatte er sich gefragt, wo diese hinführte. Plötzlich stieß ihn Vornhagen an und deutete nach draußen. Als er durch das kleine Fenster zum Hof blickte, sah er, dass sich René dem Raum näherte. Er überlegte fieberhaft. Es blieb ihnen nur noch wenig Zeit. Entweder nahmen sie den Weg zurück in den Stall, doch dann liefen sie Gefahr, dass René sie entdecken würde, oder sie versuchten, durch die Tür hinter der Abfüllmaschine zu fliehen – wenn sie nicht verschlossen war.

Hilfe suchend schaute Vornhagen ihn an. Seibold packte ihn am Arm und zog ihn hinter sich her. Mit klopfendem Herzen blieben sie vor der Stahltür stehen. Seibold drückte die Klinke herunter. Ihm fiel ein Stein vom Herzen. Die Tür öffnete sich. Schnell glitten die beiden aus dem Raum und zogen die Tür hinter sich zu. Sie blieben stehen und hielten den Atem an. Dann hörten sie, wie René nebenan eintrat. Seibold betete, dass er ihnen nicht folgte. Nach einem Augenblick, der ihnen wie eine Ewigkeit vorkam, hörten sie ein gurgelndes Geräusch. Erleichtert schaute Seibold Vornhagen an. René füllte Milch ab. Wahrscheinlich hatte er während der Gartenarbeit Durst bekommen. Als der Knecht kurze Zeit später den Raum wieder verließ, atmeten sie tief durch.

»Das war knapp!«, sagte Vornhagen.

Seibold nickte. Erst jetzt hatten sie Zeit, sich umzuschauen. Sie befanden sich in einem kleinen fensterlosen Flur, der mit einer Neonröhre erhellt war. Von hier aus führte eine massive Betontreppe nach unten. Vornhagen gab Seibold einen aufmunternden Wink, ihm zu folgen. Dann stiegen sie die Treppe hinab. Nach ungefähr zwanzig Stufen stießen sie auf ein Podest. Von hier aus machte die Treppe eine Kehre in die entgegengesetzte Richtung. Jeder Treppenabsatz war mit einer weiteren Lampe erhellt. Nach der dritten Kehre blieb Seibold stehen. Das Treppenherabsteigen bereitete ihm allmählich große Schmerzen.

»Geht es noch?«, fragte Vornhagen mitfühlend.

Seibold nickte. »Ich brauche nur eine kleine Pause«, antwortete er und rieb sich sein schmerzendes Knie. »Was meinst du, wie tief wir hier sind?«

»Wenn man davon ausgeht, dass jede Etage fünf Meter beträgt, sind wir ungefähr fünfzehn Meter unter der Erde.«

»Ich weiß jetzt auf jeden Fall, warum der Bau des Stalles so viele Monate in Anspruch genommen hat«, sagte Seibold.

Sie stiegen die nächste Treppe hinab. Je tiefer sie unter die Erde gelangten, desto mulmiger wurde ihnen zumute. Nach zwei weiteren Etagen hatten die beiden Männer endlich den Grund des Treppenabganges erreicht. Von hier aus zweigte ein langer, schmaler Gang ab, an dessen Seiten jeweils zwei Türen zu erkennen waren.

Vornhagen musste warten, bis sich Seibold erholt hatte. »Ich nehme an, dass wir uns hier in einem alten Erzabbaustollensystem befinden«, sagte er.

Seibold nickte und gab ihm zu verstehen, dass sie weitergehen konnten. Vorsichtig schlichen sie den Gang hinunter. Vornhagen versuchte, die erste Tür zu öffnen. Als sie verschlossen war, stellte er sich auf die Zehenspitzen, um einen Blick durch das kleine Türfenster zu werfen.

»Kannst du etwas sehen?«, fragte Seibold.

»So viel ich erkennen kann, ist es ein möblierter Raum.«

Seibold bedeutete Vornhagen, leiser zu sprechen, da seine Worte laut von den Wänden des Ganges widerhallten.

»Mit kleiner Küche, Waschbecken, Bett und so weiter«, fuhr Vornhagen flüsternd fort.

Seibold ging zur gegenüberliegenden Tür. Auch sie war verschlossen. Er schaute durch das Türfenster.

»Und?«, fragte Vornhagen.

»Genau wie drüben. Auf jeden Fall kann man es sich hier unten gemütlich machen.«

»Mal etwas anderes! Eine Pension tief unter der Erde.« Vornhagen war trotz der heiklen Situation zu Scherzen aufgelegt. Er versuchte, die nächste Tür zu öffnen. Als er auch sie verschlossen vorfand, schaute er wiederum durch die kleine Fensterluke. Seibold sah, wie er zusammenzuckte.

Vornhagen drehte sich langsam um und legte seinen Zeigefinger auf die Lippen. »Psst! Dort liegt ein Mann auf einer Pritsche!«

Der Ex-Kommissar sah ihn erstaunt an und blickte ebenfalls durch das Fenster. Er erkannte den Mann sofort, der dort im Zimmer apathisch vor sich hindöste.

»Professor Lehnert!«, sagte er leise. Sofort hastete er zur gegenüberliegenden Tür. Nachdem er auch dort durch das Fenster geschaut hatte, sah er Vornhagen erleichtert an. »Wie ich mir gedacht habe – da ist Marion. Gott sei Dank ... sie leben noch!«

»Was machen wir jetzt mit ihnen?«, fragte Vornhagen.

Seibold überlegte kurz. »Ich glaube, es ist besser, wir geben uns noch nicht zu erkennen. Wir wissen nicht, wie sie reagieren. Außerdem können wir sie sowieso nicht einfach so befreien, die Türschlösser sehen ziemlich stabil aus.«

Vornhagen stimmte zu.

»Wir schauen uns zunächst weiter um. Vielleicht gelingt es uns, die Schlüssel irgendwo aufzutreiben. Wir werden uns später um die beiden kümmern«, entschied Seibold.

Leise schlichen sie zum Ende des Ganges. Hier kamen sie nicht mehr weiter. Sie standen vor einem riesigen, zweiflügeligen Stahltor, über dem sich eine große Signallampe befand, die jetzt rot aufleuchtete. Vornhagen untersuchte das Tor. Er legte seine Fingerspitzen zwischen den Türspalt und versuchte die Türflügel auseinanderzuziehen. Vergebens. Resigniert schauten sich die beiden Männer an. Plötzlich horchten sie auf. Aus der Richtung des Treppenabganges hörten sie Geräusche. Jemand stieg die Treppen zu ihnen hinunter. Sie saßen in der Falle. Wo sollten sie hin? Die beiden Ex-Polizisten schauten sich panisch an. Es schien so, als sei ihre Suche hier zu Ende. Sie hatten viel riskiert und schließlich verloren. Gleich musste dieser Jemand den Kellergang erreicht haben und sie sehen. Da bemerkte Seibold aus dem Augenwinkel, dass die Signallampe über dem Eisentor von rot auf grün umgesprungen war. Überrascht drehte er sich um. Gleich darauf hörte er ein knirschendes Geräusch und bemerkte, dass sich die beiden Flügel des Eisentores wie von Geisterhand auseinanderbewegten. Der Weg in den Nebenraum war frei.

Vornhagen hatte vor Erstaunen den Mund aufgerissen. Zögerlich schritten die Männer durch das geöffnete Tor und stellten fest, dass sie sich in einem riesigen Kellergewölbe befanden. Sie waren so überwältigt von dem, was sie sahen, dass sie nicht bemerkten, wie sich das Tor wieder hinter ihnen schloss. Seibold kam sich vor wie auf einer Kommandobrücke in einem Raumschiff. Ihnen gegenüber an der Wand befand sich eine riesige, mit bunten Lampen markierte Europakarte. Die Leuchtpunkte, die unterschiedlich in Größe und Farbe waren, markierten Städte und Standorte in den verschiedensten Ländern. Darunter war ein Steuerpult angebracht, das Seibold an ein riesiges Armaturenbrett erinnerte. Es nahm fast die ganze Breite des Raumes ein. Das Pult war mit Knöpfen, Hebeln, Tastaturen, Schiebern, Computern, Telefonen und Bildschirmen ausgestattet. Seibold erkannte, dass auf einigen Monitoren der Treppenabgang und der lange Kellergang zu sehen waren. Er musste also davon ausgehen, dass sie schon die ganze Zeit beobachtet worden waren. Als er die linke Seite des Raumes in Augenschein nahm, sah er eine überdimensionale Tresortür. Ob sich dahinter der legendäre Nibelungenhort befand?

Er wollte gerade Vornhagen darauf aufmerksam machen, als ihn eine laute Stimme aus seinen Gedanken riss. »Guten Tag, meine Herren! Willkommen in der Kommandozentrale des Königreiches Burgund.«

Die beiden Männer fuhren herum. Sie sahen einen hoch gewachsenen Mann mit dunklen Haaren in einem gepflegten, dunkelblauen Anzug, der auf einem Sessel in einer Nische des Raumes rechts hinter ihnen saß. Der kleine Raum war gemütlich mit futuristischen Möbeln eingerichtet und schien der Aufenthaltsort der Zentrale zu sein. Eine Kanne Kaffee, Kaffeegeschirr und Gebäck standen auf dem Tisch. Neben dem Mann saß ein weiterer Mann. Er hatte blonde Haare und war ebenfalls elegant gekleidet. Seibold erkannte ihn sofort. Mit einem spöttischen Lächeln schaute ihn Arthur Steinke an.

»Kommen Sie doch näher und trinken Sie eine Tasse Kaffee

mit uns!«, sagte der hoch gewachsene Mann.

Seibold und Vornhagen schauten sich unschlüssig an. Als sie zögernd Platz nahmen, hörten sie, dass sich das Eingangstor zum Kellergewölbe wieder öffnete. Gleich darauf erschien ein großer, kräftiger Bursche, der sie mit keinem Blick würdigte und mit verschränkten Armen im Hintergrund stehen blieb. Seibold folgerte, dass er derjenige war, der eben die Treppen zu ihnen hinuntergestiegen war.

»Ach, Guillaume! Gut, dass du kommst! Schenke unseren Gästen doch eine Tasse Kaffee ein.«

Ohne zu zögern kam der kräftige Mann der Bitte nach.

»Entschuldigen Sie bitte, dass ich mich noch nicht vorgestellt habe, Herr Seibold.«

Der Ex-Kommissar wunderte sich, dass der Mann seinen Namen kannte.

»Mein Name ist Hagen von Martigny. Ich bin der Kanzler des Königreichs Burgund. Der Herr zu meiner Linken ist Ihnen wohl bekannt. Er vertritt unsere Interessen hier in Deutschland.«

Steinke kommentierte die Worte des Kanzlers mit einem überheblichen Lächeln. Guillaume hatte ihnen zwischenzeitlich Kaffee eingeschenkt und war dann wieder in den Hintergrund getreten. Vornhagen und Seibold rührten die Tassen nicht an.

»Herr Seibold, ich muss Ihnen ein Kompliment machen«, fuhr der Kanzler fort, »meine Informanten hatten recht. Sie sind trotz Ihres Alters ein exzellenter Ermittler. Ich habe Ihnen nicht zugetraut, dass Sie so schnell auf die Spur unseres Geheimnisses kommen würden.«

Seibold sah sich das erste Mal genötigt, einen Kommentar abzugeben. »Dieses Kompliment muss ich an meinen früheren Kollegen, Herrn Vornhagen, weitergeben. Ohne seine tatkräftige Hilfe wäre mir das nicht gelungen.«

»Dann muss ich Ihnen ehrlich sagen, dass es mich schon etwas enttäuscht, dass Sie auf die Mithilfe eines Ex-Sträflings angewiesen waren«, sagte Hagen von Martigny und schaute Vornhagen verächtlich an. Dieser verzog keine Miene.

»Ich glaube, dass jemand wie Sie, der skrupellos über Leichen geht, sich solch eine Beurteilung nicht anmaßen sollte!«, entgegnete Seibold scharf.

Wutentbrannt stand Steinke auf und machte Anstalten, Seibold an den Kragen zu gehen. »Was erlauben Sie sich!«, näselte er. Weiter kam er nicht. Mit einer gebieterischen Geste gab ihm der Kanzler zu verstehen, sich wieder zu setzen.

»Herr Seibold, ich denke, Sie verwechseln da etwas«, sagte Hagen von Martigny mit einem belehrenden Unterton, »es kommt doch wohl darauf an, aus welchen Motiven man solche Dinge tut. Die Staatsraison gebietet einem manchmal, zum Wohle der Allgemeinheit zu diesen Mitteln zu greifen. Die Geschichte der Menschheit ist voll von solchen Beispielen. Die Männer, die so gehandelt haben, werden in den Geschichtsbüchern wegen ihrer Taten gerühmt. Viele davon haben sogar den Beinamen ›der Große‹ erhalten. Ich bin fest davon überzeugt, dass man mit mir auch so verfahren wird.«

»Ein kaltblütiger Mord ist durch nichts zu rechtfertigen! Außerdem habe ich den Eindruck, dass Sie dem Größenwahn verfallen sind«, entgegnete Seibold.

Hagen von Martigny sah einen Moment aus, als würde er seine Beherrschung verlieren. Doch er blieb äußerlich ruhig und ließ sich durch Seibolds Äußerung nicht weiter provozieren. »Ich bin der Meinung, wir sollten an dieser Stelle diese Diskussion beenden. Sie führt zu nichts!«, sagte er und stand auf.

Er warf einen Blick auf die große Uhr, die über den Armaturen des Steuerpultes angebracht war. »Es ist vierzehn Uhr fünfundfünfzig! Es wird Zeit, meine Herren! In fünf Minuten ist es so weit. Sie haben die Ehre, in wenigen Augenblicken Zeuge eines Ereignisses von ungeheurer weltpolitischer Tragweite zu werden.«

Als Hagen von Martigny sah, dass sich Seibold und Vornhagen fragend anschauten, fuhr er fort: »Ach, Sie wissen noch gar nichts davon? Dann sind Ihre Ermittlungsergebnisse doch nicht so umfassend, wie ich gedacht habe. Da war Ihnen Professor Lehnert doch einen gewaltigen Schritt voraus.«

Hagen von Martigny ging einige Schritte auf die Ex-Polizisten zu und schaute auf sie herab. »In wenigen Minuten werden die korrupten Scheindemokratien Europas hinweggefegt«, erklärte er pathetisch. »Stattdessen werden die Menschen des Abendlandes von Männern regiert, die sie verdienen. Eine Bestimmung, die vor langer Zeit geboren und viele Jahrhunderte in der Verborgenheit gehütet wurde, wird sich endlich erfüllen. Eine Elite des Hochadels und der Intelligenz wird unter der Führung des burgundischen Königsgeschlechts diesen stolzen und geschichtsträchtigen Kontinent zu neuer Blüte führen. Nebenbei werden wir die größte Gefahr, die Europa seit Menschengedenken droht und die momentan wieder so präsent ist wie nie zuvor, beseitigen!«

Der Kanzler machte eine Pause und blickte in die irritierten Gesichter von Seibold und Vornhagen. Mit einem Lächeln fuhr er fort. »Wir werden die Völker des Ostens ein für allemal vernichten.«

Mit einem Seitenblick schaute er Steinke triumphierend an. »Parallel zu meinem Einsatzbefehl, die ›Operation Burgunderreich‹ anlaufen zu lassen, gebe ich die Anweisung, eine Atombombe von dem russischen Raketenstützpunkt Uschur-4 in Richtung China zu zünden.«

Vornhagen und Seibold fuhren entsetzt hoch.

»Anschließend werden sich die beiden Großreiche zerfleischen«, sagte Hagen von Martigny genüsslich.

»Sie sind ja wahnsinnig!«, brüllte ihn Vornhagen an.

»Wissen Sie denn nicht, dass Sie damit die ganze Welt in den Abgrund stürzen!«, pflichtete ihm Seibold mit sich überschlagender Stimme bei.

Der Kanzler blieb ganz gelassen und gab Guillaume einen Wink. »Meine Herren! Nehmen Sie wieder Platz!«, sagte er plötzlich mit schneidender Härte. »Ich rate Ihnen, sich nicht von der Stelle zu rühren. Sollten Sie versuchen, mich daran zu hindern, weiß mein Leibwächter, was er zu tun hat.«

Als sich Seibold umdrehte, sah er, dass Guillaume hinter ihnen stand und eine Pistole auf sie gerichtet hatte. Ohne ein weiteres Wort machte Hagen von Martigny kehrt und ging mit energischen Schritten auf das Steuerpult zu. Dann setzte er sich an die Armaturen. Steinke folgte ihm und nahm zu seiner Rechten Platz. Immer wieder schauten beide auf die Uhr. Unaufhaltsam tickte der Sekundenzeiger weiter. Seibold und Vornhagen waren stehen geblieben. Hilflos und voller Entsetzen blickten sie sich an. Mit einer drohenden Geste der Pistole gab ihnen Guillaume zu verstehen, sich endlich zu setzen.

Plötzlich bemerkte Seibold, dass sich Vornhagens Blick veränderte. Er kniff die Augen zusammen und gab Seibold damit einen Wink, dass sie handeln mussten. Seibold signalisierte mit einem leichten Kopfnicken, dass auch er zu allem bereit war. Sie hatten keine andere Wahl. Sie konnten nicht untätig zuschauen, wie dieser Wahnsinnige eine Katastrophe heraufbeschwor. Seibold bemerkte, dass sich Vornhagens Muskeln anspannten und dass er im Begriff war, Guillaume anzuspringen. Auch er machte sich bereit zum Angriff. Einem von ihnen konnte es vielleicht gelingen, dem Leibwächter die Pistole zu entreißen. Guillaume schien zu ahnen, was sie vorhatten. Langsam wich er zurück und entsicherte seine Waffe.

Plötzlich hörten sie das knirschende Geräusch des Öffnungsmechanismus der Eingangstür. Gleich darauf stürzte ein junger Mann mit blonden Haaren in das Kellergewölbe. Einige Schritte dahinter folgte eine gedrungene Gestalt, die genau so gekleidet war wie Guillaume. Der Jüngling blieb in der Mitte des Raumes stehen. Seine stechenden Augen schienen jemanden zu suchen.

Als er Hagen von Martigny sah, rannte er auf ihn zu und rief: »Bertrand, folge mir!« In seiner rechten Hand hielt er plötzlich einen Degen. »Onkel Hagen!«, brüllte er und blieb direkt hinter dem Kanzler stehen.

Entgeistert drehte sich Hagen von Martigny um. »Gunther! Was machst du ...?«

Weiter kam er nicht. Der junge Burgunderkönig hatte ihm die Degenspitze an die Gurgel gesetzt. »Auf die Knie, Hagen von Martigny!«, schrie er den Kanzler wie von Sinnen an.

»Gunther, lass dir doch erkl...«. Doch wieder ließ ihn der junge Mann nicht ausreden und erhöhte den Druck seiner Waffe, sodass sie dem Kanzler die Haut aufritzte.

»Auf die Knie«, wiederholte er kreidebleich vor Wut.

Der Kanzler versuchte mit seinem Kopf der Degenspitze auszuweichen, doch Gunther folgte seiner Bewegung. Dieses Mal drang die Waffe noch etwas tiefer in die Haut von Martigny ein. Blut rann an seinem Hals hinab und rötete sein weißes Oberhemd. Hilfe suchend sah er zu Steinke hinüber. Doch dieser blieb wie erstarrt sitzen. Langsam sank Hagen von Martigny auf die Knie.

»Warum hast du meine Familie umgebracht?«, herrschte ihn der junge König an.

Sein Onkel erkannte, dass es keinen Sinn hatte zu leugnen.

»Gunther, manchmal ... muss man solche Dinge tun, um ... ein höheres Ziel zu erreichen. Deine Eltern ... wollten den Großen Plan verhindern. Sie stellten sich auch dagegen, dass du die burgundische Thronfolge übernehmen solltest. Mir ... mir blieb keine andere Wahl.«

Fassungslos schüttelte Gunther den Kopf. Tränen traten ihm in die Augen. »Du Schwein!«, brüllte er seinen Onkel an. Einen Augenblick sah es so aus, als würde er mit dem Degen zustoßen. Doch dann zögerte er. »Warum musste auch Giselle sterben?«

»Sie ... sie wurde zu einem Sicherheitsrisiko«, antwortete der Kanzler ruhig. Er schien allmählich seine Selbstsicherheit wiederzufinden. »Du hättest ihr nichts von der ›Operation Burgunderreich‹ erzählen dürfen!«

»Was? Du Scheusal!«, schrie Gunther schrill auf. »Jetzt gibst du auch noch mir die Schuld an ihrem Tod?« Seine Lippen bebten. »Ich habe dich leider zu spät durchschaut. Du hast mich all die Jahre nur benutzt, um deine perfiden Pläne durchzusetzen.« Mit einer lockeren Bewegung seines Handgelenkes ließ er die Spitze seiner Waffe drohend vor den Augen seines Onkels kreisen. »Bei Gott! Dafür wirst du bezahlen.«

Aus dem Augenwinkel blickte Hagen von Martigny auf die Uhr und sah, dass sich in diesem Moment der Minutenzeiger auf Punkt fünfzehn Uhr bewegte. Blitzschnell zuckte seine Hand nach oben, um Gunther den Degen aus der Hand zu schlagen. Mit einer Reflexbewegung, die der junge König in Hunderten von Übungsstunden eintrainiert hatte, wich er der Attacke aus und ließ die Schlaghand ins Leere laufen. Dann stieß er zu. Die Waffe durchbohrte den Hals seines Onkels. Hagen von Martigny röchelte und fasste sich mit seiner linken Hand an den Hals. Verzweifelt versuchte er, die Wunde, aus der sein Blut wie aus einer Fontäne spritzte, zusammenzupressen.

Arthur Steinke hatte die kurzzeitige Konfusion genutzt und war aufgesprungen. Blitzschnell zog er seine Dienstpistole aus dem Halfter, das er unter seinem Jackett trug. Dann krachten zwei Schüsse kurz hintereinander und trafen Gunther in die Brust. Die Wucht der Geschosse aus kurzer Entfernung war so groß, dass sein Körper nach hinten geschleudert wurde und krachend auf dem Boden aufschlug. Steinke ging auf den wehrlos am Boden Liegenden zu und zielte ein weiteres Mal. Ehe er abdrücken konnte, stürzte sich Bertrand mit einem gellenden Wutschrei auf Steinke und riss ihn zu Boden. Anschließen rollten die beiden in einem wilden Handgemenge über den Boden.

Seibold und Vornhagen hatten die dramatischen Geschehnisse wie paralysiert verfolgt. Erst jetzt waren sie in der Lage zu reagieren. Sie sahen, dass sich Hagen von Martigny mit glasigen Augen langsam umdrehte. Taumelnd und stöhnend vor Schmerzen setzte er sich wieder an das Steuerpult. Noch immer versuchte er vergeblich, den unablässigen Blutstrom mit seiner linken Hand zu stoppen. Mit seiner Rechten griff er in seine Hosentasche und holte einen Schlüsselbund hervor. Mit bebenden Fingern versuchte er, einen der Schlüssel in das Schloss eines kleinen Glaskastens vor ihm am Steuerpult, hinter dem sich ein kleiner, roter Hebel befand, zu stecken.

Seibold wusste, dass er keine Zeit verlieren durfte. Er warf Vornhagen einen verzweifelten Blick zu und hastete zum Steuerpult. Aus dem Augenwinkel bemerkte er, dass Guillaume seine Waffe auf ihn richtete. Doch Vornhagen machte blitzschnell einen Schritt nach vorne und warf sich in die Schussbahn. Die Kugel traf ihn in den Magen. Er schrie auf und krümmte sich. Dennoch stürmte er auf den Leibwächter zu und rammte ihn zu Boden, bevor er ein weiteres Mal schießen konnte. Seibolds Weg war frei. Er sah, dass es

Hagen von Martigny in der Zwischenzeit geschafft hatte, den Schlüssel in das Schloss einzuführen. Er war nur noch einen Schritt von ihm entfernt, als ihm plötzlich die Beine weggerissen wurden. Steinke war es gelungen, sich für einen Moment seines Widersachers zu entledigen. Als er bemerkte, dass sich Seibold auf Hagen von Martigny stürzen wollte, hatte er sich mit einem Hechtsprung auf die Beine des alten Kommissars geworfen. Schwer schlug Seibold mit dem Kopf auf dem Boden auf und blieb benommen liegen.

Als er seine Augen wieder öffnete, sah er wie durch einen Schleier, dass es Hagen von Martigny gelungen war, den gläsernen Sicherheitskasten zu öffnen. Der Kanzler verdrehte die Augen und war kurz davor, die Besinnung zu verlieren. Trotzdem schaffte er es mit zitternden Fingern, den roten Hebel zu erreichen. Hilflos musste Seibold zusehen, wie der Burgunderkanzler ihn mit letzter Kraft herunterdrückte. Gleich darauf zerfetzte ein ohrenbetäubender Knall seine Trommelfelle. Dann erzitterte die Erde, und eine gewaltige Explosion zerriss das unterirdische Gewölbe. Das Letzte, was Seibold sah, war die Betondecke, die auf ihn herabstürzte.

Bevor er starb, hatte er noch eine Vision. Er sah zwei Türen. Vor der linken stand Toni Vornhagen. Er öffnete sie und ging hinein. Er drehte sich noch einmal um und sah Seibold dankbar an. Dann öffnete sich die rechte Tür, und es erschien Traudel. Mit einem Wink forderte sie ihn auf einzutreten. Dabei lächelte sie ihn unentwegt an. Es war das gleiche Lächeln, mit dem sie ihn auf der Rheinbacher Polizeiwache im Februar 1953 bei ihrer ersten Begegnung verzaubert hatte.

Nachwort

I.

Seit jeher hat das Nibelungenlied die Menschen fasziniert und in seinen Bann gezogen. Dabei standen folgende Fragen besonders im Mittelpunkt des Interesses:

Wer war der Verfasser des Heldenepos?

Welche Begebenheiten in der Handlung sind auf tatsächliche historische Ereignisse zurückzuführen?

Wo lebten die Nibelungen?

Existiert der sagenumwobene Nibelungenschatz, und wenn ja, wo befindet er sich?

In den letzten Jahrzehnten sind viele Historiker der Erforschung des Nibelungenliedes und diesen Fragen verstärkt nachgegangen. Viele Theorien, die mehr oder weniger belegbar sind, sind seitdem entstanden. Schriftliche Zeugnisse geben Auskunft darüber, dass sich ein Teil des Burgunderstammes unter ihrem König Gundicharius (Gundichar) Anfang des fünften Jahrhunderts linksrheinisch in der damaligen römischen Provinz Germania II aufhielt und im Begriff war, in die Provinz Belgica I vorzurücken. Dort wurden sie von den Hunnen (auf Befehl des römischen Heermeisters Aëtius) in einer Schlacht im Jahre 436 vernichtend geschlagen. Die Reste der Burgunder wurden von Aëtius anschließend in die Sapaudia (das ist die Gegend südöstlich des Genfer Sees) umgesiedelt. Diese Begebenheit und die Nachforschungen, die der Hobbyhistoriker Rudolf Patzwaldt in der Voreifel getätigt hat, sind die Grundlagen des Handlungsverlaufes in diesem Roman. Patzwaldt ist der Meinung, dass die

Gegend um Rheinbach die Heimat der im Nibelungenlied genannten Burgunder sein könnte. Außerdem vermutet er die Existenz des Nibelungenhortes in der Umgebung von Rheinbach-Loch. Er ist davon überzeugt, für diese These so viele nachvollziehbare Beweise gefunden zu haben, dass sich eine Suche dort durchaus lohnen würde. Ich wünsche ihm, dass er eines Tages für dieses Projekt Unterstützer und Geldgeber findet.

II.

Die Handlung des Romans ist frei erfunden, ebenso die Figuren der Geschichte. Jede Ähnlichkeit mit lebenden Personen wäre rein zufällig. Die im Roman beschriebenen Orte, Straßen, Gebäude und Sehenswürdigkeiten existieren tatsächlich.

Bernd Schumacher, Juni 2010

Danksagung

Ein herzlicher Dank an mein Drei-Mädel-Haus, Ruth, Susanne und Jenny. Sie gaben mir manch guten Hinweis und wertvolle Korrektur.

Ebenfalls möchte ich mich bei Hartmut Wagner, Erster Hauptkommissar im Polizeipräsidium Bonn, für wichtige Informationen bezüglich des Polizeipräsidiums in den Neunzigerjahren bedanken.

Literaturverzeichnis:

1) *Ein Niflungenreich in der Voreifel?*
Thidrekssaga-Forum e.V. (Hrsg.), 2002
Forschungen zur Thidrekssaga, Bd.1
2) *Reinhold Kaiser: Die Burgunder*
Verlag W. Kohlhammer, Stuttgart 2004

Die Nibelungenwanderung

Ausgangspunkt der Wanderung ist der Parkplatz Hunnensiefen an den Fischweihern hinter dem Ort Eichen. Vom Parkplatz geht der Weg rechts an den Fischweihern vorbei, leicht ansteigend bis zu einer Wegkreuzung. Dort folgt man dem Weg rechts ca. einen Kilometer durch den Wald bis zum Waldrand oberhalb der Ortschaft Eichen. Die Wanderroute führt weiter über einen Wiesenweg nach links in Richtung des Sportplatzes von Queckenberg. Nach ca. dreihundert Metern, hinter einer ins Tal abfallenden Weide,

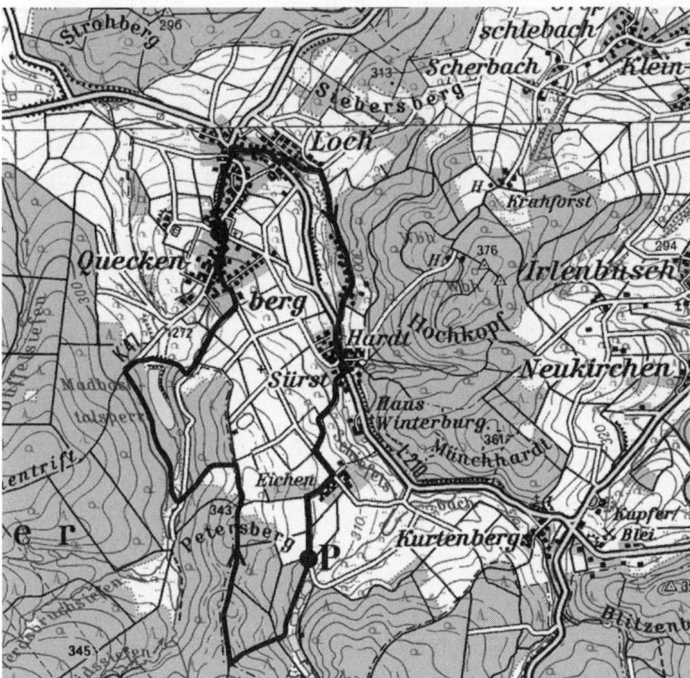

folgt man direkt am Waldrand links einem kleinen Fußpfad den Berg hinunter (Vorsicht! Der Pfad ist leicht zu übersehen!). Auf dem Talgrund hält man sich zunächst links und folgt nach ca. hundertfünfzig Metern spitzwinklig dem ansteigenden Weg nach rechts, der an der Westseite der Madbachtalsperre vorbeiführt, dann nach rechts an der Schranke vorbei über die Staumauer, anschließend den Berghang durch den Wald steil ansteigend bis zum Parkplatz der Talsperre. Von hier führt der Weg A1 nach links in die Ortschaft Queckenberg. Hinter der Kirche verlässt man die Madbachstraße und folgt dem Weg Alte Höhle bis zur Kreuzung Locher Straße. Nun hält man sich rechts durch die Ortschaft Loch bis zur Abzweigung Emma-Karoline-Weg auf der linken Straßenseite. Diesem Weg folgt man vorbei an alten Erzabbaustätten bis zur Ortschaft Hardt-Sürst. Am Ende des Weilers führt der Wanderweg 5 nach rechts an einem Reiterhof vorbei ansteigend durch Wiesen zur Ortschaft Eichen. Von hier aus folgt man weiter dem Weg 5 nach rechts zurück zum Ausgangspunkt.

KBV HISTORISCH

Bernd Schumacher

WER MIT DEM TEUFEL TANZT

Taschenbuch, 227 Seiten
ISBN 978-3-940077-25-7
9,50 EURO

Eine heiße Maiwoche im Jahre 1969. Das beschauliche Voreifelstädtchen Rheinbach in der Zeit der Wilden Sechziger. Ein junges Mädchen wird auf dem Nachhauseweg von einer nächtlichen Feier an der Tomburg ermordet.

Während alle Welt Jagd auf einen entflohenen Frauenmörder der Justivollzugsanstalt Rheinbach macht, folgt Kommissar Seibold von der Bonner Mordkommission seinem eigenen kriminalistischen Instinkt. Ist der Mörder im Umfeld der Beat-Band *The Troop* zu finden? Welche Rolle spielt das Lied *Sympathy For The Devil* in der Aufklärung des Falles? Als plötzlich ein weiterer Mädchenmord geschieht, rückt immer mehr das Konvikt St. Albert in den Mittelpunkt der Ermittlungen. Erst allmählich kommt Seibold dunklen Machenschaften auf die Spur, die ihn auf die Fährte des Mörders führen.

»Sein zweiter Rheinbach-Krimi ist ebenso wie »Februarblut« als unterhaltsamer historischer Regionalkrimi eine Empfehlung wert.« (EKZ Informationsdienst)